U0645808

海　子　诗　文　选

神的故乡鹰在言语

—— 海子诗文选

海子 著　燎原 编

GUANGXI NORMAL UNIVERSITY PRESS

广西师范大学出版社

·桂林·

神的故乡鹰在言语

SHEN DE GUXIANG YING ZAI YANYU

图书在版编目（CIP）数据

神的故乡鹰在言语：海子诗文选 / 海子著；燎原
编. —桂林：广西师范大学出版社，2018.4
ISBN 978-7-5598-0721-2

Ⅰ．①神… Ⅱ．①海…②燎… Ⅲ．①诗集－中国－
当代 Ⅳ．①I227

中国版本图书馆 CIP 数据核字（2018）第 044432 号

广西师范大学出版社出版发行

（ 广西桂林市五里店路 9 号　邮政编码：541004 ）
　网址：http://www.bbtpress.com

出版人：张艺兵

全国新华书店经销

北京盛通印刷股份有限公司印刷

（北京经济技术开发区经海三路 18 号　邮政编码：100176）

开本：889 mm × 1 230 mm　1/32

印张：23.75　　　字数：452 千字

2018 年 4 月第 1 版　　2018 年 4 月第 1 次印刷

印数：00 001~10 000 册　　定价：98.00 元

如发现印装质量问题，影响阅读，请与印刷厂联系调换。

从牡蛎式生存到弥赛亚的重生

——海子诗歌的逻辑起点与终极指归

燎 原

一

这个选本的编选以《海子诗全集》（作家出版社 2009 年版，以下简称《全集》）为蓝本，正文近 1100 页的这部《全集》，是迄今海子诗文最全面的版本。

而编辑这个选本的过程，也是重新细读海子的过程，但最终却产生了一个让我意外的判断：多年来谈论海子的声音虽然铺天盖地，而仔细读完其全部作品的人，很可能寥寥无几！究其原因，除了他的创作体量太过庞大外，一是其大部分长诗都存在着未及完成的碎片状态；二是多部长诗中成品与草稿混合的芜杂。因此，使得原本就缺乏耐心的读者，很难去追踪他那未及彻底完形的弯远诗思，而是径直去聚焦其精粹的短诗部分，进而将它视作海子的全部。也因此，我们现今谈论的，只是一个局部的海子，远非一个完全的海子。

但正是这部《全集》，给出了支撑起一个天才诗人形象的全部信息。我本人便是依据它的前身，1997 年出版的《海子诗全编》，完成了《海子评传》一书。没有它对海子作品的全面展示，我便很难触及他短诗之下远为宏大的伏藏，并为之震撼。

所谓海子的成就主要在其短诗，似已成了一个定论。因此，目前关于海子诗歌的众多选本，大都偏重于他的短诗。而根据我的研究，海子的整体成就由短诗、长诗、文论这三大板块构成。他的短诗，只是浮出海面的那一冰山；而他的文论尤其是长诗，既是一个洪荒性的所在，更是一个气象万千的所在，还是其诸多短诗生成的背景和基础。没有这个基础，他的许多短诗便无从产生，也难以压缩进现在的这种能量。

基于以上原因，我希望选编一部既能体现海子的整体成就，又能芟芜去杂，使读者通畅进入其腹地的选本。而最可行的办法，就是在三大板块的格局中，对其庞大芜杂的作品总量瘦身，并做出相应的编辑梳理，从而使一个全面、立体的海子，从现在的洪荒中水落石出。

二

瘦身的具体情况如下：

——短诗。收录在《全集》正文部分的短诗共 242 首，选

140首。此外，2017年第4期的《花城》，刊发了新发现的海子初恋时期的10首佚作。其中的《送别》一诗，让人耳目一新，故再增选这一首，共141首。

——长诗。共10首，分两大系列，其一为"河流三部曲"，包括《河流》《传说》《但是水、水》；其二为"太阳七部书"，包括《太阳·断头篇》《太阳·土地篇》《太阳·大札撒》《太阳·你是父亲的好女儿》《太阳·弑》《太阳·诗剧》《太阳·弥赛亚》。这是三大板块中体量最大，分量最重，又最为芜杂的一个部分。其中数首相对干净完整，其余各篇或处于碎片状态，或处在沉醉乃至泛滥性的书写中，未及清理的洪荒状态。故此——

对《太阳·断头篇》《太阳·大札撒》《太阳·诗剧》3首全部略去。

对《但是水、水》《太阳·弥赛亚》2首做出保留框架和精华的节选。

对《河流》《传说》《太阳·土地篇》《太阳·你是父亲的好女儿》《太阳·弑》5首完整保留。

——文论。共8篇。这是三大板块中体量最小，但能量张力最大的一个部分。其中对世界顶级艺术家如数家珍的谈论，对自己不可思议的诗学想象力和诗歌抱负的表达，恍若真是"神的故乡鹰在言语"，并对他整个写作构成了有效诠释。故全部保留。

编辑梳理的情况如下：

——对短诗排列顺序的调整。《全集》中的所有作品，都是按写作的时间顺序所编排，但诸多短诗的排序，却存在着时序颠倒的现象。兹仅举两例，比如《黎明和黄昏》，其后标注的写作时间为"1987"，却插放在1989年海子临终前的作品中；写于1989年3月14日凌晨的《春天，十个海子》，是海子一生中的最后一首作品，却置放在倒数第8的位置。

也许是出于研究的心态，我非常看重一首诗作后面的写作时间，会把它放在一位诗人的某一写作阶段，乃至同一时期一代诗人的写作大势中来考量。而在同一诗人同一时段的写作中，这首诗作与其他诗作也具有相互佐证、相互诠释的效果，因此，此番进行了新的排序调整。一是对所有的诗作按时间顺序调整后，再以年度为界断开，并于目录页和正文特别标出年度时间，以便一目了然。二是对同一年度未注明写作月份、日期的，则按这些诗作中的相关信息，比如一次漫游中的时间地理顺序，或其人生某一特殊事件引发的持续情绪反应，进行逻辑关联性的大致排序。

——考订与注解。此次重读过程中，发现了疑似有误的一些字词，比如《阿尔的太阳》这首关于凡·高的短诗，其"火山一样不计后果的／是丝杉和麦田"中的"丝杉"，可以确定是"丝柏"之误，遂予以更改，并做了注解说明："原版本为'丝杉'，查无此物，疑为'丝柏'，来自凡·高《有丝柏的道路》等画作，故改。"而有的虽疑似有误，但却无法确定，便只在注解中表达了我的猜测，以供读者参考。

此外，对于其中一些明显的错别字，如《诗学，一份提纲》

中的"压跨"之于"压垮"等等，则直接做了更正，不再附加说明。

特别需要说明的是，《全集》原有的注解都来自编者西川，在这个选本中特别标明为"西川原注"；我的注解，则标明为"燎原注"。

——标题处理。《全集》中有两首标题为《秋》的同名短诗，但正文各异。特在目录页用括号注明各自正文的第一句，以示区别。

此外，还有几个特殊的编辑处理，情况如下：

——长诗的编排。缘于既要对这个板块瘦身，又能呈示其原有的宏大格局，这里采取的办法是，在目录和正文中完整罗列出10首长诗的标题；对于完全略去的3首，在各自的标题后面用括号注明"存目"；对于节选的2首，完整罗列出每首诗作中的二级标题和三级标题，删去的部分，用括号注明"正文略"。我希望通过这样的处理，使读者在这个压缩版中，仍能展开对于海子宏大世界的想象。

——"河流三部曲"的概念。这个概念原出现在我的《海子评传》中，是我对海子早期三部长诗《河流》《传说》《但是水、水》的整体命名，以与"太阳七部书"相对应。它在我的叙述语言中出现当然没有问题，而在此作为这三部长诗的正式冠名，似有自作主张的冒昧。但"三部曲"与"七部书"之间，确实存在着从南方的水系原型，到北方火系原型的截然转折。为了更清晰地呈现海子写作中的精神变轨，遂姑且如此，并在长诗部分将它们分为两个系列依次编排。

——"佚散故事三篇"的增补。这三篇作品以"村庄"为题，收录在《全集》的"补遗"部分。在我的眼中，它们与长诗《但是水、水》最后部分的《其他：神秘故事六篇》一样，是传递了海子神秘精神世界的重要作品，且与之存在着密切的上下文关系，故将其命名为"佚散故事三篇"，以附录的形式置于其后，并做出相关说明，以供读者参考。

三

接下来，我想说出一个奇怪的感受，此次按短诗、长诗、文论的顺序重新读完海子，再回头来看他的短诗，竟有从云雾蒸腾的深山秘境，回到山口小平原的感觉。

我的意思是，他的诸多短诗当然极为精彩，且更易直抵心灵，但其中的大部分，基本上处在与公众经验相应的平面；而他的长诗，虽因泛滥性的书写存在不少瑕疵，但其整体却矗立为山峦，呈现着我们见所未见的，神殿废墟群落式的苍茫气象。

这个奇怪的感觉，可以从海子恐龙式的写作形态中得到解释。现今诗人们普遍的写作方式是，通常从事短诗的写作，偶尔会于某个时段，致力于一首长诗或组诗的"大活儿"，之后再回到短诗。根据海子在《弥赛亚》中的自述，他的诗歌写作始之于

1982 年（"让我再回到昨天 / 诗神降临的夜晚 /……1982/ 我年刚十八"），但起码是在随后不久的 1983 年初，他便在一个哲学动力系统的驱动中，扑向长诗这种"大神器"的建造（第一首长诗《河流》的末尾虽注明 1984 年 4 月，但该诗的"后记"《源头和鸟》却为 1983 年 3 月。这意味着在此之前，他已完成了这部长诗的草稿），由此直到生命终了前的六年时间，几乎从未间断。而他的诸多短诗，其一是这一主体工程的情绪外溢和特别申述，诸如《祖国（或以梦为马）》等等；另一部分，则是他人生特殊时段的情感日记，比如那句"姐姐，今夜我在德令哈"的绝唱，被他取名为《日记》，正是这类写作性质的隐喻。

　　海子的长诗，的确类似于恐龙。这不光是指其恐龙式的庞大体量，还包括其遥远古老的史诗文体模式，其中不但包含了诗剧、歌咏、寓言、故事等多种文体；有的，则直接就是大型诗剧，或诗体小说。这是只有古希腊时代的那种史诗才具有的形式。

　　那么，在时间相距数千年的现代生存中，年仅十八九岁的海子，为何要取法于这种古老的形式，他的写作基于什么样的逻辑起点和诉求，其终极又指向何处？

　　在此，我想以荷尔德林为镜像来谈论这些问题。

　　20 世纪的欧洲经典哲学家和中国当代学者，对于荷尔德林的世界曾做过这样一些描述：他深刻地预感到现代人的处境和应该趋往的未来；他的心灵绝对无法在一个失去了神性的世界中栖居；他痛苦地感受到，离弃了神灵，人从此畏惧死亡，为维持牡蛎般的生活而甘受一切耻辱；人离开了神灵就是离开了故乡，诗人的使命就是返乡；诗人必须无畏地站立在神的面前，向世人发出隐秘的召唤，使他们洞悉故乡的真谛。

从某种意义上说，荷尔德林的问题，正是海子的问题。海子一生仅写过一篇诗人的专论，这就是那篇著名的《我热爱的诗人——荷尔德林》。

关于现代人牡蛎般屈辱的生存感受，我们今天已是刻骨铭心，并在微信世界传导出电击式的反应，但此前却几无察觉。而早在上世纪 80 年代，海子就以他对乡村饥饿的锥心记忆和天才诗人的"先知先觉"，压抑不住地失声喊出："为了生存你要流下屈辱的泪水！"（《重建家园》）无疑，这正是他长诗写作的起点。当我们现今将此归咎为时代性的道德沦丧时，海子则认为，那是因为人的生活离弃了神灵。因而，其诗歌的直接指向，就是重建一个人神共居的家园，并回到其中。而这个家园的模板，则真实而虚幻，它恍惚存在于公元前那种人神共住的几大文明体系中，更回荡在诸如荷马之于史诗时代的无尽吟唱和沉湎中。这因而使他确信，只有史诗这种形式，才能承载他的诉求，进而在其文本中凸显出两大特征：主体场景中的古代文明幻象，古老史诗独有的综合文体形式。但在这一指向的统摄中，他的认识则是渐进性的。

最初呈现在"河流三部曲"中的幻象，大致上分为先民生活场景和东方文化（哲学、神话）系统两个部分。那的确是一个让人神往的烂漫时空："你是水 / 是每天以朝霞洗脸的当家人""老

人们摆开双手 / 想起 / 自己原来是居住在时间和白云下 / 淡忘的一笑"……但随后，烂漫却转换为严峻，人的生活因离弃了神灵开始经受磨难。而他给出的解脱之道，便是放弃世俗社会穷尽心机的"智慧"，回到老庄那种返璞归真的生活："从此我用青蛙愚鲁的双目来重建我的命运，质朴的生存"，进而为维护人类神性的意真，竟渴望从此"老人重建歌曲。儿童不再生长"（儿童的世界总是天真无邪，人一长大就会变"坏"）！由此再联想到《重建家园》那首短诗，你便会恍然大悟，其主旨便是"双手劳动""放弃智慧"。前边谈到海子的长诗是其短诗生成的背景，这便是一个典型例证。

从"河流三部曲"到接下来的"太阳七部书"，呈现出海子精神艺术世界一次断裂性的跨越。这是一个远远超出了我们想象的、让人震惊的世界。他在其中所做的最重要的事情，就是深入大地茫无际涯的黑夜，经历并洞悉其中所有的秘密。依据海德格尔的说法，人只有足够丰富的经历，才能返回故乡。

那么，他在其中又看到了什么？

他看到了元素。操纵人类的神秘元素战乱。在《土地篇》这部长诗中，仿佛是站在黑夜的山巅俯察大地，他看到围绕土地的万物周流中，各种隐秘元素的汹涌冲撞：由巨石代表的大地稳定的吸附力、支撑力；由欲望、酒、王、韧性所代表的原始力；由土地宿命性的磨难、饥饿、恐惧、死亡构成的下陷力；由云冈石窟、龙门石窟、麦积山和敦煌所代表的文化家园，以及由雪莱、荷马等歌者和众神构成的上升力……

　　而在三幕三十场诗剧《弑》中，他通过巴比伦国王在选择接班人过程中精心设计的圈套，由此引发的循环性复仇，指认出使大地一次次陷入灾难的毁灭元素：在历史与人性中一再作祟的疯狂"魔性"。在我看来，这是海子一个堪称伟大的发现。这个魔性，它以平静世事的突然动荡，大地之上毫无缘由的突发性瘟疫，常规人性中魔鬼附体般的突然疯狂，表现出它神秘、幽暗的本质性存在。它周期性地摆布大地上的一切，但既不可预测，更无法防控。

　　诗体小说《你是父亲的好女儿》，是一部类似于中世纪草原羊皮书式的作品。它所讲述的，是以"我"为首的四位流浪艺人出生入死的冒险流浪生涯。地点：从青藏高原的西海（青海湖），到中亚西亚的草原沙漠；时间：从眼下的此在，到秘密教会统治的中世纪。在这一穿越时空的流浪中，他记述了与现实和过往历史中的石匠、强盗、马帮、蒙面僧侣、秘密兄弟同盟会、囚禁在地牢中披火的狮子……惊心动魄的遭遇。其中着力描述了两个事物：其一，是一座山顶上神殿的废墟和石门。那是一扇缺少了它，世界就失去了支撑的石门。但为盲眼石匠几代人所建造的这一巨大石门，却"越来越不接近完成"，并呈现着"一种近乎愚蠢的表情"。其二，是一位名叫血儿的精灵般的少女。血儿的生命来自云和闪电，云和闪电钻进大海，她从海浪中露出小脑袋，并被推送到人间。此后，她在强盗窝中度过童年，又在女巫的家中练习舞蹈、咒语和唱歌。再之后，在行将被强盗处死时遇到"我们"，跟随"我们"踏上了没有故乡没有归宿的流浪生涯。在大雨茫茫的草原，血儿跳起种种名为"闪电"和"雨"，这些没有开始没有结束只有高潮贯穿的舞蹈。这个舞蹈的精灵，她在痛苦、闪电和流浪中学习到的东西，是那些在故乡长大的女孩子无法体会到的。

从某种意义上说，血儿代表着另外一个海子，是海子灵魂的渴望与崇尚。她既是唯一一位生活在流浪的自由之乡，并为此而造化的精灵，也是人类"神性元素"的化身——基于人类天性中野性的童真与艺术本能的合一。当然，它还是海子关于故乡的真谛，向世人的隐秘传递。

对于这个血儿，海子是如此热爱，依据其优秀的生命必然重生的逻辑，在他的几部长诗中反复出现。在诗剧《弑》中，她是红公主——巴比伦国王的女儿、主人公剑的妹妹，又在神秘魔性的操控中成为剑的妻子，并最终替剑丧命；在《弥赛亚》中，她则是陪伴作者走完了人生的疯公主。

而以上关于石门的描述，寄寓了海子对世界某些核心秘密的发现和艺术抽象。内部结构如同迷宫，越来越不接近完成的这座石门，既代表了世界奥秘不可穷尽的无限性，又映现了诸如维特根斯坦等哲学艺术巨匠，力图用数学定律之类的抽象思维，解析世界内在本质的智慧与渴望（他在《弥赛亚》一诗中，即把维特根斯坦称为石匠）；石门近乎愚蠢的表情，则是艺术进入终极之境时大道若拙的表征。而石匠积祖祖辈辈之力永不休止的雕造，既体现了西西弗斯式的执拗，更是海子在沉醉性的书写中，对其太阳系列"越来越不接近完成"的预感。但他并没有恐慌，而是用"愚蠢"表述其作品的本质和他的自负。在他的心目中，存在着一种超级伟大的作品，这类作品的特征，就是超出了聪明想象的、明知不可为而为之的愚蠢，且一己之力根本无法完成。的确，他最后一部长诗《弥赛亚》不但至死也未完成，且其中的大量描述也放弃了修辞性的诗歌语言，转而以干枯的数理定义来表达。这既是一种"愚笨"的语言方式，但在哲学家的眼中，又是世界上最为简洁、精确的语言。

——这仅是对《你是父亲的好女儿》这一部作品，一个极简略的解读，而整个"太阳七部书"的浩瀚与博大，海子心灵闪电触及的茫无际涯，步入这一境地后他本人的惊喜、茫然与惶惑，我们于此约略可以想见。

四

纵观海子的整个写作，时间和空间越来越远。在时间形态上，他从故乡现实的土地出发，走向中世纪，走向远古；在空间形态上，他从家乡的南方走向北方，走向西部的青藏高原，再到中亚西亚，古巴比伦，古希腊……当他在"神圣的黑夜走遍大地"，接下来，又"异想天开"地要进入天空，正所谓"天空一无所有／为何给我安慰"？然而，天，果真就开了，且在他的笔下绝非一无所有。《弥赛亚》这部未完成的长诗，即是关于天空的复杂描述。

这部诗中有一个一闪而过的重要意象——金字塔（"红色高原／荒无人烟／而金字塔指天而立"）。金字塔的自身属性是石头，但却是"被火用尽之后"（被火熔去杂质后）纯粹的石头。这一几何形状的石头，"简洁而笨重"，没有复杂的抒情，没有美好的自我，也没有繁殖和磨损，但世界上所有不可言说的东西，都"住在正中"。因此，它代表着万有和终极。显然，这正是海子对此时"被火用尽"的他自己，及其"太阳七部书"这一诗歌建筑的隐喻。

是的，它"坐在大地／面朝天空"，既若通天之塔，又似登天之梯。

然而，当他的神思在若干个瞬间冲上太空俯瞰世界时，石头却不再是终极，而成为与天空并列的两个单元："世界只有天空和石头"，且"世界的中央是天空，四周是石头""天空中间是没有内容的"；接下来，"在天空上行走越走越快，最后的速度最快是静止／但不可能到达那种速度"。这些表述的意思是，终极性的石头在天空中只处于外围；天空的中央是空的，是虚无；并且，人不可能抵达天空中央。这便是他在太空之上，对于世界的最终所见和所悟。但他随即便意识到，"我到达不应到达的高度"。是的，居于天空中央和最高处（太空）的，是上帝的位置，不是他的位置。那么，接下来他又该如何？其表达是，折返而下，"化身为人"。

什么样的人呢？在《化身为人》这最后一章，他要把这最终的诗篇"献给赫拉克利特和释迦牟尼，献给我自己，献给火"。也就是说，他是和前两位并列的那种人（赫氏是古希腊哲学家，其核心思想是，万物的本源是火，宇宙的秩序由火的本质所规定）。进一步地说，他与赫氏与释迦牟尼在元素形态上都是火，是人类中的苦炼之火，照亮世界之火。"我觉悟我是火""火只照亮别人"，并且，"火是找不到形式的一份痛苦的赠礼和惩罚"。依据这个说法来推论，对于找不到形式的释迦牟尼而言，创立佛教便是火对他的惩罚和赠礼；对于海子本人，这个惩罚和痛苦的赠礼，则是他以"七卷经书"自称的"太阳七部书"。

然而，诗歌本身并不是目的地。它既"不是故乡／也不是艺术"，而是提携人类上升的力量，"带着我们从石头飞向天空"。显然，海子此时心目中的"故乡"已经变了，它不再是大地之上人神共居的烂漫家园，而是诸神所在的天空。

那么，返乡的内在机制到底是什么呢？从原理上说，故乡并不是一个具体的物理空间，而是人类对自己诞生之初，那一人神共居时空的基因性记忆。因此，现今的我们，都是远离故乡的异乡人。而返乡的起点，始之于生命因生存的压抑而反弹出的，心灵飞翔的诗性渴望和想象，并以此为动力，展开朝着远方的精神流浪。在重历时空隧道的风雨流霞中，体悟到对生命秘密的豁然开解，并产生光明涌入的喜悦。这便是通常意义上的返乡。而海子的故乡却在天空，他的返乡方式，则是以身体和精神的双重流浪，九九八十一难般地穿行其中，以对其中所有秘密的洞悉和生命的脱胎换骨，获得涅槃式的纯粹，终而实现返回天空的飞翔。

但这仍不是他的最终目的，他的终极目标，是"通过轮回进入元素"，亦即照亮世界的火元素：太阳。也就是说，他并不只是要进入天空，完成自己；而是要成为太阳，"照亮别人"——向世人昭示通往神性世界的道路。那么，人类有这种"通过轮回进入元素"的人吗？在他的眼中当然有，比如释迦牟尼，但还有一个更典型的人物——死后重生的弥赛亚。

这便是海子最终目标的模板和依据。也是他把这最后一部长诗，命名为《弥赛亚》的根本原因——优秀的生命负有使命，并必然重生。

五

在《弥赛亚》的最后部分，是"这一夜／天堂在下雪"。其中有两个重要情节。

其一是疯公主的出现：她被"雪白的光"——虚幻的光明之火烧灼得无法承受："光束越来越粗／啊……我快要支持不住了／把我救出去！"既而是火渐渐熄灭时"我感到冷了／我感到冷了"，以至最终冷缩成一条虫子。如此逼真的描述，应该正是海子本人体内的生命之火，燃烧一空时的确凿幻象。

其二，是由九位长老组成的合唱队，在最终时分的出现。这是原先在大地上历尽磨难，又为磨难所造化，最终进入天堂的九位人物。他们分别是：持国（印度史诗《摩诃婆罗多》中善良公正的国王）、俄狄浦斯（希腊神话中因破解了斯芬克斯之谜而拯救了城邦的国王）、荷马（古希腊时代两部长篇史诗《伊利亚特》和《奥德赛》的传唱者）、老子（中国先秦时代的哲学家、《道德经》作者）、阿炳（以《二泉映月》等二胡曲名世的中国近现代流浪艺人）、韩德尔（又译亨德尔，18世纪英国音乐巨匠，清唱剧《弥赛亚》作者）、巴赫（18世纪德国作曲家、演奏家，西方近代音乐之父）、弥尔顿（17世纪英国诗人，长诗《失乐园》《复乐园》《力士参孙》的作者》）、博尔赫斯（20世纪享誉世界的阿根廷诗人、作家）。

所谓长老，是地位仅次于释迦牟尼和弥赛亚这类主神的人物。那么，这九位中的国王、哲学家、音乐家、诗人和流浪艺人这各色人等之间，有共同点吗？是的，他们都是各自领域中为磨难造化成了神的人物；但接下来，我们很难不惊奇海子浩瀚的文化视野和近乎无厘头式的诡异想象力，被他集合在一起的这九位除老子外，其余八位竟都是盲人！那么老子呢？当是在他看来，这位只与天地说话的高人，早就对俗世纷扰视若无睹，形同盲人。因此，他又把这支合唱队命名为"视而不见"合唱队。这既是对盲人特征的绝妙概括，更是指他们内心为光明所充斥，对其他的一切视而不见。

此外，这里还存在着一个特殊的时间节点：写完《弥赛亚》的首章《献诗》时，后边特别注明是 1988 年 12 月 1 日，那么，全诗写到这即将终了时，大致上应是 1989 年的元旦前后。此时既应是天空中大雪纷飞的时节，更是使他悲欣交集的辞旧迎新时节。所以此时他幻觉中的大雪，一方面是天梯已被凝冻的世纪末日般的奇寒与荒凉；另一方面，却又是充满了诞生气氛的温暖的大雪、幸福的大雪。那么，"天堂有谁在诞生"？他并没有回答自己的设问，但就是在这个时候，他看见了由这九位盲眼长老组成的合唱队。不言而喻，这是一支前来接引他进入天堂的队伍。

> 天堂的大雪一直降到盲人的眼里
> 充满了光明
> 充满了诞生的光明
>
> 高声地唱起来，长老们
> 长老们

也是从这一刻开始，他在自己的意识中，已彻底走完了重生之路，来到天堂与众神相聚。

六

是的，这一切，听起来就是一个神话，而它实际上就是一个神话。但一切的神话都是由人演绎的。进入神话的释迦牟尼原本是人，弥赛亚也是人。神话，起源于人类超越苦难的渴望和想象，是人类以其伟大的天真品质和深层智慧，对为此展开的超凡精神形态和超凡想象力的本质表达。正像古希腊辉煌的神话谱系所表明的，一个时代的精神形态越是健壮，意味着它与神的联系就越是紧密，它的神话思维也就越是发达。而进入现代社会后，人类从神明信仰拐向财富信仰的高速公路，并以不断升级的科技文明和严密职业分工，创造了另外一个神话：物质的神话！但陷入以追求最大物质回报为目标的专业工位中，其中的每一个体既因不敢越雷池半步而饱受压抑，又日益强化出一种苟且实利的世故思维，由此决定了其牡蛎般的生命压抑永难解脱。

正是基于这一现实，海子以锐利的诗人直觉和浩瀚经典阅读，径直切入人类文明源头的神话体系，并回到故乡般地从此沉醉其中，进而彻底置换出他强盛的神话思维。正像他把国王和流浪艺人纳入同一家族一样，在他的概念中，所有的神都是精神超凡的人（比如弥赛亚），所有精神超凡的人都是神（比如瞎子阿炳）。这无疑是站在本质中说破了本质。他打通了人神之间不可逾越的屏障，使在世俗思维中作为概念存在的遥远神灵，成为同一大时空中使他亲切、敬仰的亲人与前辈。因此，接下来的事情便不难理解，他把"太阳七部书"的写作，又视为奔向众神的"行动"，用通俗的语言来表述，就是要见贤思齐，奋起直追。

1987年，他在长诗《土地》的末尾，向着他所崇敬的荷马，发出了让我第一次看到后就永远无法忘记的誓言："荷马啊／黄昏不会从你开始／也不会到我结束""面临覆灭的大地众神请注目／荷马在前　在他后面我也盲目　紧跟着那盲目的荷马"！

而1989年元旦前后，在终于轮廓性地完成了"太阳七部书"的此刻，是的，他看见了包括荷马在内的长老合唱队，前来迎接他进入天堂，与隔世的"亲人们"相聚。

此后的3月14日凌晨，他写下了一生中最后一首诗篇。而作为在自己的意识中已经进入天堂之人，从性质上说，这是一首不再属于绝笔，而是预言性的诗篇：《春天，十个海子》。该诗的第一句，便是对自己死而复生的预言："春天，十个海子全部复活"！

没错儿，从那时至今已将近三十年以来，无数诗人诗篇中的海子元素和关于他的纪念研讨活动，已确凿地验证了他的复活；而他的诗篇在大地之上连绵不绝地被传唱，不正是世人对他隐秘召唤的回应？

2017.11.12夜·威海蓝波湾

目　录

第一编　短　诗　（1984—1989）

3

第二编　河流三部曲 （1984—1985）

8

第三编　太阳七部书 （1986—1988）

第四编　文　论　(1983—1988)

!.

第一编

短　诗

(1984—1989)

1 9 8 4 年

阿尔的太阳

——给我的瘦哥哥

一切我所向着自然创作的，是栗子，从火中取出来的。啊，那些不信仰太阳的人是背弃了神的人。

——凡·高致其弟泰奥书信

到南方去

到南方去

你的血液里没有情人和春天

没有月亮

面包甚至都不够

朋友更少

只有一群苦痛的孩子，吞噬一切

瘦哥哥凡·高，凡·高啊

从地下强劲喷出的

火山一样不计后果的

是丝柏[1]和麦田

还是你自己

喷出多余的活命的时间

其实，你的一只眼睛就可以照亮世界

但你还要使用第三只眼，阿尔的太阳

把星空烧成粗糙的河流

把土地烧得旋转

举起黄色的痉挛的手，向日葵

邀请一切火中取栗的人

不要再画基督的橄榄园

要画就画橄榄收获

画强暴的一团火

代替天上的老爷子

洗净生命

红头发的哥哥，喝完苦艾酒

你就开始点这把火吧

烧吧

1984.4

1　原版本为"丝杉"，查无此物，疑为"丝柏"，来自凡·高《有丝柏的道路》等画作，故改。——燎原注

新娘

故乡的小木屋、筷子、一缸清水

和以后许许多多日子

许许多多告别

被你照耀

今天

我什么也不说

让别人去说

让遥远的江上船夫去说

有一盏灯

是河流幽幽的眼睛

闪亮着

这盏灯今天睡在我的屋子里

过完了这个月，我们打开门

一些花开在高高的树上

一些果结在深深的地下

1984.7

村庄

村庄里住着

母亲和儿子

儿子静静地长大

母亲静静地注视

芦花丛中

村庄是一只白色的船

我妹妹叫芦花

我妹妹很美丽

1984

女孩子

她走来

断断续续地走来

洁净的脚印

沾满清凉的露水

她有些忧郁

望望用泥草筑起的房屋

望望父亲

她用双手分开黑发

一枝野樱花斜插着默默无语

另一枝送给了谁

却从没人问起

春天是风

秋天是月亮

在我感觉到时

她已去了另一个地方

那里雨后的篱笆像一条蓝色的

小溪

海上婚礼

海湾

蓝色的手掌

睡满了沉船和岛屿

一对对桅杆

在风上相爱

或者分开

风吹起你的

头发

一张棕色的小网

撒满我的面颊

我一生也不想挣脱

或者如传说那样

我们就是最早的

两个人

住在遥远的阿拉伯山崖后面

苹果园里

蛇和阳光同时落入美丽的小河

你来了

一只绿色的月亮

掉进我年轻的船舱

春天的夜晚和早晨

夜里

我把古老的根

背到地里去

青蛙绿色的小腿月亮绿色的眼窝

还有一枚绿色的子弹壳，绿色的

在我脊背上

纷纷开花

早晨

我回到村里

轻轻敲门

一只饮水的蜜蜂

落在我的脖子上

她想

我可能是一口高出地面的水井

妈妈打开门

隔着水井

看见一排湿漉漉的树林

对着原野和她

整齐地跪下

妈妈——他们嚷着——

妈妈

1984.10

历史

我们的嘴唇第一次拥有

蓝色的水

盛满陶罐

还有十几只南方的星辰

火种

最初忧伤的别离

岁月呵

你是穿黑色衣服的人

在野地里发现第一枝植物

脚插进土地

再也拔不出

那些寂寞的花朵

是春天遗失的嘴唇

岁月呵，岁月

公元前我们太小

公元后我们又太老

没有人见到那一次真正美丽的微笑

但我还是举手敲门

带来的象形文字

撒落一地

岁月呵

岁月

到家了

我缓缓摘下帽子

靠着爱我的人

合上眼睛

一座古老的铜像坐在墙壁中间

青铜浸透了泪水

岁月呵

1984

亚洲铜

亚洲铜，亚洲铜

祖父死在这里，父亲死在这里，我也将死在这里

你是唯一的一块埋人的地方

亚洲铜，亚洲铜

爱怀疑和爱飞翔的是鸟，淹没一切的是海水

你的主人却是青草，住在自己细小的腰上，守住野花

　　的手掌和秘密

亚洲铜，亚洲铜

看见了吗？那两只白鸽子，它是屈原遗落在沙滩上的

　　白鞋子

让我们——我们和河流一起，穿上它吧

亚洲铜，亚洲铜

击鼓之后，我们把在黑暗中跳舞的心脏叫做月亮

这月亮主要由你构成

　　　　　　　　　　　　　　　　　1984.10

中国器乐

锣鼓声

锵锵

音乐的墙壁上所有的影子集合

去寻找一个人

一个善良的主人

锵锵

去寻找中国老百姓

泪水锵锵

中国器乐用泪水寻找中国老百姓

秦腔

今夜的闪电

一条条

跳入我怀中，跳入河中

蛇皮二胡拉起。

南瓜地里沾满红土的

孩子思乳的哭声

夜空漫漫长长

哭吧

鱼含芦苇

爬上岸来准备安慰

但是

哭吧

瞎子阿炳站在泉边说

月亮今夜也哭得厉害

断断续续的口弦声钻入港口的外国船舱

第一水手呆了

第二水手呆了

那些歌曲钉在黄发水手的脑袋上

1984.11

民间艺人

平原上有三个瞎子
要出远门

红色的手鼓在半夜
突然敲响

并没有死人
并没有埋下枣木拐杖

敲响，敲响
心在最远的地方沉睡

平原上有三个瞎子
要出远门

那天夜里
摸黑吃下高粱饼

1984.11

爱情故事

两个陌生人

朝你的城市走来

今天夜晚

语言秘密前进

直到完全沉默

完全沉默的是土地

传出民歌沥沥

淋湿了

此心长得郁郁葱葱

两个猎人

向这座城市走来

向王后走来

身后哒姆哒姆

迎亲的鼓

代表无数的栖息与抚摸

两个陌生人

从不说话

向你的城市走来

是我的两只眼睛

1984.12

不要问我那绿色是什么

头发

灌满阳光和大沙

我是荒野上第一根被晒坏的石柱

耕种黑麦

不要问我那绿色是什么

小鸟像几管颜料

粘住我的面颊

树下有一些穿着服装的陌生人

那时我已走过青海湖，影子滑过钢蓝的冰大坂

不要问我那绿色是什么

木筐挑着土

一步迈上秦岭

秦岭，最初的山

仍然在回忆我们，一窝黄黑的小脑袋——孩子啊

不要问我那绿色是什么

我避开所有的道路

最后长成

站在风熏寓言的石墓上

长成

不要问我那绿色是什么

1984.12

1 9 8 5 年

活在珍贵的人间

活在这珍贵的人间

太阳强烈

水波温柔

一层层白云覆盖着

我

踩在青草上

感到自己是彻底干净的黑土块

活在这珍贵的人间

泥土高溅

扑打面颊

活在这珍贵的人间

人类和植物一样幸福

爱情和雨水一样幸福

1985.1.12

夏天的太阳

夏天
如果这条街没有鞋匠

我就打赤脚
站到太阳下看太阳

我想到在白天出生的孩子
一定是出于故意

你来人间一趟
你要看看太阳

和你的心上人
一起走在街上

了解她
也要了解太阳

（一组健康的工人

正午抽着纸烟）

夏天的太阳

太阳

当年基督入世

也在这阳光下长大

1985.1

城里

面对棵棵绿树

坐着

一动不动

汽车声音响起在

脊背上

我这就想把我这

盖满落叶的旧外套

寄给这城里

任何一个人

这城里

有我的一份工资

有我的一份水

这城里

我爱着一个人

我爱着两只手

我爱着十只小鱼

跳进我的头发

我最爱煮熟的麦子

谁在这城里快活地走着

我就爱谁

1985

日光

梨花

在土墙上滑动

牛铎声声

大婶拉过两位小堂弟

站在我面前

像两截黑炭

日光其实很强

一种万物生长的鞭子和血！

熟了麦子

那一年
兰州一带的新麦
熟了

在水面上
混了三十多年的父亲
回家来

坐着羊皮筏子
回家来了

有人背着粮食
夜里推门进来

油灯下
认清是三叔

老哥俩

一宵无言

只有水烟锅
咕噜咕噜

谁的心思也是
半尺厚的黄土
熟了麦子呀!

1985.1.20

中午

中午是一丛美丽的树枝
中午是一丛眼睛画成的树枝
看着你

看着你从门前走过
或是走进我的门

走进门
你在

你在一生的情义中
来到
落下布帆
仿佛水面上我握住你的手指

（手指
是船）
心上人

爱着，第一次

都很累，船

泊在整个清澈的中午

"你喝水吧

我给你倒了

一碗水"

写字间里

中午是一丛眼睛画成的

看着你

1985.1.26 半夜

为了美丽

为了美丽

我砸了一个坑

也是为了下雨

清亮的积水上

高一只

低一只

小雨儿如鸟

羽毛湿湿

掀动你的红头巾

都是为了美丽

摸着裤带的小男孩

那时刻

戴一只黑帽子

1985.1

浑曲

妹呀

竹子胎中的儿子
木头胎中的儿子
就是你满头秀发的新郎

妹呀

晴天的儿子
雨天的儿子
就是滚遍你身体的新娘 [1]

妹呀

吐出香鱼的嘴唇
航海人花园一样的嘴唇
就是咬住你的嘴唇

1　此处的"新娘"意思费解，疑为"新郎"。——燎原注

送别 [1]

火车站是一棵老树

树上挂灯

树下分离

分离

摘下手套紧抓你的手

……人走了

他抱着两只手套

像抱着两头小鹿

像抱着一对

不会唱歌的黄鸟

走进夜深处

人迹稀少

人走了

车站广场

---

1 《送别》为新发现的海子十首佚作之一首，载《花城》2017 年第 4 期。——燎
原注

只有另一人

留下了八颗烟头

围成一圈

是一朵八瓣的黄花

1985.2

你的手

北方
拉着你的手
手
摘下手套
她们就是两盏小灯

我的肩膀
是两座旧房子
容纳了那么多
甚至容纳过夜晚
你的手
在他上面
把他们照亮

于是有了别后的早上
在晨光中
我端起一碗粥
想起隔山隔水的

北方

有两盏灯

只能远远地抚摸

1985.2

写给脖子上的菩萨

呼吸，呼吸
我们是装满热气的
两只小瓶
被菩萨放在一起

菩萨是一位很愿意
帮忙的
东方女人
一生只帮你一次

这也足够了
通过她
也通过我自己
双手碰到了你，你的

呼吸

两片抖动的小红帆

含在我的唇间

菩萨知道

菩萨住在竹林里

她什么都知道

知道今晚

知道一切恩情

知道海水是我

洗着你的眉

知道你就在我身上呼吸

呼吸

菩萨愿意

菩萨心里非常愿意

就让我出生

让我长成的身体上

挂着潮湿的你

1985.4

蓝姬的巢

木塔那儿

一共有两个人

蓝姬她是一张小圆脸

蓝姬的丈夫是一位卖高粱的皇帝

卖高粱的人民币

买来了一面小鼓

围着小巢敲击

鼓点声大

雨点声小

蓝姬如一只雪雁

今夜又栖

爱人的嘴唇

巢

如果我公开

我自己秘密的小巢

一定会有许多耳朵凑上来

散布消息

水中一对鱼夫妻

手捉手

走过桥洞去

挂巢之树

结梨三只……

蓝姬指着前后左右

十字星是自己的丈夫

1985.5

打钟

打钟的声音里皇帝在恋爱
一枝火焰里
皇帝在恋爱

恋爱，印满了红铜兵器的
神秘山谷
又有大鸟扑钟
三丈三尺翅膀
三丈三尺火焰

打钟的声音里皇帝在恋爱
打钟的黄脸汉子
吐了一口鲜血
打钟，打钟
一只神秘生物
头举黄金王冠
走于大野中央

"我是你爱人

我是你敌人的女儿

我是义军的女首领

对着铜镜

反复梦见火焰"

钟声就是这枝火焰

在众人的包围中

苦心的皇帝在恋爱

1985.5

麦地

吃麦子长大的
在月亮下端着大碗
碗内的月亮
和麦子
一直没有声响

和你俩不一样
在歌颂麦地时
我要歌颂月亮

月亮下
连夜种麦的父亲
身上像流动金子

月亮下
有十二只鸟
飞过麦田
有的衔起一颗麦粒

有的则迎风起舞，矢口否认

看麦子时我睡在地里

月亮照我如照一口井

家乡的风

家乡的云

收聚翅膀

睡在我的双肩

麦浪——

天堂的桌子

摆在田野上

一块麦地

收割季节

麦浪和月光

洗着快镰刀

月亮知道我

有时比泥土还要累

而羞涩的情人

眼前晃动着

麦秸

我们是麦地的心上人
收麦这天我和仇人
握手言和
我们一起干完活
合上眼睛，命中注定的一切
此刻我们心满意足地接受

妻子们兴奋地
不停用白围裙
擦手

这时正当月光普照大地。
我们各自领着
尼罗河、巴比伦或黄河
的孩子　在河流两岸
在群蜂飞舞的岛屿或平原
洗了手
准备吃饭

就让我这样把你们包括进来吧

让我这样说

月亮并不忧伤

月亮下

一共有两个人

穷人和富人

纽约和耶路撒冷

还有我

我们三个人

一同梦到了城市外面的麦地

白杨树围住的

健康的麦地

健康的麦子

养我性命的妻子!

1985.6

十四行：夜晚的月亮

推开树林
太阳把血
放入灯盏

我静静坐在
人的村庄
人居住的地方

一切都和本原一样
一切都存入
人的世世代代的脸
一切不幸

我仿佛
一口祖先们
向后代挖掘的井。
一切不幸都源于我幽深而神秘的水

1985.6.19

思念前生

庄子在水中洗手

洗完了手，手掌上一片寂静

庄子在水中洗身

身子是一匹布

那布上沾满了

水面上漂来漂去的声音

庄子想混入

凝望月亮的野兽

骨头一寸一寸

在肚脐上下

像树枝一样长着

也许庄子是我

摸一摸树皮

开始对自己的身子

亲切

亲切又苦恼

月亮触到我

仿佛我是光着身子

光着身子

进出

母亲如门，对我轻轻开着

坛子

这就是我张开手指所要叙说的事

那洞窟不会在今夜关闭。明天夜晚也不会关闭

额头披满钟声的

土地

一只坛子

我头一次也是最后一次进入这坛子

因为我知道只有一次

脖颈围着野兽的线条

水流拥抱的

坛子

长出朴实的肉体

这就是我所要叙说的事

我对你这黑色盛水的身体并非没有话说

敬意由此开始，接触由此开始

这一只坛子，我的土地之上

从野兽演变而出的

秘密的脚，在我自己尝试的锁链之中

正好我把嘴唇埋在坛子里，河流

糊住四壁，一棵又一棵

栗树像伤疤在周围隐隐出现

而女人似的故乡，双双从水底浮上，询问生育之事

船尾之梦

上游祖先吹灯后死去

只留下

河水

有一根桨

像黄狗守在我的船尾

船尾

月亮升了，升过婴儿头顶

做梦人

脚趾一动不动

踩出没人看见的足迹

做梦人脊背冒汗

而婴儿睡在母亲怀里

睡在一只大鞋里

我的鞋子更大

我睡在船尾

月亮升了

月亮打树，无风自动
生物潜入河流或身体
梦见人类，无风自动

1985.7.12

房屋

你在早上

碰落的第一滴露水

肯定和你的爱人有关

你在中午饮马

在一枝青丫下稍立片刻

也和她有关

你在暮色中

坐在屋子里，不动

还是与她有关

你不要不承认

巨日消隐，泥沙相合，狂风奔起

那雨天雨地哭得有情有义

而爱情房屋温情地坐着

遮蔽母亲也遮蔽儿子

遮蔽你也遮蔽我

1985

1　9　8　6　年

给母亲（组诗）

1. 风

风很美　果实也美
小小的风很美
自然界的乳房也美

水很美　水啊
无人和你
说话的时刻很美

你家中破旧的门
遮住的贫穷很美

风　吹遍草原
马的骨头　绿了

2. 泉水

泉水　泉水
生物的嘴唇
蓝色的母亲
用肉体
用野花的琴
盖住岩石
盖住骨头和酒杯

3. 云

母亲
老了，垂下白发
母亲你去休息吧
山坡上伏着安静的儿子
就像山腰安静的水
流着天空

我歌唱云朵
雨水的姐妹
美丽的求婚

我知道自己颂扬情侣的诗歌没有了用场

我歌唱云朵
我知道自己终究会幸福
和一切圣洁的人
相聚在天堂

4. 雪

妈妈又坐在家乡的矮凳子上想我
那一只凳子仿佛是我积雪的屋顶

妈妈的屋顶
明天早上
霞光万道
我要看到你
妈妈，妈妈
你面朝谷仓
脚踏黄昏
我知道你日见衰老

5. 语言和井

语言的本身
像母亲
总有话说，在河畔
在经验之河的两岸
在现象之河的两岸
花朵像柔美的妻子
倾听的耳朵和诗歌
长满一地
倾听受难的水

水落在远方

1984；1985 改；1986 再改

九盏灯（组诗）

1. 少年儿子怀孕

呕吐的儿子　低音的鼓
伏在海水深处

而离你身体更近
也就胀破了大地

一片草蛾
青草破了
他破在一个怀孕的花上

2. 月亮

海底下的大火，经过山谷中的月亮
经过十步以外的少女
风吹过月窟
少女在木柴上

每月一次，发现鲜血
海底下的大火咬着她的双腿
我看见远离大海的少女
脸上大火熊熊

八月的月窟同样大火熊熊
背负积水的少女走进痛苦的树林
那鲜血淋注的木柴排成的漆黑的树林

3. 初恋

在月亮上我双手捂住眼睛
在水滴中我双手捂住眼睛
月亮上一个丫头昏睡不醒
月亮上一个丫头明亮的眼睛
月亮上我披衣坐起　身如水滴

4. 失恋之夜

我轻轻走过去关上窗户
我的手扶着自己　像清风扶着空空的杯子
我摸黑坐下　询问自己

杯中幸福的阳光如今何在？

我脱下破旧的袜子
想一想明天的天气

我的名字躺在我身边
像我重逢的朋友
我从没有像今夜这样珍惜自己

1985；1986

村庄

村庄，在五谷丰盛的村庄，我安顿下来
我顺手摸到的东西越少越好！
珍惜黄昏的村庄，珍惜雨水的村庄
万里无云如同我永恒的悲伤

1986

在昌平的孤独

孤独是一只鱼筐

是鱼筐中的泉水

放在泉水中

孤独是泉水中睡着的鹿王

梦见的猎鹿人

就是那用鱼筐提水的人

以及其他的孤独

是柏木之舟中的两个儿子

和所有女儿，围着诗经桑麻沅湘木叶

在爱情中失败

他们是鱼筐中的火苗

沉到水底

拉到岸上还是一只鱼筐

孤独不可言说

1986

马（断片）

0.

……而你无知的母亲

还是生下了你

总有一天

你我相遇

而那无知的马受惊的马一跃而起

踏碎了我

1.

太阳，吐血的母马

她一头倒在

我身上

我全身起了大火

因此我四肢在空中燃烧，翻腾

碰到一匹匹受伤的马阵亡的马

你还在上面，还在上面
我的沉重的身子却早在下沉
一路碰撞
接着双手摸到的只有更低处的谷子
还有平原的谷仓
你还在上面，在上面，而平原的谷仓坍塌
匆匆把我掩埋

2.

燃烧的马，拉着尸体，冲出了大地
所行的路上
大马的头颅
拖着人头
晃动
如几株大麦
挡不住！

3.

当另一批白色马群来到

破门而入

倒在你室内的地上

久久昏睡不醒

久久

要知道

她们跑过了许多路

她们——

我诗歌的女儿

就只好破门而入

蒙古的城市噢

青色的城

4.

我就是那疯狂的、裸着身子

　　驮过死去诗人的

　　马

整座城市被我的创伤照亮

斜插在我身上的无数箭枝

被血浸透

就像火红的玉米

1986

春天（断片）

0.

一匹跛了多年的

红色小马

躺在我的小篮子里

故乡晴空万里

故乡白云片片

故乡水声汩汩

我的红色小马躺在小篮子里

就像我手心的红果实

听不见窗户下面

生锈的声音

就像一把温暖的果实

1.

我的头随草起伏

如同纸糊的歪灯

我的胳膊是

一条运猫的小船

停在河岸

一条草

看见走过来的

干净的身子

不多

2.

远方寂寞的母亲

也只有依靠我这

负伤的身体。母亲

望着猎户消匿的北方

刮断梅花

窗户长久地存满冰块

村子中间

淘井的门前

说话的依旧在轻声说话

树林中孤独的父亲

正对我的弟弟细细讲清：

你去学医

因为你哥哥

那位受伤的猎户

星星在他脸上

映出船样的伤疤

3.

两个温暖的水勺子中

住着一对旧情人

4.

突然想起旧砖头很暖和

想起河里的石子

磨过森林的古鹿之唇

想起青草上花朵如此美丽如此平庸

背对着短树枝

你只有泪水没有言语

而我

手缠树叶

春天的阳光晒到马尾

马的屁股温暖得像一块天上落下的石头

5.

春天是农具所有者的春天

长花短草

贴河而立

这些都是在诗人的葬礼上

隔水梦见一扇门

诗人家中的丑丫头

嫁在南山上

6.

最后的夜雪如孩

手指拨开水

我就在这片乌黑的屋顶上坐下

是不是这片村庄

是不是这个夜晚

有人在头顶扔下

一匹蓝色大马

就把我埋在

这匹蓝色大马里

7.

有伤的季节

拖着尾巴

来到

大家来到

我肉体的外面

1986

歌：阳光打在地上

阳光打在地上

并不见得

我的胸口在疼

疼又怎样

阳光打在地上

这地上

有人埋过羊骨

有人运过箱子、陶瓶和宝石

有人见过牧猪人，那是长久的漂流之后

阳光打在地上，阳光依然打在地上

这地上

少女们多得好像

我真有这么多女儿

真的曾经这样幸福

用一根水勺子

用小豆、菠菜、油菜

把她们养大

阳光打在地上

1986

半截的诗

你是我的

半截的诗

半截用心爱着

半截用肉体埋着

你是我的

半截的诗

不许别人更改一个字

幸福

（或我的女儿叫波兰）[1]

当我俩同在草原晒黑

是否饮下这最初的幸福　　最初的吻

当云朵清楚极了

听得见你我嘴唇

这两朵神秘火焰

这是我母亲给我的嘴唇

这是你母亲给你的嘴唇

我们合着眼睛共同啜饮

像万里洁白的羊群共同啜饮

当我睁开双眼

你头发散乱

乳房像黎明的两只月亮

1　海子喜欢"波兰"一词，"女儿叫波兰"并无特别所指。——西川原注

在有太阳的弯曲的木头上

晾干你美如黑夜的头发

1986（？）

我的窗户里埋着一只为你祝福的杯子

那是我最后一次想起的中午

那是我沉下海水的尸体

回忆起的一个普通的中午

记得那个美丽的

穿着花布的人

抱着一扇木门

夜里被雪漂走

梦中的双手

死死捏住火种

八条大水中

高喊着爱人

小林神，小林神

你在哪里

感动

早晨是一只花鹿

踩到我额上

世界多么好

山洞里的野花

顺着我的身子

一直烧到天亮

一直烧到洞外

世界多么好

而夜晚，那只花鹿

的主人，早已走入

土地深处，背靠树根

在转移一些

你根本无法看见的幸福

野花从地下

一直烧到地面

野花烧到你脸上

把你烧伤

世界多么好

早晨是山洞中

一只踩人的花鹿

1986

让我把脚丫搁在黄昏中一位木匠的工具箱上

我坐在中午，苍白如同水中的鸟

苍白如同一位户内的木匠

在我钉成一支十字木头的时刻

在我自己故乡的门前

对面屋顶的鸟

有一只苍老而死

是谁说，寂静的水中，我遇见了这只苍老的鸟

就让我歇脚在马厩之中

如果不是因为时辰不好

我记得自己来自一个更美好的地方

让我把脚丫搁在黄昏中一位木匠的工具箱上

或者让我的脚丫在木匠家中长成一段白木

正当鸽子或者水中的鸟穿行于未婚妻的腹部

我被木匠锯子锯开，做成木匠儿子
的摇篮。十字架

1986.6.15

给萨福

美丽如同花园的女诗人们

相互热爱，坐在谷仓中

用一只嘴唇摘取另一只嘴唇

我听见青年中时时传言道：萨福

一只失群的

钥匙下的绿鹅

一样的名字。盖住

我的杯子

托斯卡尔的美丽的女儿

草药和黎明的女儿

执杯者的女儿

你野花

的名字

就像蓝色冰块上

淡蓝色的清水溢出

萨福萨福

红色的云缠在头上

嘴唇染红了每一片飞过的鸟儿

你散着身体香味的

鞋带被风吹断

在泥土里

谷色中的嘤嘤之声

萨福萨福

亲我一下

你装饰额角的诗歌何其甘美

你凋零的棺木像一盘美丽的

棋局

给卡夫卡

囚徒核桃的双脚

在冬天放火的囚徒

无疑非常需要温暖

这是亲如母亲的火光

当他被身后的几十根玉米砸倒

在地，这无疑又是

富农的田地

当他想到天空

无疑还是被太阳烧得一干二净

这太阳低下头来，这脚镣明亮

无疑还是自己的双脚，如同核桃

埋在故乡的钢铁里

工程师的钢铁里

1986.6.16

给托尔斯泰

我想起你如一位俄国农妇暴跳如雷

补一只旧鞋的

手

时时停顿

这手掌混同于

兵士的臭脚、马肉和盐

你的灰色头颅一闪而过

教堂的裸麦中央

北方流注的河流马的脾气暴跳如雷

胸膛上面排排旧俄的栅栏暴跳如雷

低矮的天空、灯火和农妇暴跳如雷

吹灭云朵

吹灭火焰

吹灭灯盏

吹灭一切妓女

和善良女人的

嘴唇

你可以耕地，补补旧鞋

你可以爱他人，读读福音书

我记得陈旧的河谷端坐老人

端坐暴跳如雷的老人

1985.12 草稿

1986.12 修改

莫扎特在《安魂曲》中说

我所能看见的妇女

水中的妇女

请在麦地之中

清理好我的骨头

如一束芦花的骨头

把它装在琴箱里带回

我所能看见的

洁净的妇女，河流

上的妇女

请把手伸到麦地之中

当我没有希望

坐在一束麦子上回家

请整理好我那零乱的骨头

放入那暗红色的小木柜，带回它

像带回你们富裕的嫁妆

天鹅

夜里，我听见远处天鹅飞越桥梁的声音
我身体里的河水
呼应着她们

当她们飞越生日的泥土、黄昏的泥土
有一只天鹅受伤
其实只有美丽吹动的风才知道
她已受伤。她仍在飞行

而我身体里的河水却很沉重
就像房屋上挂着的门扇一样沉重
当她们飞过一座远方的桥梁
我不能用优美的飞行来呼应她们

当她们像大雪飞过墓地
大雪中却没有路通向我的房门
——身体没有门——只有手指
竖在墓地，如同十根冻伤的蜡烛

在我的泥土上

在生日的泥土上

有一只天鹅受伤

正如民歌手所唱

七月的大海

老乡们，谁能在海上见到你们真是幸福！

我们全都背叛自己的故乡

我们会把幸福当成祖传的职业

放下手中痛苦的诗篇

今天的白浪真大！老乡们，它高过你们的粮仓

如果我中止诉说，如果我意外地忘却了你

把我自己的故乡抛在一边

我连自己都放弃　更不会回到秋收　农民的家中

在七月我总能突然回到荒凉

赶上最后一次

我戴上帽子　穿上泳装　安静地死亡

在七月我总能突然回到荒凉

怅望祁连（之一）

那些是在过去死去的马匹
在明天死去的马匹
因为我的存在
它们在今天不死
它们在今天的湖泊里饮水食盐

天空上的大鸟
从一颗樱桃
或马骷髅中
射下雪来
于是马匹无比安静
这是我的马匹
它们只在今天的湖泊里饮水食盐

1986

怅望祁连（之二）

星宿　刀　乳房

这就是雪水上流下来的东西

　　"亡我祁连山，使我牛羊不蕃息

　　失我胭脂山，令我妇女无颜色"

只有黑色牲畜的尾巴

鸟的尾巴

鱼的尾巴

儿子们脱落的尾巴

像七种蓝星下

插在屁股上的麦芒

风中拂动

雪水中拂动

1986

七月不远

——给青海湖，请熄灭我的爱情

七月不远

性别的诞生不远

爱情不远——马鼻子下

湖泊含盐

因此青海不远

湖畔一捆捆蜂箱

使我显得凄凄迷人：

青草开满鲜花

青海湖上

我的孤独如天堂的马匹

（因此，天堂的马匹不远）

我就是那个情种：诗中吟唱的野花

天堂的马肚子里唯一含毒的野花

（青海湖，请熄灭我的爱情！）

第一编　短　诗　1986年

野花青梗不远，医箱内古老姓氏不远
（其他的浪子，治好了疾病
已回原籍，我这就想去见你们）

因此跋山涉水死亡不远
骨骼挂遍我身体
如同蓝色水上的树枝

啊，青海湖，暮色苍茫的水面
一切如在眼前！

只有五月生命的鸟群早已飞去
只有饮我宝石的头一只鸟早已飞去
只剩下青海湖，这宝石的尸体
　　　　　暮色苍茫的水面

　　　　　　　　　　　　1986

敦煌

敦煌石窟像马肚子下

挂着一只只木桶

乳汁的声音滴破耳朵——

像远方草原上撕破耳朵的人

来到这最后的山谷

他撕破的耳朵上

悬挂着花朵

敦煌是千年以前

起了大火的森林

在陌生的山谷

是最后的桑林——我交换

食盐和粮食的地方

我筑下岩洞，在死亡之前，画上你

最后一个美男子的形象

为了一只母松鼠

为了一只母蜜蜂

为了让她们在春天再次怀孕

1986

北斗七星　七座村庄
——献给萍水相逢的额济纳姑娘

村庄　水上运来的房梁　漂泊不定

还有十天　我就要结束漂泊的生涯

回到五谷丰盛的村庄　废弃果园的村庄

村庄　是沙漠深处你所居住的地方　额济纳！

秋天的风早早地吹　秋天的风高高地吹

静静面对额济纳

白杨树下我吹灭你的两只眼睛

额济纳　大沙漠上静静的睡

额济纳姑娘　我黑而秀美的姑娘

你的嘴唇在诉说　在歌唱

五谷的风儿吹过骆驼和牛羊

翻过沙漠　你是镇子上最令人难忘的姑娘

1986

黄金草原

草原上的羊群

在水泊上照亮了自己

像白色温柔的灯

睡在男人怀抱中

而牧羊人来自黄金草原

头颅像一颗树根

把羊抱进谷仓里

然后面对黄金和酒杯

称呼你为女人

女人，我知心的朋友

风吹来风吹去

你如星的名字

或者羊肉的腥

你在山崖下睡眠

七只绵羊七颗星辰

你含在我口中似雪未化

你是天空上的羊群

八月尾

即使我是一个粗枝大叶的人
我也看见了红豹子、绿豹子

当流水淙淙
八月的泉水
穿越了山冈
月亮是红豹子
树林是绿豹子
少女是你们俩
生下的花豹子
即使我是一个粗枝大叶的人
少女，树林中
你也藏不住了

八月尾，树林绿，月亮红
不久我将看到树叶落了
栗树底下
脊背上挂着鹌鹑的人

少女，无论如何

粗枝大叶的人

看见你啦

1986.8.20 夜

第一编　短　诗　1986年

海子小夜曲

以前的夜里我们静静地坐着

我们双膝如木

我们支起了耳朵

我们听得见平原上的水和诗歌

这是我们自己的平原，夜晚和诗歌

如今只剩下我一个

只有我一个双膝如木

只有我一个支起了耳朵

只有我一个听得见平原上的水

　　诗歌中的水

在这个下雨的夜晚

如今只剩下我一个

为你写着诗歌

这是我们共同的平原和水

这是我们共同的夜晚和诗歌

是谁这么说过　海子

要走了　要到处看看

我们曾在这儿坐过

1986.8

给你（组诗）

1.

在赤裸的高高的草原上

我相信这一切：

我的脚，一颗牝马的心

两道犁沟，大麦和露水

在那高高的草原上，白云浮动

我相信天才，耐心和长寿

我相信有人正慢慢地艰难地爱上我

别的人不会，除非是你

我俩一见钟情

在那高高的草原上

赤裸的草原上

我相信这一切

我相信我俩一见钟情

2.

我爱你
跑了很远的路
马睡在草上
月亮照着他的鼻子

3.

爱你的时刻
住在旧粮仓里
写诗在黄昏

我曾和你在一起
在黄昏中坐过
在黄色麦田的黄昏
在春天的黄昏
我该对你说些什么

黄昏是我的家乡
你是家乡静静生长的姑娘
你是在静静的情义中生长

没有一点声响

你一直走到我心上

4.

当她在北方草原摘花的时候

我的双手驶过南方水草

用十指拨开

寂寞的家门

她家木门下几个姐妹的脸

亲人的脸

像南方的雨

真正的雨水

落在我头上

5.

冬天的人

像神祇一样走来

因为我在冬天爱上了你

1986.8

葡萄园之西的话语

也好

我感到

我被抬向一面贫穷而圣洁的雪地

我被种下，被一双双劳动的大手

仔仔细细地种下

于是，我感到所罗门的帐幔被一阵南风掀开

所罗门的诗歌

一卷卷

滚下山腰

如同泉水

打在我脊背上

涧中黑而秀美的脸儿

在我的心中埋下。也好

我感到我被抬向一面贫穷而圣洁的雪地

你这女子中极美丽的，你是我的棺材，我是你的棺材

                              1986.8.25

给 B 的生日 [1]

天亮我梦见你的生日
好像羊羔滚向东方
——那太阳升起的地方

黄昏我梦见我的死亡
好像羊羔滚向西方
——那太阳落下的地方

秋天来到，一切难忘
好像两只羊羔在途中相遇
在运送太阳的途中相遇
碰碰鼻子和嘴唇
——那友爱的地方
那秋风吹凉的地方
那片我曾经吻过的地方

1986.9.10

---

1 B 为海子初恋的女友，中国政法大学 1983 级学生。——西川原注

九月

目击众神死亡的草原上野花一片

远在远方的风比远方更远

我的琴声呜咽　泪水全无

我把这远方的远归还草原

一个叫马头　一个叫马尾

我的琴声呜咽　泪水全无

远方只有在死亡中凝聚野花一片

明月如镜高悬草原映照千年岁月

我的琴声呜咽　泪水全无

只身打马过草原

1986

不幸

四月的日子　最好的日子

和十月的日子　最好的日子

比四月更好的日子

像两匹马　拉着一辆车

把我拉向医院的病床

和不幸的病痛

有一座绿色悬崖倒在牧羊人怀中

两匹马

在山上飞

两匹马

白马和红马

积雪和枫叶

犹如姐妹

犹如两种病痛

的鲜花

泪水

最后的山顶树叶渐红

群山似穷孩子的灰马和白马

在十月的最后一夜

倒在血泊中

在十月的最后一夜

穷孩子夜里提灯还家　　泪流满面

一切死于中途　　在远离故乡的小镇上

在十月的最后一夜

背靠酒馆白墙的那个人

问起家乡的豆子地里埋葬的人

在十月的最后一夜

问起白马和灰马为谁而死……鲜血殷红

他们的主人是否提灯还家

秋天之魂是否陪伴着他

他们是否都是死人

都在阴间的道路上疯狂奔驰

是否此魂替我打开窗户
替我扔出一本破旧的诗集
在十月的最后一夜
我从此不再写你

自杀者之歌

伏在下午的水中
窗帘一掀一掀
一两根树枝伸过来
肉体，水面的宝石
是对半分裂的瓶子
瓶里的水不能分裂

伏在一具斧子上
像伏在一具琴上

还有绳索
盘在床底下
林间的太阳砍断你
像砍断南风

你把枪打开，独自走回故乡
像一只鸽子
倒在猩红的篮子上

给 1986

"就像两个凶狠的僧侣点火烧着了野菊花地
——这就是我今年的心脏"

（或者绿宝石的湖泊中马匹淹没时仅剩的头颅）
马脑袋里无尽的恐惧！无尽的对于水和果实的恐惧！

"（当我摇着脖子漫游四方）
你的嘴唇像深入果园的云彩）
（而我脑袋中残存着马头的恐惧
对于嘴唇和果实的恐惧）"

"（我那清凉的井水
洗着我的脚像洗着两件兵器）
（天鹅的遗骸远远飞来
墓地的喇叭歌唱一个在天鹅身体上砍伐的人）"

1986

1 9 8 7 年

冬天的雨

一只船停在荒凉的河岸

那就是你居住的城市

我的外套肮脏，扔在河岸上

我的心情开始平静而开朗

河水上面还是山冈

许多年前冒起了白烟

部落来到这里安下了铁锅

在潮湿的天气里

我的心情开始平静而开朗

这不是别人的街头，也不是我梦中的景色

街头上卖艺人收起了他彩色的帐篷

冬天的雨下在石头上

飘过山梁仍旧是冬天的雨

打一只火把走到船外去看山头的麦地

然后在神像前把火把熄灭

我们沉默地靠在一起

你是一个仙女，是冬天潮湿的石头

你的外表是一把雨伞

你躲在伞中像拒绝天地的石头

你的黑发披散在冬天的雨中

混同于那些明媚的两省交界的姑娘

在大山的边缘，山顶的雪已隐然远去

像那些在大河上凝固的白帆

我摘下你的头巾，走到你的麦地

这里的粮食虽然是潮湿的

仍然是山顶的粮食

野兽在雨中说过的话，我们还要说一遍

我们在火把中把野兽说过的话重复一遍

我看见一个铁匠的火屑飞溅

我看到一条肮脏的河流奔向大海，越来越清澈，平静

　　而广阔

这都是你的赐予，你手提马灯，手握着艾

平静得像一个夜里的水仙

你的黑发披散着盖住了我的胸脯

我将我那随身携带的弓箭挂到墙上

那弓箭我随身携带了一万年

我的河流这时平静而广阔

容得下多少小溪的混浊

我看见你提着水罐举向我的胸脯

我足够喂养你的嘴唇和你的羊群

我在冬天的雨中奔腾，我的胸脯上藏有明天早晨

明天早晨我的两腿画满了野兽和村落

有的跳跃着，用翅膀用肉体生活

有的死于我的弓箭，长眠不醒

1987.1.11 达县

病少女

白蛾子像美丽

黄昏的伤口

在诗人的眼里想起黄昏

听见村庄在外被风吹拂

当你一家三口走下月台

我端坐车中

如月球居民

病少女　无遮拦的盐碱地上的风

吹在你脸上

病少女　清澈如草

眉目清朗，使人一见难忘

听见了美丽村庄被风吹拂

我爱你的生病的女儿，陌生的父亲

1987.2

献诗

——给 S

谁在美丽的早晨

谁在这一首诗中

谁在美丽的火中　飞行

并对我有无限的赠予

谁在炊烟散尽的村庄

谁在晴朗的高空

天上的白云

是谁的伴侣

谁身体黑如夜晚　两翼雪白

在思念　在鸣叫

谁在美丽的早晨

谁在这一首诗中

1987.2.11

第一编　短　诗　1987年

黎明：一首小诗

黎明

我挣脱

一只陶罐

或大地的边缘

我的双手　向着河流飞翔

我挣脱一只刻划麦穗的陶罐　太阳

我看见自己的面容　火焰

在黎明的风中飘忽不定

我看见自己的面容

火焰　像一片升上天空的大海

像静静的天马

向着河流飞翔

1985 草稿

1987 改

给安庆

五岁的黎明
五岁的马
你面朝江水
坐下

四处漂泊
向不谙世事的少女
向安庆城中心神不定的姨妹
打听你，谈论你

可能是妹妹
也可能是姐姐
可能是姻缘
也可能是友情

1987

九首诗的村庄

秋夜美丽

使我旧情难忘

我坐在微温的地上

陪伴粮食和水

九首过去的旧诗

像九座美丽的秋天下的村庄

使我旧情难忘

大地在耕种

一语不发,住在家乡

像水滴、丰收或失败

住在我心上

1987

两座村庄

和平与情欲的村庄

诗的村庄

村庄母亲昙花一现

村庄母亲美丽绝伦

五月的麦地上　天鹅的村庄

沉默孤独的村庄

一个在前一个在后

这就是普希金和我　诞生的地方

风吹在村庄

风吹在海子的村庄

风吹在村庄的风上

有一阵新鲜有一阵久远

北方星光照映南国星座

村庄母亲怀中的普希金和我

闺女和鱼群的诗人　安睡在雨滴中

是雨滴就会死亡!

夜里风大　听风吹在村庄

村庄静坐　像黑漆漆的财宝

两座村庄隔河而睡

海子的村庄睡得更沉

1987.2 草稿

1987.5 改

粮食两节

1.

在人类的遭遇中

在远方亲人的手中

为什么有这样简朴

而单一的粮食

仿佛它饶恕了我们

仿佛以粮食的名义

它理解了我们

安慰了我们

2. 谷

"谷"字很奇怪　说粮食——"谷"

这仿佛是诗人的一句话　诗人的创造

粮食——头顶大火——下面张开嘴来

粮食　头上是火　下面或整个身躯是嘴　张开

大火熊熊的头颅和嘴

粮食

长发飞舞的姑娘（五月之歌）

玫瑰谢了，玫瑰谢了

如早嫁的姐妹飘落，飘落四方

我红色的姐姐，我白色的妹妹

大地和水挽留了她们　熄灭了她们

她们黯然熄灭，永远沉默却是为何？

姐妹们，你们能否告诉我

你们永久的沉默是为了什么

长发飞舞的黑眼睛姑娘

不像我的姐姐　也不像妹妹

不似早嫁的姐妹迟迟不归

如今我坐在街镇的一角

为你歌唱，远离了五谷丰盛的村庄

1987.5

美丽白杨树

灵魂像山腰或山顶四只恼人的蹄子
移动步履，幻变无常的人类
可还记得白色的杨树　平静而美丽

可还记得　一阵雷声　自远方滚来
高高的天空回荡天堂的声响

幻变无常的人类　可还记得
闪电和雨水中的　白色杨树

在你的河岸上　女人　月亮　马　匆匆而去
四只蹄子在你的河岸上
拥有一间雪中的屋子　婚姻　或一面镜子
这就是大地上你全部的居所

难忘有一日歇脚白杨树下
白色美丽的树！
在黄金和允诺的地上

陪伴花朵和诗歌　静静地开放　安详地死亡

美丽的白杨树　这是一位无名的诗人
使女儿惊讶　而后长成幸福的主妇　不免终老于斯
这是一位无名的诗人使女儿惊讶
美丽的白杨树
这多像弟弟和父亲对她们的忠实

1987.5.7

北方的树林

槐树在山脚开花

我们一路走来

躺在山坡上　感受茫茫黄昏

远山像幻觉　默默停留一会

摘下槐花

槐花在手中放出香味

香味　来自大地无尽的忧伤

大地孑然一身　至今仍孑然一身

这是一个北方暮春的黄昏

白杨萧萧　草木葱茏

淡红色云朵在最后静止不动

看见了饱含香脂的松树

是啊，山上只有槐树　杨树和松树

我们坐下　感受茫茫黄昏

第一编　短诗　1987年

莫非这就是你我的黄昏

麦田吹来微风　顷刻沉入黑暗

1987.5

月光

今夜美丽的月光　你看多好！
照着月光
饮水和盐的马
和声音

今夜美丽的月光　你看多美丽
羊群中　生命和死亡宁静的声音
我在倾听！

这是一只大地和水的歌谣，月光！

不要说　你是灯中之灯　月光！

不要说心中有一个地方
那是我一直不敢梦见的地方
不要问　桃子对桃花的珍藏
不要问　打麦大地　处女　桂花和村镇
今夜美丽的月光　你看多好！

不要说死亡的烛光何须倾倒

生命依然生长在忧愁的河水上

月光照着月光　月光普照

今夜美丽的月光合在一起流淌

1986.7 初稿

1987.5 改

灯

我们坐在灯上
我们火光通明
我们做梦的胳膊搂在一起
我们栖息的桌子飘向麦地
我们安坐的灯火涌向星辰

灯光，我明丽又温暖
的橘黄的雪
披上新娘的微黄的发辫

（灯
只有你
你仿佛无鞋
你总是行色匆匆）
灯，你的名字
掌在我手上

灯，月亮上

亮起的心

和眼睛

灯

躲在山谷

躲在北方山顶的麦地

灯啊

我们做梦的房子飘向麦田

桌子上安放求婚的杯盏

祈求和允诺的嘴唇

是灯

灯

一丛美丽

暖和

一个名字

我的秘密

我的新娘

叫小灯

灯

明天的雪中新娘

安坐在屋中

你为什么无鞋

你为什么

竖起一根通红的手指

挡住出嫁日期

1985；1987

灯诗

灯，从门窗向外生活

灯啊是我内心的春天向外生活

黑暗的蜜之女王

向外生活，"有这样一只美丽的手向外生活"

火种蔓延的灯啊

是我内心的春天一人放火

没有火光，没有火光烧坏家乡的门窗

春天也向外生长

度过炎炎大火的一颗火

却被秋天遍地丢弃

让白雪走在酒上享受生活

你是灯

是我胸脯上的黑夜之蜜

灯，怀抱着黑夜之心

烧坏我从前的生活和诗歌

灯，一手放火，一手享受生活

茫茫长夜从四方围拢

如一场黑色的大火

春天也向外生长

还给我自由，还给我黑暗的蜜、空虚的蜜

孤独一人的蜜

我宁愿在明媚的春光中默默死去

"有这样一只美丽的手在酒上生活"

要让白雪走在酒上享受生活

1987（？）

夜晚　亲爱的朋友

在什么树林，你酒瓶倒倾

你和泪饮酒，在什么树林，把亲人埋葬

在什么河岸，你最寂寞

搬进了空荡的房屋，你最寂寞，点亮灯火

什么季节，你最惆怅

放下了忙乱的箩筐

大地茫茫，河水流淌

是什么人掌灯，把你照亮

哪辆马车，载你而去，奔向远方

奔向远方，你去而不返，是哪辆马车

　　　　　　　　　　1987.5.20 黄昏

晨雨时光

小马在草坡上一跳一跳

这青色麦地晚风吹拂

在这个时刻　我没有想到

五盏灯竟会同时亮起

青麦地像马的仪态　随风吹拂

五盏灯竟会一盏一盏地熄灭

往后　雨会下到深夜　下到清晨

天色微明

山梁上定会空无一人

不能携上路程

当众人齐集河畔　高声歌唱生活

我定会孤独返回空无一人的山峦

1987.5.24

诗人叶赛宁（组诗）

1．诞生

星日朗朗
野花的村庄
湖水荡漾
野花！
生下诗人

湖水在怀孕
在怀孕
一对蓓蕾
野花的小手在怀孕
生下诗人叶赛宁

野花的村庄漆黑
如同无人居住
野花，我的村庄公主
安坐痛苦的北方

生下诗人

谁家的窗户
灯火明亮
是野花，一只安详燃烧的灯
坐在泥土的灯台上
生下诗人叶赛宁

2. 乡村的云

乡村的云
故乡
你们俩是
水上的一对孩子

云朵的门啊，请为幸福的人们打开
请为幸福
和山坡上无处躲藏的忧伤的眼睛
打开！

3. 少女

少女

头枕斧头和水

安然睡去

一个春天

一朵花

一片海滩　一片田园

少女

一根伐自上帝

美丽的枝条

少女

月亮的马

两颗水滴

对称的乳房

4．诗人叶赛宁

我是中国诗人

稻谷的儿子

茶花的女儿

也是欧罗巴诗人

儿子叫意大利

女儿叫波兰

我饱经忧患

一贫如洗

昨日行走流浪

来到波斯酒馆

别人叫我

诗人叶赛宁

浪子叶赛宁

叶赛宁

俄罗斯的嘴唇

梁赞的屋顶

黄昏的面容

农民的心

一颗农民的心

坐在酒馆

像坐在一滴酒中

坐在一滴水中

坐在一滴血中

仙鹤飞走了

桌子抬走了

尸体抬走了

屋里安坐忧郁的诗人

仍然安坐诗人叶赛宁

叶赛宁

不曾料到又一次

春回大地

大地是我死后爱上的女人

大地啊

美丽的是你

丑陋的是我

诗人叶赛宁

在大地中

死而复生

5．玉米地

微风吹过这座小小的山冈

玉米地里棵棵玉米又瘦又小

我浇水　看着这些小小的可爱又瘦小的叶子

青青杨树叶子喧响在那一头

太阳远远地燃烧

落入一座空空的山谷

树叶是采自诸神的枪支和婚床

圆形盾牌镌刻着无知的文字

6. 醉卧故乡

故乡的夜晚醉倒在地

在蓝色的月光下

飞翔的是我

感觉到心脏，一颗光芒四射的星辰

醉倒在地，头举着王冠

头举着五月的麦地

举着故乡晕眩的屋顶

或者星空，醉倒在大地上！

大地，你先我而醉

你阴郁的面容先我而醉

我要扶住你

大地！

我醉了

我是醉了

我称山为兄弟、水为姐妹、树林是情人

我有夜难眠，有花难戴

满腹话儿无处诉说

只有碰破头颅

霞光落在四邻屋顶

我的双脚踏在故乡的路上变成亲人的双脚

一路蹒跚在黄昏　升上南国星座

双手飞舞，口中喃喃不绝

我在飞翔

急促而深情

飞翔的是我的心脏

我感觉要坐稳在自己身上

故乡，一个姓名

一句

美丽的诗行

故乡的夜晚醉倒在地

7．浪子旅程

我是浪子

我戴着水浪的帽子

我戴着漂泊的屋顶

灯火吹灭我

家乡赶走我

来到酒馆和城市

我本是农家子弟

我本应该成为

迷雾退去的河岸上

年轻的乡村教师

从都会师院毕业后

在一个黎明

和一位纯朴的农家少女

一起陷入情网

但为什么

我来到了酒馆

和城市

虽然我曾与母牛狗仔同歇在

露西亚天国

虽然我在故乡山冈

曾与一个哑巴

互换歌唱

虽然我二十年不吱一声

爱着你，母亲和外祖父

我仍下到酒馆——俄罗斯船舱底层

啜饮酒杯的边缘

为不幸而凶狠的人们

朗诵放荡疯狂的诗

我要还家

我要转回故乡，头上插满鲜花

我要在故乡的天空下

沉默寡言或大声谈吐

我要头上插满故乡的鲜花

8. 绝命

此刻在美丽的小镇上

苦荞麦儿香

说声分手吧

和另一位叶赛宁　双手紧紧握住

点着烛火，烧掉旧诗

说声分手吧

分开编过少女秀发的十指

秀发像五月的麦苗　曾轻轻含在嘴里

和另一位叶赛宁分手

用剥过蛇皮蒙上鼓面的人类之手

自杀身亡，为了美丽歌谣的神奇鼓面

蛇皮鼓啊如今你在村中已是泪水灯笼

说声分手吧　松开埋葬自己的十指

把自己在诗篇中埋葬

此刻在美丽的小镇上

不会有苦荞麦儿香

9. 天才

轻雷滚过的风中

白杨树梢摇动

在这个黄昏

我想到天才的命运

在此刻我想起你凡·高和韩波

那些命中注定的天才

一言不发

心情宁静

那些人

站在月亮中把头颅轻轻摇晃

手持火把，腰围面粉袋

心情宁静

暮色苍茫

永不复返的人哪

在孤寂的空无一人的打谷场上

被三位姐妹苦苦留下

痛苦的天才们

饥渴难捱

可是河中滴水全无

面粉袋中没有一点面粉

轻雷滚过的风中

死者的鞋子，仍在行走

如车轮，如命运

沾满谷物与盲目的泥土

1986.2—1987.5

五月的麦地

全世界的兄弟们

要在麦地里拥抱

东方，南方，北方和西方

麦地里的四兄弟，好兄弟

回顾往昔

背诵各自的诗歌

要在麦地里拥抱

有时我孤独一人坐下

在五月的麦地　梦想众兄弟

看到家乡的卵石滚满了河滩

黄昏常存弧形的天空

让大地上布满哀伤的村庄

有时我孤独一人坐在麦地为众兄弟背诵中国诗歌

没有了眼睛也没有了嘴唇

1987.5

麦地（或遥远）

发自内心的困扰　饱含麦粒的麦地

内心暴烈

麦粒在手上缠绕

麦粒　大地的裸露

大地的裸露　在家乡多孤独

坐在麦地上忘却粮仓　歉收或充盈的痛苦

谷仓深处倾吐一句真挚的诗　亲人的询问

幸福不是灯火

幸福不能照亮大地

大地遥远　清澈镌刻

痛苦

海水的光芒

映照在绿色粮仓上

鱼群[1]撞动

1　原版本为"鱼鲜"，词意不明，海子家乡的俗语中亦无此说，疑为"鱼群"之笔误，故改。——燎原注

沙漠之上的雪山

天空的刀刃

冰川　散开大片羽毛的光

大片的光　在河流上空　痛苦地飞翔

麦地与诗人

询问

在青麦地上跑着
雪和太阳的光芒

诗人，你无力偿还
麦地和光芒的情义

一种愿望
一种善良
你无力偿还

你无力偿还
一颗放射光芒的星辰
在你头顶寂寞燃烧

答复

麦地
别人看见你
觉得你温暖，美丽
我则站在你痛苦质问的中心
　　　　被你灼伤
我站在太阳　痛苦的芒上

麦地
神秘的质问者啊

当我痛苦地站在你的面前
你不能说我一无所有
你不能说我两手空空

麦地啊，人类的痛苦
是他放射的诗歌和光芒！

1987

幸福的一日

——致秋天的花楸树

我无限地热爱着新的一日

今天的太阳　今天的马　今天的花楸树

使我健康　富足　拥有一生

从黎明到黄昏

阳光充足

胜过一切过去的诗

幸福找到我

幸福说："瞧　这个诗人

他比我本人还要幸福"

在劈开了我的秋天

在劈开了我的骨头的秋天

我爱你，花楸树

1987

重建家园

在水上　放弃智慧

停止仰望长空

为了生存你要流下屈辱的泪水

来浇灌家园

生存无须洞察

大地自己呈现

用幸福也用痛苦

来重建家乡的屋顶

放弃深思和智慧

如果不能带来麦粒

请对诚实的大地

保持缄默　和你那幽暗的本性

风吹炊烟

果园就在我身旁静静叫喊

第一编　短诗　1987年

"双手劳动

　　慰藉心灵"

1987

为什么你不生活在沙漠上

为什么你不生活在沙漠上
英雄的可怜而可爱的伴侣
我那唯一一人在何方？
用酒调着火所能留下的灰　写下几首诗？

我的形象开始上升
主宰着你的心灵！
孤独守候着
一个健康的声音！

绝望之神　你在何方？
为什么你不生活在沙漠上！
我是谁手里磨刀的石块？
我为何要把赤子带进海洋

海子躺在地上
天空上
海子的两朵云

说：

你要把事业留给兄弟　留给战友

你要把爱情留给姐妹　留给爱人

你要把孤独留给海子　留给自己

1987.5.27 夜书

十四行：王冠

我所热爱的少女

河流的少女

头发变成了树叶

两臂变成了树干

你既然不能做我的妻子

你一定要成为我的王冠

我将和人间的伟大诗人一同佩戴

用你美丽叶子缠绕我的竖琴和箭袋

秋天的屋顶　　时间的重量

秋天又苦又香

使石头开花　　像一顶王冠

秋天的屋顶又苦又香

空中弥漫着一顶王冠

被劈开的月桂和扁桃的苦香

1987.8.19 夜

十四行：玫瑰花

玫瑰花　蜜一样的身体

玫瑰花园　黑夜一样的头发

覆盖了白雪隆起的乳房

白雪的门　白雪的门外被白雪盖住的两只酒盅

白雪的窗户　白雪的窗内两只火红的玫瑰谷

或两只火红的蜡烛……热情的蜡烛自行燃尽

两只叮当作响的酒盅……热情的酒浆被我啜饮

在秋天我感到了　你的乳房　你的蜜

像夏天的火　春天的风　落在我怀里

像太阳的蜂群落入黑夜的酒浆

像波斯古国的玫瑰花园　使人魂归天堂

肉体却必须永远活在设拉子 [1]

1　设拉子，一译舍拉子，波斯（今伊朗）地名。——西川原注

——千年如斯

玫瑰花　你蜜一样的身体

1987.8

十四行：玫瑰花园

明亮的夜晚

我来到玫瑰花园

我脱下诗歌的王冠

和沉重的土地的盔甲

玫瑰花园　玫瑰花园

我们住在绝色美人的身旁　仿佛住在月亮上

我们谈论佛光中显出的美丽身影

和雪水浇灌下你的美丽的家园

我们谈到但丁　和他的永恒的贝亚德丽丝

以及天国、通往那儿永恒的天路历程

四川，我诗歌中的玫瑰花园

那儿诞生了你——像一颗早晨的星那样美丽

明亮的夜晚　多么美丽而明亮

仿佛我们要彻夜谈论玫瑰直到美丽的晨星升起。

1987.8.26

秋

用我们横陈于地的骸骨

在沙滩上写下：青春。然后背起衰老的父亲

时日漫长　方向中断

动物般的恐惧充塞着我们的诗歌

谁的声音能抵达秋之子夜　长久喧响

掩盖我们横陈于地的骸骨——

秋已来临。

没有丝毫的宽恕和温情：秋已来临

1987.8

八月之杯

八月逝去　山峦清晰

河水平滑起伏

此刻才见天空

天空高过往日

有时我想过

八月之杯中安坐真正的诗人

仰视来去不定的云朵

也许我一辈子也不会将你看清

一只空杯子　装满了我撕碎的诗行

一只空杯子　——可曾听见我的喊叫？！

一只空杯子内的父亲啊

内心的鞭子将我们绑在一起抽打

1987

秋日山谷

我手捧秋天脱下的盔甲

崇山峻岭大火熊熊

秋天宛若昨天的梦境

我们脱落的睫毛　在山谷变成火把

照亮百花凋零的山谷

把她们变幻无常的一生做成酒精

那是秋天的灯　凛然神采坐在远方

那是醉卧荒山野岭的我们……

……饱经四季的摧残

在山谷，我们的头颅在夜里变成明亮的灯盏和酒杯

相互照亮和祝福之后

此刻我们就要逃遁

1987

日出

——见于一个无比幸福的早晨的日出

在黑暗的尽头

太阳，扶着我站起来

我的身体像一个亲爱的祖国，血液流遍

我是一个完全幸福的人

我再也不会否认

我是一个完全的人我是一个无比幸福的人

我全身的黑暗因太阳升起而解除

我再也不会否认　天堂和国家的壮丽景色

和她的存在……在黑暗的尽头！

1987.8.30 醉后早晨

秋日黄昏

火焰的顶端

落日的脚下

茫茫黄昏　华美而无上

在秋天的悲哀中成熟

日落大地　大火熊熊　烧红地平线滚滚而来

使人壮烈　使人光荣与寿同在　分割黄昏的灯

百姓一万倍痛感黑夜来临

在心上滚动万寿无疆的言语

时间的尘土　抱着我

在火红的山冈上跳跃

没有谁来应允我

万寿无疆或早夭襁褓

相反的是　这个黄昏无限痛苦

无限漫长　令人痛不欲生

切开血管

落日殷红

愿有情人终成眷属

愿爱情保持一生

或者相反　极为短暂　匆匆熄灭

愿我从此再不提起

再不提起过去

痛苦与幸福

生不带来　死不带去

唯黄昏华美而无上。

1987.9.3 草稿

1987.10.4 改

黎明和黄昏

——两次嫁妆，两位姐妹

黄昏自我断送

夜色美好

夜色在山上越长越大

马与羊　钻出石头　在山上越长越大

白雪飘落　在这个黄昏

向我隐隐献出

她们自己

我的秘密的女神

我该用怎样的韵律

告诉你，侍奉你

我该用怎样的流血

在山头舔好自己的伤口

了望一望无际的大地

以此慰藉

以"遗忘"为伴侣

我将把自己带出那些可以辨认嘴脸的火把之光

从此踏上无可救药的道路

把肉体当作草原上最后的帐篷

那些神秘的编织女人

纺轮被黄昏的天空映得泛红

血液颜色的轮轴　一夜作响

我屈从于她们

死于剑下的晚霞的姐妹

在夜色中起飞

我屈从于黄昏秘密的飞行

肉体回到黑夜的高空

两半血红的月亮抱在一起

迟至今日

我仍难以诉说

那些背叛父母和家园

却热爱生活的人

为什么要和我结伴上路

我的青春　我的几卷革命札记
被道路上的难民镌刻在一只乞讨生活的木碗上
那只碗曾盛过殷红如血的晚霞和往日一切生活

在死到临头
他是否摔碎
还是留传孩子

晚霞燃烧
厄运难逃
我在人生的尽头
抱住一位宝贵的诗人痛哭失声
却永远无法更改自己的命运

我就是那位被人拥抱的诗人
宝贵的诗人
看见晚霞映照草原
内心痛苦甚于别人

人类犹如黄昏和夜晚的灰烬

散布在河畔　忧伤疲倦

人类犹如火种的脚　在大地上行走

晚霞充满大火

和焦味。一望无际

伸展在平原和荒凉的海滩

两半血红的月亮抱在一起

那是诗人孤独的王座

愿有情人终成眷属

愿麦子和麦子长在一起

愿河流与河流流归一处

浩瀚无际的河水顺着夜色流淌

神秘的流浪国王

在夜色中回到故乡

城市破碎

流浪的国王

我为你歌唱

夜色使平原广大　使北方无限　使烈火吹遍

把北方无尽的黄昏抬向滚滚高空

黎明更高　铺在海洋上

1987

祖国（或以梦为马）

我要做远方的忠诚的儿子

和物质的短暂情人

和所有以梦为马的诗人一样

我不得不和烈士和小丑走在同一道路上

万人都要将火熄灭　我一人独将此火高高举起

此火为大　开花落英于神圣的祖国

和所有以梦为马的诗人一样

我藉此火得度一生的茫茫黑夜

此火为大　祖国的语言和乱石投筑的梁山城寨

以梦为上的敦煌——那七月也会寒冷的骨骼

如雪白的柴和坚硬的条条白雪　横放在众神之山

和所有以梦为马的诗人一样

我投入此火　这三者是囚禁我的灯盏　吐出光辉

万人都要从我刀口走过　去建筑祖国的语言

我甘愿一切从头开始

和所有以梦为马的诗人一样

我也愿将牢底坐穿

众神创造物中只有我最易朽　带着不可抗拒的死亡的
　速度

只有粮食是我珍爱　我将她紧紧抱住　抱住她　在故
　乡生儿育女

和所有以梦为马的诗人一样

我也愿将自己埋葬在四周高高的山上　守望平静家园

面对大河我无限惭愧

我年华虚度　空有一身疲倦

和所有以梦为马的诗人一样

岁月易逝　一滴不剩　水滴中有一匹马儿一命归天

千年后如若我再生于祖国的河岸

千年后我再次拥有中国的稻田　和周天子的雪山
　天马踢踏

和所有以梦为马的诗人一样

我选择永恒的事业

我的事业　就是要成为太阳的一生

他从古至今——"日"——他无比辉煌无比光明

和所有以梦为马的诗人一样

最后我被黄昏的众神抬入不朽的太阳

太阳是我的名字

太阳是我的一生

太阳的山顶埋葬　诗歌的尸体——千年王国和我

骑着五千年凤凰和名字叫"马"的龙——我必将失败

但诗歌本身以太阳必将胜利

1987

秋天的祖国

——致毛泽东，他说"一万年太久"。

一万次秋天的河流拉着头颅　　犁过烈火燎烈的城邦
心还张开着春天的欲望滋生的每一道伤口

秋雷隐隐　　圣火燎烈
神秘的春天之火化为灰烬落在我们的脚旁

携带一只头盖骨嗑嗑作响的囚徒
让我把他的头盖制成一只金色的号角　　在秋天吹响

他称我为青春的诗人　　爱与死的诗人
他要我在金角吹响的秋天走遍祖国和异邦

从新疆到云南　　坐上十万座大山
秋天　　如此遥远的群狮　　相会在飞翔中

飞翔的祖国的群狮　　携带着我走遍圣火燎烈的城邦
如今是秋风阵阵　　吹在我暮色苍茫的嘴唇上

土地表层　那温暖的信风和血滋生的种种欲望

如今全要化为尸首和肥料　金角吹响

如今只有他　宽恕一度喧嚣的众生

把春天和夏天的血痕从嘴唇上抹掉

大地似乎苦难而丰盛

昌平柿子树

柿子树
镇子边的柿子树

枝叶稀疏的秋之树
我只能站在路口望着她

在镇子边的小村庄
有两棵秋天的柿子树

柿子树下
不是我的家

秋之树
枝叶稀疏的秋之树

1987.11.2

枫

广天一夜
暖如血

高寒的秋之树
长风千万叶
暖如血

一叶知秋
（秋住北方——
青涩坚硬
火焰闪闪的少女
走向成熟和死亡）

多灾多难多梦幻
的北国氏族之女
镰刀和筐内
秋天的头颅落地
姐妹血迹殷红

北国氏族之女

北国之秋住家乡

明日天寒地冻

日短夜长

路远马亡

北国氏族之女

一火灭千秋

虽果亡树在

北国氏族之女

——柿子和枫

相抢于此秋天

刀刃闪闪发亮

人头落地　血迹殷红

一只空空的杯子权做诗歌之棺

暖如地血　寒比天风

1987.11.2

秋

秋天深了，神的家中鹰在集合

神的故乡鹰在言语

秋天深了，王在写诗

在这个世界上秋天深了

该得到的尚未得到

该丧失的早已丧失

1987

汉俳

1. 河水

亡灵游荡的河
在过去我们有多少恐惧
只对你诉说

2. 王位上的诗人

还没剥开羊皮　举着火把
还没剥开少女和母亲美丽的身体

3. 打麦黄昏，老年打麦者

在梨子树下
晚霞常驻

4．草原上的死亡

在白色夜晚张开身子
我的脸儿，就像我自己圣洁的姐姐

5．西藏

回到我们的山上去
荒凉高原上众神的火光

6．意大利文艺复兴

那是我们劳动的时光
朋友们都来自采石场

7．风吹

茫茫水面上天鹅村庄神奇的门窗合上

8．黄昏

在此刻　销声匿迹的人　突然出现

他们神秘而哀伤的马匹在树下站定

9．诗歌皇帝

当众人齐集河畔　高声歌唱生活
我定会孤独返回空无一人的山峦

1987

不幸（组诗）

——给荷尔德林

1．病中的酒

抬起了一张病床

我的荷尔德林　他就躺在这张床上

马　疯狂地奔驰一阵

横穿整个法兰西

成为纯洁诗人、疾病诗人的象征

不幸的诗人啊

人们把你像系马一样

系在木匠家一张病床上

我不知道

在八月逝去的黄昏

二哥索福克勒斯

是否用悲剧减轻了你的苦痛

当那些姐妹和长老

举起了不幸的羊毛

燃烧的羊毛

像白雪一样地燃烧

他说——不要着急，焦躁的诸神

等一首故乡的颂歌唱完

我就会钻进你们那

黑暗和迟钝的羊角

丰足的羊角　　呜呜作响的羊角

王冠和疯狂的羊角：我躺下

——"一万年太久"

只有此羊角　　诗歌黑暗　　诗人盲目

2. 怀念（或没有收获）

等你手拿钝镰刀

割下白雪和羊毛

不幸的荷尔德林已经发疯

修道院总管的儿子

银行家夫人的情人

不幸的荷尔德林已经发疯

等你建好医院

安放好一张又一张病床

荷尔德林就躺在第一张床上

经历没有收获的日子

那是幸福的

——"收获即苦难。"

只好怀念大雁——

那哭泣和笑容的篮子

当你追随我

来到人类的生活

只好怀念大雁——

那被黄昏染红的肉体的新娘。

3. 牧羊人的舞蹈——对称

——黑暗沉寂之国

（有题无诗）

4. 血以后是黑暗——比血更红的是黑暗

荷尔德林——告诉我那黑暗是什么

他又怎样把你淹没

把你拥进他的怀抱

像大河淹没了一匹骏马

存在者　嘶叫者　和黑暗之桶的主人啊

你——现在又怎样在深渊上飞翔——阴郁地起舞

　　——将我抛弃

并将我嘲笑——荷尔德林

他可是也已成为黑暗的大神的一部分

故乡

……我们仍抱着这光中飞散的桶的碎片营造土地和

　　村庄

他们终究要被黑暗淹没

告诉我，荷尔德林——我的诗歌为谁而写

掘地深藏的地洞中毒药般诗歌和粮食

房屋和果树——这些碎片——在黑暗中又会呈现怎样

　　的景象，荷尔德林？

延续六年的阴郁的旅行之路啊

兄弟们是否理解？狄奥提马是否同情——她虽已早死？

哪一位神曾经用手牵引你度过这光明和黑暗交织的
　　道路？
你在那些渡口又遇见什么样的老母和木匠的亲人？
他们是幻象，还是真理？
是美丽还是谎言？是阴郁还是狂喜？

还是这两者的合一：统治。
血以后是黑暗——比血更红的是黑暗
我永久永久怀念着你
不幸的兄弟　荷尔德林！

5. 致命运女神

怀抱心上人摔坏的一盏旧灯
怀抱悬崖上幸福的花草纵身而下

红色的大雁
隔河相望美丽村镇

致命运女神的几行诗句

痛苦在山上但说无妨

红色的大雁

在南风中微微吹动

少女食羊　羊食少年死后长出的青青草秆

一团白云卷走了你

随风来去的羊

——命运女神！

1987.11.7 夜录

1 9 8 8 年

野鸽子

当我面朝火光
野鸽子　在我家门前的细树上
吐出黑色的阴影的火焰

野鸽子
——这黑色的诗歌标题　我的懊悔
和一位隐身女诗人的姓名

这究竟是山喜鹊之巢还是野鸽子之巢
在夜色和奥秘中
野鸽子　打开你的翅膀
飞往何方？　在永久之中

你将飞往何方？！

野鸽子是我的姓名
黑夜颜色的奥秘之鸟
我们相逢于一场大火

1988.2

大风

起风的黄昏好像去年秋天
树木损伤的香味弥漫四周

想她头发飘飘
面颊微微发凉
守着她的母亲
抱着她的女儿
坐在盆地中央
坐在她的家中

黄昏幽暗降临
大风刮过天空
万风之王起舞
化为树木受伤

1988.2.4

夜色

在夜色中

我有三次受难：流浪、爱情、生存

我有三种幸福：诗歌、王位、太阳

1988.2.28 夜

眺望北方

我在海边为什么却想到了你
不幸而美丽的人　我的命运
想起你　我在岩石上凿出窗户
眺望光明的七星
眺望北方和北方的七位女儿
在七月的大海上闪烁流火

为什么我用斧头饮水　饮血如水
却用火热的嘴唇来眺望
用头颅上鲜红的嘴唇眺望北方
也许是因为双目失明

那么我就是一个盲目的诗人
在七月的最早几天
想起你　我今夜跑尽这空无一人的街道
明天，明天起来后我要重新做人
我要成为宇宙的孩子　世纪的孩子
挥霍我自己的青春

然后放弃爱情的王位

　　去做铁石心肠的船长

走遍一座座喧闹的都市

　　我很难梦见什么

除了那第一个七月，永远的七月

七月是黄金的季节啊

当穷苦的人在渔港里领取工钱

我的七月萦绕着我，像那条爱我的孤单的蛇

——她将在痛楚苦涩的海水里度过一生

　　　　　　　　　　1987.7 草稿

　　　　　　　　　　　1988.3 改

跳伞塔

我在一个北方的寂寞的上午
一个北方的上午
思念着一个人

我是一些诗歌草稿
你是一首诗

我想抱着满山火红的杜鹃花
走入静静的跳伞塔

我清楚地意识到
前面就是一条大河
和一个广大的北方草原

美丽总是使我沉醉

已经有人
开始照耀我
在那偏僻拥挤的小月台上
你像星星照耀我的路程

在这座山上

为什么我只看见这么一棵

美丽的杜鹃?

我只看见这么一棵

果然火红而美丽

我在这个夜晚

我住在山腰

房子里

我的前面充满了泉水

或溪涧之水的声音

静静的跳伞塔

心醉的屋子　你打开门

让我永远在这幸福的门中

北方　那片起伏的山峰

远远的

只有九棵树

1988.4.23

生日

起风了

太阳的音乐　　太阳的马

你坐在近处　　坐在远方

像鱼群跟着渔夫　　长出了乳房

葡萄牙村庄　　长出了乳房

牧羊人的皮鞭　　长出了乳房

当我们住在秋天

大地上刮起了秋风

秋天的雨　　一阵又一阵

你坐在近处　　坐在远方

那时我们多么寂寞

多么遥远啊?

而现在是生日

我点亮烛火点亮新娘的两只耳朵

其他的人和马的耳朵

竖在北方——那一夜的屋顶

星

我死于语言和诉说的旷野

是的，这些我全都听见了。虽然

草原神秘异常

秋天，美丽处女是竖起风暴的花纹

虽说一个断臂的人

不能用手

却可以用牙齿

和嘴唇　打开我的诗集——

那是在大火中

那就是星

星——他是你们的哥哥。

诗人高喊

带火者，上山来！

牵着骆驼

的鬼魂

出现在黄昏

星

我是多么爱你

不爱那些鬼魂

1988.5

太阳和野花

——给 AP

太阳是他自己的头
野花是她自己的诗

我对你说
你的母亲不像我的母亲

在月光照耀下
你的母亲是樱桃
我的母亲是血泪

我对天空说
月亮，她是你篮子里纯洁的露水
太阳，我是你场院上发疯的钢铁

太阳是他自己的头
野花是她自己的诗
在一株老榆树的底下
平原上

流过我的骨头

在猎人夫妻的眼中　在山地
那自由的尸首
淌向何方

两位母亲在不同的地方梦着我
两位女儿在不同的地方变成了母亲
当田野还有百合，天空还有鸟群
当你还有一张大弓、满袋好箭
该忘记的早就忘记
该留下的永远留下

太阳是他自己的头
野花是她自己的诗

总是有寂寞的日子
总是有痛苦的日子
总是有孤独的日子
总是有幸福的日子
然后再度孤独

是谁这么告诉过你：

答应我

忍住你的痛苦

不发一言

穿过这整座城市

远远地走来

去看看他　去看看海子

他可能更加痛苦

他在写一首孤独而绝望的诗歌

　　死亡的诗歌

他写道：

平原上

流过我的骨头

当高原的人　在榆树底下休息

当猎人和众神

或起或坐，时而相视，时而相忘

当牛羊和牛羊在草上

看见一座悬崖上

牧羊人堕下，额角流血

再也救不活他了——

他写道：

平原上

流过我的骨头

这时，你要

去看看他

答应我

忍住你的痛苦

不发一言

穿过这整座城市

那个牧羊人

也许会被你救活

你们还可以成亲

在一对大红蜡烛下

这时他就变成了我

我会在我自己的胸脯找到一切幸福

红色荷包、羊角、蜂巢、嘴唇

和一对白色羊儿般的乳房

我会给你念诗：

太阳是他自己的头

野花是她自己的诗

到那时　到那一夜

也可以换句话说：

太阳是野花的头

野花是太阳的诗

他们只有一颗心

他们只有一颗心

1988.5.16 夜

删 86 年以来许多旧诗稿而得

绿松石

这时候　绿色小公主
来到我的身边。
青海湖，绿色小公主
你曾是谁的故乡
你曾是谁的天堂？
当一只雪白的鸟
无法用翅膀带走
人类的小镇
——它留在肮脏的山梁。

和水相比　土地是多么肮脏而荒芜
绿色小公主抹去我的泪水，
说，你是年老的国土上
一位年轻的国王，老年皇帝会伏在你的肩头死去。
土地张开又合拢。

1988.7.24

青海湖

这骄傲的酒杯

为谁举起

荒凉的高原

天空上的鸟和盐　为谁举起

波涛从孤独的十指退去

白鸟的岛屿，儿子们围住

在相距遥远的肮脏镇上。

一只骄傲的酒杯

青海的公主　请把我抱在怀中

我多么贫穷，多么荒芜，我多么肮脏

一双雪白的翅膀也只能给我片刻的幸福

我看见你从太阳中飞来

蓝色的公主　青海湖

我孤独的十指化为天空上雪白的鸟

1988.7.25

日记

姐姐，今夜我在德令哈，夜色笼罩
姐姐，我今夜只有戈壁

草原尽头我两手空空
悲痛时握不住一颗泪滴
姐姐，今夜我在德令哈
这是雨水中一座荒凉的城

除了那些路过的和居住的
德令哈……今夜
这是唯一的，最后的，抒情。
这是唯一的，最后的，草原。

我把石头还给石头
让胜利的胜利
今夜青稞只属于她自己
一切都在生长

今夜我只有美丽的戈壁　空空

姐姐，今夜我不关心人类，我只想你

1988.7.25 火车经德令哈

黑翅膀

今夜在日喀则，上半夜下起了小雨

只有一串北方的星，七位姐妹

紧咬雪白的牙齿，看见了我这一对黑翅膀

北方的七星　照不亮世界

牧女头枕青稞独眠一天的地方今夜满是泥泞

今夜在日喀则，下半夜天空满是星辰

但夜更深就更黑，但毕竟黑不过我的翅膀

今夜在日喀则，借床休息，听见婴儿的哭声

为了什么这个小人儿感到委屈？是不是因为她感到了

　黑夜中的幸福

愿你低声啜泣　但不要彻夜不眠

我今夜难以入睡是因为我这双黑过黑夜的翅膀

我不哭泣　也不歌唱　我要用我的翅膀飞回北方

飞回北方　北方的七星还在北方

只不过在路途上指示了方向，就像一种思念

她长满了我的全身　在烛光下酷似黑色的翅膀

1988.7（？）

我飞遍草原的天空

草原上的天空不可阻挡

互相击碎的刀剑飞回家乡

佩在姐妹的脖子上

让乳房裸露，子夜的金银顺河流淌

月亮啊　月亮

把新娘的尸体抬到草原上

一只野花的杯子里　鬼魂千万

"我死在野花杯中　我也是一条命啊"

不可饶恕草原上的鬼魂

不可饶恕杀人的刀枪

不可饶恕埋人的石头

更不可饶恕　天空

我从大海来到落日的正中央

飞遍了天空找不到一块落脚之地

今日有粮食却没有饥饿

今天的粮食飞遍了天空

找不到一只饥饿的腹部
饥饿用粮食喂养
更加饥饿，奄奄一息
草原的天空不可阻挡

今天有家的　必须回家
今天有书的　必须读书
今天有刀的　必须杀人
草原的天空不可阻挡

1988.8.13 拉萨

远方

远方除了遥远一无所有

遥远的青稞地
除了青稞　一无所有

更远的地方　更加孤独
远方啊　除了遥远　一无所有

这时　石头
飞到我身边

石头　长出　血
石头　长出　七姐妹

站在一片荒芜的草原上

那时我在远方
那时我自由而贫穷

这些不能触摸的　姐妹

这些不能触摸的　血

这些不能触摸的　远方的幸福

远方的幸福　是多少痛苦

1988.8.19 萨迦夜，21 拉萨

西藏

西藏，一块孤独的石头坐满整个天空

没有任何夜晚能使我沉睡

没有任何黎明能使我醒来

一块孤独的石头坐满整个天空

他说：在这一千年里我只热爱我自己

一块孤独的石头坐满整个天空

没有任何泪水使我变成花朵

没有任何国王使我变成王座

1988.8

雪

千辛万苦回到故乡

我的骨骼雪白　也长不出青稞

雪山，我的草原因你的乳房而明亮

冰冷而灿烂

我的病已好

雪的日子　我只想到雪中去死

我的头顶放出光芒！

有时我背靠草原

马头作琴　马尾为弦

戴上喜马拉雅　这烈火的王冠

有时我退回盆地，背靠成都

人们无所事事，我也无所事事，

只有爱情　剑　马的四蹄

割下嘴唇放在火上

大雪飘飘

不见昔日肮脏的山头

都被雪白的乳房拥抱

深夜中　火王子　独自吃着石头　独自饮酒

1988.8

无名的野花

看不见你，十六岁的你
看不见无名的，芳香的
正在开花的你。

看不见提着鞋子　在雨中
走在大草原上的
恍惚的女神

看不见你，小小的年纪
一身红色地走在
空荡荡的风中

来到我身边，
你已经成熟，
你的头发垂下像黑夜。
我是黑夜中孤独的僧侣
埋下种子在石窟中，
我将这九盏灯

嵌入我的肋骨。

无论是白色的还是绿色的

起自天堂或地府的

青海湖上的大风

吹开了紫色血液

开上我的头颅，

我何时成了这一朵

无名的野花？

1988.11.2

花儿为什么这样红

透过泪水看见马车上堆满了鲜花。

豹子和鸟，惊慌地倒下，像一滴泪水
——透过泪水看见
马车上堆满了鲜花。

风，你四面八方
多少绿色的头发，多少姐妹
挂满了雨雪。

坐在夜王为我铺草的马车中。

黑夜，你就是这巨大的歌唱的车辆
围住了中间
说话的火。

一夜之间，草原如此深厚，如此神秘，如此遥远
我断送了自己的一生
在北方悲伤的黄昏的原野。

1988.11.20

第一编　短　诗　1988年

1　9　8　9　年

遥远的路程

十四行献给 89 年初的雪

我的灯和酒坛上落满灰尘

而遥远的路程上却干干净净

我站在元月七日的大雪中，还是四年以前的我

我站在这里，落满了灰尘，四年多像一天，没有变动

大雪使屋子内部更暗，待到明日天晴

阳光下的大雪刺痛人的眼睛，这是雪地，使人羞愧

一双寂寞的黑眼睛多想大雪一直下到他内部

雪地上树是黑暗的，黑暗得像平常天空飞过的鸟群

那时候你是愉快的，忧伤的，混沌的

大雪今日为我而下，映照我的肮脏

我就是一把空空的铁锹

铁锹空得连灰尘也没有

大雪一直纷纷扬扬

远方就是这样的，就是我站立的地方

1989.1.7

面朝大海，春暖花开

从明天起，做一个幸福的人

喂马，劈柴，周游世界

从明天起，关心粮食和蔬菜

我有一所房子，面朝大海，春暖花开

从明天起，和每一个亲人通信

告诉他们我的幸福

那幸福的闪电告诉我的

我将告诉每一个人

给每一条河每一座山取一个温暖的名字

陌生人，我也为你祝福

愿你有一个灿烂的前程

愿你有情人终成眷属

愿你在尘世获得幸福

我只愿面朝大海，春暖花开

1989.1.13

酒杯

你的泪水为我洗去尘土和孤独

你的泪水为我在飞机场周围的稻谷间珍藏

酒杯，你这石头的少女，你这石头的牢房，石头的伞

酒，石头的牢房囚禁又释放的满天奔腾的闪电

昨天一夜明亮的闪电使我的杯子又满又空

看哪！河水带来的泥沙堆起孤独的房屋

看哪！你的房子小得像一只酒杯

你的房子小得像一把石头的伞

多云的天空下　潮湿的风吹干的道路

你找不到我，你就是找不到我，你怎么也找不到我

在昔日山坡的羊群中

酒杯，你是一间又破又黑的旧教室

淹没在一片海水

1989（？）.1.14

太平洋的献诗

太平洋　丰收之后的荒凉的海
太平洋　在劳动后的休息
劳动以前　劳动之中　劳动以后
太平洋是所有的劳动和休息

茫茫太平洋　又混沌又晴朗
海水茫茫　和劳动打成一片
和世界打成一片
世界头枕太平洋
人类头枕太平洋　雨暴风狂
上帝在太平洋上度过的时光　是茫茫海水隐含不露的
　　希望

太平洋没有父母　在太阳下茫茫流淌　闪着光芒
太平洋像是上帝老人看穿一切、眼角含泪的眼睛

眼泪的女儿，我的爱人
今天的太平洋不是往日的海洋

今天的太平洋只为我流淌　为着我闪闪发亮

我的太阳高悬上空　照耀这广阔太平洋

1989.2.2

折梅

站在那里折梅花

山坡上的梅花

寂静的太平洋上一封信

寂静的太平洋上一人站在那里折梅花

折梅人在天上

天堂大雪纷纷　一人踏雪无痕

天堂和寂静的天山一样

大雪纷纷

站在那里折梅

亚洲，上帝的伞

上帝的斗篷，太平洋

太平洋上海水茫茫

上帝带给我一封信

是她写给我的信

我坐在茫茫太平洋上折梅，写信

1989.2.3

黑夜的献诗

献给黑夜的女儿

黑夜从大地上升起

遮住了光明的天空

丰收后荒凉的大地

黑夜从你内部上升

你从远方来，我到远方去

遥远的路程经过这里

天空一无所有

为何给我安慰

丰收之后荒凉的大地

人们取走了一年的收成

取走了粮食骑走了马

留在地里的人，埋得很深

草杈闪闪发亮，稻草堆在火上

稻谷堆在黑暗的谷仓

谷仓中太黑暗，太寂静，太丰收

也太荒凉，我在丰收中看到了阎王的眼睛

黑雨滴一样的鸟群

从黄昏飞入黑夜

黑夜一无所有

为何给我安慰

走在路上

放声歌唱

大风刮过山冈

上面是无边的天空

1989.2.2

神秘的二月的时光

嚼住泪水，在神秘的

二月的时光

神秘的二月的时光

经过北方单调的平原

来到积雪的山顶

群山正在下雪

山坳中梅树流淌着今年冬天的血

无人知道的，寂静的鲜血

1989.2

黎明（之一）

（阿根廷请不要为我哭泣）

我的混沌的头颅

是从哪里来的

是从哪里来的运货马车，摇摇晃晃

不发一言，经过我的山冈

马车夫像上帝一样，全身肮脏

伏在自己的膝盖上

抱着鞭子睡去的马车夫啊

抬起你的头，马车夫

山冈上天空望不到边

山冈上天空这样明亮

我永远是这样绝望

永远是这样

1989.2.21

黎明（之二）

（二月的雪，二月的雨）

我把天空和大地打扫干干净净

归还给一个陌不相识的人

我寂寞地等，我阴沉地等

二月的雪，二月的雨

泉水白白流淌

花朵为谁开放

永远是这样美丽负伤的麦子

吐着芳香，站在山冈上

荒凉大地承受着荒凉天空的雷霆

圣书上卷是我的翅膀，无比明亮

有时像一个阴沉沉的今天

圣书下卷肮脏而欢乐

当然也是我受伤的翅膀

荒凉大地承受着更加荒凉的天空

我空荡荡的大地和天空

是上卷和下卷合成一本

的圣书，是我重又劈开的肢体

流着雨雪、泪水在二月

1989.2.22

黎明（之三）

黎明手捧亲生儿子的鲜血的杯子

捧着我，光明的孪生兄弟

走在古波斯的高原地带

神圣经典的原野

太阳的光明像洪水一样漫上两岸的平原

抽出剑刃般光芒的麦子

走遍印度和西藏

从那儿我长途跋涉　走遍印度和西藏

在雪山、乱石和狮子之间寻求

天空的女儿和诗

波斯高原也是我流放前故乡的山巅

采纳我光明言辞的高原之地

田野全是粮食和谷仓

覆盖着深深的怀着怨恨

和祝福的黑暗母亲

地母啊，你的夜晚全归你

你的黑暗全归你，黎明就给我吧

让少女佩戴花朵般鲜嫩的嘴唇

让少女为我佩戴火焰般的嘴唇

让原始黑夜的头盖骨掀开

让神从我头盖骨中站立

一片战场上血红的光明冲上了天空

火中之火，

他有一个粗糙的名字：太阳

和革命，她有一个赤裸的身体

在行走和幻灭

1987.9.26 夜草稿

1989.3.1 夜改

四姐妹

荒凉的山冈上站着四姐妹

所有的风只向她们吹

所有的日子都为她们破碎

空气中的一棵麦子

高举到我的头顶

我身在这荒芜的山冈

怀念我空空的房间，落满灰尘

我爱过的这糊涂的四姐妹啊

光芒四射的四姐妹

夜里我头枕卷册和神州

想起蓝色远方的四姐妹

我爱过的这糊涂的四姐妹啊

像爱着我亲手写下的四首诗

我的美丽的结伴而行的四姐妹

比命运女神还要多出一个

赶着美丽苍白的奶牛　走向月亮形的山峰

第一编　短　诗　1989年

到了二月，你是从哪里来的

天上滚过春天的雷，你是从哪里来的

不和陌生人一起来

不和运货马车一起来

不和鸟群一起来

四姐妹抱着这一棵

一棵空气中的麦子

抱着昨天的大雪，今天的雨水

明日的粮食与灰烬

这是绝望的麦子

请告诉四姐妹：这是绝望的麦子

永远是这样

风后面是风

天空上面是天空

道路前面还是道路

1989.2.23

月全食

我的爱人住在县城的伞中

我的爱人住在贫穷山区的伞中，双手捧着我的鲜血

一把斧子浸在我自己的鲜血中

火把头朝下在海水中燃烧

我的愚蠢而残酷的青春

是同胞兄弟和九个魔鬼

他一直走到黑暗和空虚的深处

火光明亮，我像一条河流将血红的头颅举起

又喧哗着，放到了海水下面

大海的波浪，回到尘土中去

草原上的天空，回到尘土中去

我将你们美丽的骨头带到村头

挂上妻子们的脖子

我的庄园在山顶上越来越寂静

寂静！我随身携带的万年的闪电

暴君，宝剑和伞

混沌中的嘴和剑、鼓、脊椎

暴君双手捧着宝剑，头颅和梅花

在早晨灿烂，信任我的肋骨

天生就是父亲的我

回到尘土中去吧

将被废弃不用

黑色的鸟群，内部团结

内部团结的黑夜

在草原的天空上，黑色羽毛下黑色的肉

黑色的肉有一颗暗红色的星

一群鸟比一只鸟更加孤独

鸟群的父亲，鸟群唯一的父亲

铁打的人也在忍受生活

铁打的人也风雨飘摇

所有的道路都通向天堂

只是要度过路上的痛苦时光

那一天我正走在路上

两边的荒草，比人还高

遥远的路程是我生命的一部分
有一半是在群山上伴着羊群和雨雪，独自一人守候黎明
有一半下到海底看守那些废弃不用的石头和火
那些神秘的母亲们

我看见这景色中只有我自己被上帝废弃不用
我构成我自己，用一个人形，血肉用花朵与火包围着
　空虚的混沌
我看见我的斧子闪现着人类劳动的光辉
也有疲倦和灰尘

遥远的路程
作为国王我不能忍受
我在这遥远的路程上
我自己的牺牲

我不能忍受太多的秘密
这些全都是你的
潮湿的冬天双手捧给你的

这个全身是雨滴的爱人

这个在闪电中心生活的暴君

也看见姐妹们正在启程

1989.1 草稿

1989.3.9 删

日落时分的部落

日落时分的部落
晚霞映着血红的皇后

夜晚的血，梦中的火
照亮了破碎的城市
北京啊，你城门四面打开，内部空空
在太平洋的中央你眼看就要海水灭顶

海水照亮这破碎的城，北京
你这日落时分的部落凄凉而尖锐
皇后带走了所有的蜜蜂
这样的日子谁能忍受

日落时分的部落，血污涂遍全身
在草原尽头，染红了遥远的秋天
她传下这些灾难，传下这些子孙
躲避灾难，或迎着灾难走去

1989.3.11

桃花

桃花开放

像一座囚笼流尽了鲜血

像两只刀斧流尽了鲜血

像刀斧手的家园

流尽了鲜血

花儿为什么这样红

像一座雪山壮丽燃烧

我的囚笼起火

我的牢房坍塌

一根根锁链和铁条　戴着火

投向四周黑暗的高原

1987.11.1 草稿

1988.2.5 改

桃花开放

秋天的火把断了　是别的花在开放

冬天的火把是梅花

现在是春天的火把

被砍断

悬在空中

寂静的

抽搐四肢

罩住一棵树　树林根深叶茂　花朵悬在空中

零散的抒情小诗像桃树　散放在山丘上

桃花抽搐四肢倒在我身上

桃花开放

从月亮飞出来的马

钉在太阳那轰轰隆隆的春天的本上

1987 草稿

1989.3.14 改

你和桃花

旷野上头发在十分疲倦地飘动

像太阳飞过花园时留下的阳光

温暖而又有些冰凉的桃花

红色堆积的叛乱的脑髓

部落的桃花，水的桃花，美丽的女奴隶啊

你的头发在十分疲倦地飘动

你脱下像灯火一样的裙子，内部空空

一年又一年，埋在落脚生根的地方

刀在山顶上呼喊"波浪"

你就是桃花，层层的波浪

我就是波浪和灯光中的刀

旷野上　一把刀的头发像灯光明亮

刀的头发在十分疲倦地飘动

那就是桃花，我们在愤怒的河谷滋生的欲望

围着夕阳下建设简陋的家乡

桃花，像石头从血中生长

一个火红的烧毁天空的座位

坐着一千个美丽的女奴，坐着一千个你

1987 草稿

1989.3.14 改

桃花时节

桃花开放

太阳的头盖骨一动一动，火焰和手从头中伸出

一群群野兽舔着火焰　　刃

走向没落的河谷尽头

割开血口子。他们会把水变成火的美丽身躯

水在此刻是悬挂在空气的火焰

但在更深的地方仍然是水

翅膀血红，富于侵略

那就是独眼巨人的桃花时节

独眼巨人怀抱一片桃林

他看见的　全是大地在滔滔不绝地纵火

他在一只燃烧的胃的底部

与桃花骤然相遇

互为食物和王妻

在断头台上疯狂地吐火

乳房吐火

挂在陆地上

从笨重天空跌落的

撞在陆地上　撞掉了头撞烂了四肢

在春天　在亿万人民中间　在群兽吐火的地方

她们产生了幻觉

群兽吐火长出了花朵

群兽一排排　肉包着骨　长成树林

吐火就是花朵　多么美丽的景色

你在一种较为短暂的情形下完成太阳和地狱

内在的火，寒冷无声地燃烧

生出了河流两岸大地之上的姐妹

朝霞和晚霞

无声地在山峦间飘荡

我俩在高原　在命运三姐妹无声的织机织出的牧场上

　相遇

1987 初稿

1988 初改

1988 底再改

1989.3.14 再改

桃树林

内脏外的太阳

照着内脏内的太阳

寂静

血红

九个公主

九个发疯的公主身体内部的黑夜

也这样寂静，血红

桃树林，你的黑铁已染上了谁的血

打碎了灯，打碎了头颅，打碎了女人流血的月亮

他的内脏抱住太阳

什么是黑夜？

黑夜的前面首先是什么？

黑夜的后面又紧跟着什么？紧跟着谁？

内脏外的太阳

照着寂静的稻麦

田野上圆润的裸体

少女的黄金在内部流淌

1988 草稿

1989.3.15 改

267

春天，十个海子

春天，十个海子全部复活

在光明的景色中

嘲笑这一个野蛮而悲伤的海子

你这么长久地沉睡究竟为了什么？

春天，十个海子低低地怒吼

围着你和我跳舞，唱歌

扯乱你的黑头发，骑上你飞奔而去，尘土飞扬

你被劈开的疼痛在大地弥漫

在春天，野蛮而悲伤的海子

就剩下这一个，最后一个

这是一个黑夜的孩子，沉浸于冬天，倾心死亡

不能自拔，热爱着空虚而寒冷的乡村

那里的谷物高高堆起，遮住了窗户

他们把一半用于一家六口人的嘴，吃和胃

一半用于农业，他们自己的繁殖

大风从东刮到西，从北刮到南，无视黑夜和黎明

你所说的曙光究竟是什么意思

1989.3.14 凌晨 3 点—4 点

第二编

河流三部曲

（1984—1985）

河　流

梦想你是一条河，而且睡得像一条河

——洛尔迦给惠特曼

（一）春秋

1. 诞生

你诞生

风雪替你凿开窗户

重复的一排

走出善良的母羊

走出月亮

走出流水美丽的眼睛

远远望去

早晨是依稀可辨的几个人影

越来越直接地逼视你

情人的头发尚未挽起

你细小的水流尚未挽起

没有网和风同时撒开

没有洁白的鱼群在水面上

使我想起生殖

想起在滴血的晚风中分娩

黄金一样的日子

我造饭，洗浴，赶着水波犁开森林

你把微笑搁在秋分之后

搁在瀑布睡醒之前

我取出

取出

姐妹们头顶着盛水的瓦盆

那些心

那些湿润中款款的百合

那些滋生过恋情和欢欢爱爱的鸳鸯水草

甚至城外那只刻满誓言的铜鼎

都在挽留

你还是要乘着夜晚离开这里

在窄小的路上

我遇见历史和你

我是太阳，你就是白天

我是星星，你就是夜晚

2. 让我离开这里

抱着琴

有一种细长尖锐的穿透

有一腔浓稠苦涩的黄水

在沙地上

至今还隐隐约约被人提起

在一片做梦的铃兰地上

被人提起：

或者能流出点什么

你是水

是每天以朝霞洗脸的当家人

喘息着

抚养匆匆来去的生灵

第一个想法是春天

春天却随花朵落去

因此第二个想法属于那些枝干

枝干刨成的小船像劳累的手指

拨动长眠不醒的地方

像门扇

偷偷开启

我毫不回头地走出

于是我想起紫罗兰和我都年轻的那一年

人们听说泉水要从这儿路过

匆匆走出每只箱子似的山涧

在一片空地之上

诞生了语言和红润的花草，溪水流连

也有第一对有情有义的人儿

长饮之后

去远方

人间的种子就这样散开

牛角呜呜地响着

天地狭小，日子紧凑

你遮遮盖盖

你第一次暗示的身孕过于突然

你又掩饰

以遍地的村镇掩饰越来越响的水声

你感到

空旷是对种植的承诺

让孩子们

用花草鞭醒岸上沉睡的泥团

接着你远去

　　你为什么要远去

前面的日子空寂无声

3. 水哟，你这带着泥沙的飞不起来的蓝色火舌

是谁

领我走进这片无边的土地

让黑夜和白天的大脚

轮流踩上我的额头

颅骨里总有沉重的东西

在流动

流动

人和水

相遇在尘土中

吸收着太阳和盐

我是一条紫色的土地的鞭痕

在日子深处隐现

我的眉心拧结着许多紫色的梦

世界像成群的水禽

踩上我的弓箭

大地在倾斜

晨光中生物们把影子纷纷摇落

一天又一天

落满我的双肩

就像越来越多的声音充满平原和山地

躲也躲不开

正在成熟的婴儿掉进我的血管

河岸的刀尖逼向一切

雷声呼唤着滚过草甸，黄帝轩辕

我凝视

凝视每个人的眼睛

直到看清

彼此的深浊和苦痛

我知道我是河流

我知道我身上一半是血浆一半是沉沙

在滴血的晚风中分娩

谷底走出一批湿漉漉的灵魂

向你索取通道

这些纤夫

纤夫的面孔

是一朵朵黑色粗壮悲哀的花

凶狠地围住

诗人纷乱的心灵

我，预先替世界做出呼吸

4. 母亲的梦

城埭一方

低矮地装饰着流水谷地

玉米红色的缨儿在我潮湿的嘴唇燃烧

几只瓮子盛着仅有的一切

在你离去的时候

别的种子还在泥浆中沉睡

连同那些擦身而过的草原

我迷失了方向

坐在这里

其他的迷路人却把我当成了山口

出出进进

后来我睡在果园的根里

我就居住在

冬天和春天之间

那几层黑土里

不必叫醒我

随便摘些新鲜的叶子

盖上我痛苦中深深的眼窝

我的手指枯瘦地伸向河流

直到水流消失在

另一只混浊的眼睛里

天空太深

月亮无声无息地落进

孩子们

从正在成长的青春背后

突然伸出一只又一只手臂

我摇着小船

离开这里

河岸上许多高高的立着的是梦

铺满芦花和少女

面对沃野千里，你转过身去

双肩卸下沉重的土地

梦想安息

动物舔干脊柱上的盐粒

重又流出木围

有一次深刻的边缘，节日

让许多人平常地踩过去

梦想海岸

你刚合上眼皮

渔人就用海螺做成眼睛互相寻找

女性的亲人

温情如蓝色的水

梦想草原来的一匹小红马

像一把红色的勺子

伸向水面

岸上

主人信步走去

5. 回声

鼓瑟

天地欲倾一方

群蛇在我身后探出头来

鸟儿是河流耳朵

也是回声

在鼓钹碎裂声中

抖落层层掩埋的叶片和毛羽

飞去

森林成为弃壳

我呼吸，我八面威风，我是回声

开窟为自己塑像

你要说出什么

说吧

一切回声

冰冷的回声

变成卵实上动物的胸房

公鹿犄角美丽的闪光

他们的草原营营有声

翅膀和根须间

村庄沉沉睡去

回声中雨雪霏霏

那最后告别的一眼

传说中的春秋

那些我大口大口吐出的鲜红的日子

也成为回声

当母马有孕时

它实际上还可以重活一次

你的背上月明星稀

你是我一切的心思

你是最靠近故乡的地方最靠近荣光的地方

最靠近胎房的地方

（二）长路当歌

1. 父亲

黄昏时分，一群父亲的影子走向树

绳索像是他们坐过的姿势，在远方则是留恋，回忆起
    往事

在土地上有一只黄乎乎的手在打捞，在延伸，人们散
    坐着

以为你是远远的花在走着，水啊

我渴望与父亲你的那一次谈话还要等多久呢

虽然你流动，但你的一切还在结构中沉睡

你在果园下经营着涩暗的小窑洞、木家具

砖儿垒得很结实

大雪下巨大的黑褐色体积在沉睡，那些木栅敲开了鸟
    儿的梦

花儿就在这些黑色的尸体上繁茂

其实，路上爬满了长眼睛的生物

你也该重新认识一下周围，花里盛着盏盏明亮的灯，

叶里藏着刀

小水罐和那一部分渔具都是临时停在沙滩上，船板
　　曝裂

送水的人呢

我渴得抓住一部分青草，我要把你嵌在这个时刻，一
　　切开始形成

你抚摸着自己，望着森森的阴影，在你浑黄成清澈的
　　肢体上，一切开始形成

你就是自己的父母，甚至死亡都仅仅是背景

你有高大的散着头发的伙伴，绿色的行路人，把果实
　　藏在爱人的怀里

大批大批的风像孩子在沙土后面找机会出来

那时一切都在斜歪中变得年轻，.折断根，我从记在心
　　上的时刻游出

不只是因为家庭，弟兄们才拉起手来

我在夜里变得如此焦躁，渴望星星划破皮肤，手指截
　　成河流

我的风串在你的脖子周围

那些鸽子是一些浪中战抖的小裸体，在月光下做梦

一群又一群骆驼止不住泪水，不是因为黄沙，不是因
　　为月亮

而是因为你是一群缓缓移动的沉重的影子

我游着，那些叶片或迟或早在尖锐中冒出头来

像锐痛中的果实，像被撕裂的晚年

但现在又是一个劳动后的寂寞，太阳藏在每个人的心
　　里，鸟儿寻找着

父亲的脸被老泪糊住，许许多多的影子都在火堆旁不
　　安分地融化着

牛开始脱毛，露出弱瘦的骨茬之伤，冬天啊，多么想
　　牵它到阳光里去

我只能趴在冬天的地上打听故乡的消息，屋后的坟场
　　和那一年的大雪

有一行我的脚印

在永永远远的堆积、厚重、荣辱、脱皮、起飞的鸟和云，
　　概括着一切的颤抖中

你是河流

我也是河流

2. 树根之河

树根，我聚集于你的沉没，树根，谷种撒在我周围

我走在阴森的春天下，你的手指伸进我膨胀的下肢

你是愿望，一串小小的光芒

在悄悄栖息，被鸟儿用羽毛遮掩，走不完的上空

那些树根被早晨拎走了头颅，我摘下自己的头颅跟着
　　他们走去

水流在岩石下像母亲挤在一起的五官，想看见，想听
　　见，想伸出手去

裂开，断开，草原在我的指向中四面开花，永远在
　　包围

走向何方，树根，我不是没有遗失，我遗失的是空旷，
　　你的一个月份

用一些鱼骨，用一些锚架，把春天砸开一个缺口

把剩下的碎片都扫进我的心

一只手说出另一只手，树根，我啜饮

鱼鳞，那些闪闪烁烁逐渐走向浓厚的腥味，使我一眼
　　望见人类之始

我在树根中用手挡，随便摸起一件物质作太阳，狼群
　　微笑不止，布满四周

我在树根里把一条路当作另一条路来走，我在树根里
　　碰翻了土地，甚至河流

我的头发在风中开成一排排被击倒的人影，雨是我夏
　　天的眼皮

是液体，我的眼睛永远流向低矮的地方

我在抚摸中隆起它们，甚至隆起我自己

把脸当作翅膀，把脸挡住一切，一片长满黑漆漆树根的
　　地方解决一切

我在枫木中伸直手掌

和送葬的人一同醒来，我的思绪烂在春花时刻，我坐在
　　那里，一动不动

一些疙瘩永远停在翅膀上，树根，我用犄角对抗你

我在黑夜中提到那暖烘烘的一切，土地上成团的人抱着
　　胳膊晒太阳

我于是成了一些传递中的嘴唇，酒精幽舌，成了一些人
　　的母亲

我不得不再一次穿过人群走向自己，我的根须重插于荷
　　花清水之中，月亮照着我

我为你穿过一切，河流，大量流入原野的人群，我的根
　　须往深里去

腐土睡在我的怀中，就那么坐成一个鼓凸的姿势，我在
　　腰上系着盛水的红容器，人们称为果实

当你把春风排到体外你就会与一切汇合，你会在众人的
　　呼吸中呼吸，甚至安眠

你把自己静静地放入人群，你在耳朵里把太阳听了个够，
　　树根

你的厚厚的骨架在积雪的川地上，踏成季节，和以后的
　　一切，爱或者恨

都重新开始，即使在麦地里永远有哭泣的声音传得很

　　远，甚至在另一块麦地里都

能听到，树根，你身边或许就是河流

或许就是四季，或许就是你饲养的岁月一群，或许就

　　是爱人，或许就是你自己的眼睛

连同化成香气的昆虫，水流

一切都想得那么深

把水当成挖掘的时刻，把火当成倾诉的红树干

甚至把母亲当成踏向远处的一串泪迹，母亲河

一串泪迹

3. 来到南方的海边

在森林中静静航行，在传说的黑翅膀下静静航行，我

　　看见了黄昏的河湾

母亲捧着水走过黄昏的风圈，爱人越缩越小，只能放

　　进心里

一群牧羊人在羊群山苍凉的掩映下想起了南方和雨

山峦像清秀的渔夫撒满江面，岛屿像鸟的手指在夜里

　　啜饮大海

南方，许多声音，许多声音

九个巨大的金属坐在海岸上，你的城市沉下一块又一

块紫丁香

我追过桥去，一批石人石马等我静静退出

牛角号伴着我度过阵阵抽搐的夜晚，关起木栅，把黄
　　昏和牛放满一地

舞的人群消融得像一幅疲惫的脸，在樱花树下拣起你
　　的月亮，你的风风雨雨

用一只腿跳着离开干涸的河床

揭开一层层泥沙，骨骼迎风而立

在必要的时刻，南方的河流，你的头发流泄那么多不
　　可缺少的爱

男人累了，你让怀中孩子快快长大吧，日子长着呢

火堆闪烁，仿佛原野用膝盖走路，云朵闪烁，仿佛天
　　空用眼睛飞翔

在旱季到来之前快把孩子养大成人，即使他离我而去

我也能筑起图案：笔直的鱼，一丛丛手指让海弯曲地
　　折断

甚至牛望着星星坠进海里，爱人飞上天

在粗砂的碗上，在冬天的脚下，让村庄抱着我睡去

我拉扯着太阳和你们

来到海边

4. 舞

这股细小而寒冷的水流源于森林，森林起源于空地上
　　的舞蹈

沿途你不断拣起什么又不断扔下什么，你踩在人们最
　　想念你的时刻

但笑容渐渐远离河岸，你是一股奇特的睡意喷向我的
　　面孔

在你流过的地方，牛的犄角转着光圈，连小屋也在月
　　光下摆上了桌子和食品

你制造的器皿和梦的线条无一例外地泄露于大地上

你在土地上抱着一块石头就像抱着你自己，再也离
　　不开

那些离去的渐渐变成仇恨

一天又一天，太阳不足以充实你也不足以破坏你

当另一种敲门声越来越重，你把岁月这支蜡烛吹灭，
　　又点上了另一支岁月之光

你的真情在旋涡和叹息中被我一一识破，河流呵

春天战胜了法则，你踩着村庄走向比树和鸟还高的地
　　方，走向比天还高的地方

我想起天地夹缝间大把大把撒开的花，年老的树木，
　　刨土者和爬过门坎的孩子

一棵树结满我们的头颅，果实在秋天被妇人摘下或者
　烂在地里，树就要生长

我突然被自己的声音激动

因为提到了明天，人们扯下母胎中孕着的自己，河流
　的剧痛和黎明
一起无边的起伏，舞的火堆挤满陶罐，许多粗黑的胳
　膊拥在一起
河岸下太阳在泥沙中越来越肿大，被秋天接受，酒和
　铁互相递进喉咙
骨骼如林地长起，河流和翅膀变得黑褐无边
鸟儿成堆成堆地投入冬天的营地，让早晨被所有平静
　的湖水、岛屿拥有
被年轻的新娘们拥有，我摘下自己的帽子，头颅里响
　起婚礼的钟声
不再孤单，一切都能代表我和种子
我们的母亲，高粱和芦苇在北方拼命地挥动着头巾
白桦林在湖岸上寂静地长起，没有人知道浑浊的水繁
　殖了这么一大片林木
没有人知道故乡的土地在道路和河流之下还有什么

春天就在这时被我带来

三两个人拖着浓重的影子，举箭刺穿燃烧在荆丛中的
　　一个声音

小兽们睁着眼睛，善良的星星和风暴预言的粗砂堆在
　　离心很近的地方

垒住，泉涌如注，我扶膝而坐，倾听着花朵迁往苦难
　　的远方

倾听着远方墙壁成长的声响，我粗大的手掌摸过城，
　　在夜晚人们隔门相望

你是河流，你知道这一切

线条被撕开，零乱地掉在路上他们头也不回地走了

　　　　　　　　　　　　1984.6—9

293

第二编　河流三部曲　河流

（三）北方

1．圣地

我爬上岸

黑压压鸟群惊起，无处藏身

飞遍了

我的影子移动着，压住冰川

划过一道深深的水流

微弱的呼吸是音乐

割开溶洞，让我孤单地住在里面

我爬上岸

砸碎第一块石头

草原、狼、累累白果树

和我的双膝

磨穿寂静的森林

莽野如梭

峡谷洞穿眼眶

取一丛火

我披发横行于兽骨溶溶

年轻的排着种子和钟的手掌

在雾中除了农具

谁也不认识

磨烂了

分出十指

峡谷和火堆洞穿你们发黑的眼眶

断岩层留下雷击的光芒

不断向以后开放

土陶吞下大鸟

吞下无边弧形的河床

地震把我的骨头唱断

唱断一节又一节

一层水使我沉默多年

阡陌上

人们如歌如泣

人们撒下泥土

人们凿井而饮

狠狠地在我身上抠了几只眼

让你痛苦地醒来

号子如涌

九歌如兽

悚悚行走在战栗的地层上

村庄围住月亮

和我陷得太深的瞳孔

枝杈哑笑了

日子像残红的果实撒了一地

未来沉下去只有文字痴长

太阳痴长

于是更多了背叛和遗忘

为什么一个人总有一条通往地下再不回头的路

为什么一支旧歌总守望故土落日捆住的地方

2. 过去

在我醒来之前

一块巨大的石碑盖住喉咙

鲜血和最后一口空气

只好在心房里自己烂掉

脸颊

垒满石头

河流和月光溶解了头颅

我再也没有醒来

只有牙齿

种子

有节奏的摩擦、仇恨

含泪大雁

背后是埋剑的山岭

山岭背后是三月

畦地的孩子们

要求自自然然地生长

每颗种子都是一座东方建筑

我要砸开他们的门

我要理出清澈如梦的河流，黑松林和麦垄

山岭，三月五月的燕麦

倚剑而立

祭酒

指天饮日

几十棵树长出了人形

是我在水的源头守护着你们

3. 想起你的时候

想起你的时候

4. 种子

我痉挛

犁是我一张渴血的触觉

痉挛

子孙们肩膀痛苦的撕裂

我被肢解、刀击

铁和血肉

横飞于四面八方

种子爆然而去

粗暴地刺破我的头盖

血流如注的眼睛更加明亮

土地紧张地繁殖土地

让血乎乎的盾

被大把大把盐粒擦亮

挡住北方

挡住兽皮的风暴

让种子装灌头颅

捆在肩膀上

让赤铁矿流过粗宽毛糙的颜面

让红种兄弟离开我们

离开一根永恒的石柱

一根生锈的石柱

让渐渐远去的亚细亚埋在芨芨草里

萎缩

让我就在这时醒来

一手握着刀子

一手握着玉米

亚细亚的玉米啊

5. 爱

一把树叶文字贴在石头洞里

贴在我们泄情的脸上

一头野鹿填平湖湾

一把弓

一把粗草绳拦住一条边疆

你

就是我的妻子

耳环

洞箫 10 孔

套住血水泡硬的心

粗麻绳拦住另一条边疆

我捧着种子

走在自己的根脉上

延长——延长——延长——

延长——延长——延长——延长——

隔着蒺藜的妇人　情爱如炽

于是人类委身于种子

于是先知委身于大地

于是渔夫委身于海岸

更多的人仅仅是在谈论

隔夜的歌曲

手臂静止地垂下

摘果子的时辰尚早

想起你的时候

就想起夜半的野百合

一支晃摇着节奏的野百合

想起远方嫁给岩石的海鸟

想起河神有几只鞋跑丢在太长的大陆

跑丢在人群里

想起丝绸仅仅成为东方母亲的蒙面

我便是诗人

行吟

马蹄踏踏，青草掩面

牧羊老人击栅栏而泣

枫叶垂望墓地

只有火光在鼓面上越烧

越寂寞

不该死的就不会死去

平原

爬满了花朵和青蛙化石

6. 歌手

编钟如砾

编钟

如砾

仿佛儿子拖回一捆捆粗硕的鱼骨和岸

仿佛女儿含海的螺号　在夜里神秘地发芽

陆地上伸出了碧清的河汉

歌声

就是你们身上刚刚抽出的枝条

歌手红布袍

如火

几名兄弟含泪相托

编钟如砾

编钟如砾

在黄河畔我们坐下

伐木丁丁，大漠明驼，想起了长安月亮

人们说

那儿浸湿了歌声

1984.5

传　说

——献给中国大地上为史诗而努力的人们

一、老人们

白日落西海
——李白

黄昏，盆地漏出的箫声
在老人的衣袂上
寻找一块岸

向你告别

我们是残剩下的
是从白天挑选出的
为了证明夜晚确实存在
而聚集着
白花和松叶纷纷搭在胳膊上
再喝一口水
脚下紫色的野草就要长起
在我们的脖子间温驯地长起
群山滑过我们的额头

一条陈旧的山岗

深不可测

传说有一次传说我们很快就会回来

脚趾死死抠住红泥

头抵着树林

为了在秋天和冬天让人回忆

为了女儿的暗喜

为了黎明寂寞而痛楚

那么多夜晚被纳入我们的心

我不需要暗绿的牙齿

我不是月亮

我不在草原上独吞狼群

老人的叫声

弥漫原野

活着的时候

我长着一头含蓄的头发

烟叶是干旱

月光是水

轮流度过漫漫长夜

村庄啊，我悲欢离合的小河

现在我要睡了，睡了

把你们的墓地和膝盖给我

那些喂养我的黏土

在我的脸上开满了花朵

再一次向你告别

发现那么多布满原野的小斑

秦岭上的大风和茅草

趴在老人的脊背上

我终于没能弄清

肉体是一个谜

向你告别

没有一只鸟划破坟村的波浪

没有一场舞蹈能完成顿悟

太阳总不肯原谅我们

日子总不肯原谅我们

墙壁赶在复活之前解释一切

中国的负重的牛

就这样留下记忆

向你告别

到一个背风的地方

去和沉默者交谈

请你把手伸进我的眼睛里

摸出青铜和小麦

兵马俑说出很久以前的密语

悔恨的手指将逐渐停留

在老人们死去之后

在孩子们幸福之前

仅仅剩下我一只头颅，劳动和流泪

支撑着

而阳光和雨水在西斜中像许多晾在田野上的衣裳

被无数人穿过

只有我依旧

向你告别

我在沙里

为自己和未来的昆虫寻找文字

寻找另一种可以飞翔的食物

而黄土，黄土奋力埋尽了我们，长河落日

把你们的手伸给我

后来张开的嘴

用你们乌黑的种子填入

谷仓立在田野上

不需要抬头

手伸出就结了叶子

甚至不需要告别

不需要埋葬

老人啊，你们依然活着

要继续活下去

一枝总要落下的花

向下扎

两枝就会延伸为根

二、民间歌谣

行到水穷处

坐看云起时

——王维

平原上的植物是三尺长的传说

果实滚到

大喜大悲

那秦腔，那唢呐

像谷地里乍起的风

想起了从前……

人间的道理

父母的道理

使我们无端地想哭

月亮与我们空洞地神交

太阳长久地熏黑额壁

女人和孩子伸出的手

都是歌谣，民间歌谣啊

十支难忍的神箭

在袖口下

平静地长成

没有一位牧人不在夜晚瘦成孤单的树

没有一支解脱的歌

聚集在木头上的人们

突然撒向大平原

像谷地里　　乍起的风

茑和女萝

平静地中断情爱

马兰花没有在婚礼上实现

歌手再次离开我们

孤独的成为

人间最深处

秘密的饮者，幸福的饮者

穷尽了一切

聚集在笛孔上的人群

突然撒向大平原

稻米之炊

忍住我的泪水

秦腔啊，你是唯一一只哺育我的乳头

秦腔啊是我的血缘　　哭

哭从来都是直接的

只只唢呐

在雪地上久别未归

被当成紫红的果实

在牛车与亲人中

悄悄传进城里

我是千根火脉

我是一堆陶工

梦见黑杯、牧草、庙宇

梦见红酋和精角的公牛

　　　千年万年

是我为你们无休止地梦见

　　　黄水

破门而入

编钟，闪过密林的船桅

又一次

我把众人撞沉在永恒之河中

我们倒向炕头

老奶奶那支悠长的歌谣

扯起来了

昊天啊、黄鸟啊、谷乔啊

扯起来了

泡在古老的油里

根是一盏最黑最明的灯

我坐着

坐在自己简朴的愿望里

喝水的动作

唱歌的动作

在移动和传播中逐渐神圣

成为永不叙说的业绩

穷人轮流替我抚养儿女

石匠们沿着河岸

立起洞窟

一尊尊幸福的真身哪

我们同住在民间的天空下

歌谣的天空下

三、平常人诞生的故乡

天长地久

——老子

隐隐约约出现了平常人诞生的故乡

北方的七座山上

有我们的墓画和自尊心

农业只有胜利

战争只有失败

为了认识

为了和陌生人跳舞

隐隐约约出现了平常人诞生的故乡

啊，城

南岸的那些城

饥荒，日蚀，异人

一次次把你的面孔照亮

化石一次次把你掩埋

你在自己的手掌上

城门上

刻满一对双生子的故事

隐隐约约出现了平常人诞生的故乡

小羊一只又一只

在你巨大的覆盖下长眠

夜晚无可挽回的清澈

荆棘反复使我迷失方向

乌鸦再没有飞去

太阳再没有飞去

一个静止的手势

在古老的房子内搁浅

啊，我们属于秋天，秋天

只有走向一场严冬

才能康复

隐隐约约出现了平常人诞生的故乡

我想起在乡下和母亲一起过着的日子

野菜是第一阵春天的颤抖

踏着碎瓷

人们走向越来越坦然的谈话

兄弟们在我来临的道路上成婚

一麻布口袋种子

抬到了墙脚

望望西边

森林是雨水的演奏者

太阳是高大的民间老人

隐隐约约出现了平常人诞生的故乡

空谷里

一匹响鼻的白驹

暂时还没有被群山承认

有人骑鹤奔野山林而去

只有小小的堤坝

在门前拦住

清澈的目光

在头顶上变成浮云飘荡

让人们含泪思念

抚掌观看

隐隐约约出现了平常人诞生的故乡

那是叔叔和弟弟的故乡

是妻子和妹妹的故乡

土地折磨着一些黑头发的孤岛

扑不起来

大雁栖处

草籽粘血

高岸为谷，深谷为陵

四匹骆驼

在沙漠中

苦苦支撑着四个方向

他们死死不肯原谅我们

上路去，上路去

群峰葬着温暖的雨云

隐隐约约出现了平常人诞生的故乡

四、沉思的中国门

静而圣

动而王

——庄子

青麒麟放出白光

一个夜晚放出白光

梧桐栖凤

今天生出三只连体动物

在天之翅

在水之灵

在地之根

神思，沉思，神思

因此我陷入更深的东方

兄弟们依次狰狞或慈祥

一只红鞋

给菩萨穿上

合掌

有一道穿透石英的强光

她安详的虹彩

自然之莲

土地，句子，遍地的生命

和苦难

赶着我们

走向云朵和南方的沉默

井壁闪过寒光的宝塔

软体的生命

美丽的爬行

盛夏中原就这么过了

没有任何冒险

庄稼比汉唐陷入更深的沉思

不知是谁

把我们命名为淡忘的人

我们却把他永久地挂在心上

在困苦中

和困苦保持一段距离

我们沉思

我们始终用头发抓紧水分和泥

一个想法就是一个肉胎

没有更多的民间故事

远方的城塌了

我们把儿子们送来

然后沿着运河拉纤回去

载舟覆舟

他们说

我们在心上铸造了铜鼎

我们造成了一次永久的失误

家是在微笑时分

墙

挡住无数的文字和昆虫

灯和泥浆

一直在渴望澄清

他从印度背来经书

九层天空下

大佛泥胎的手

突然穿过冬天

在晨光登临的小径上漫步

忏悔

出其不意地惊醒众人

也埋葬了众人

中国人的沉思是另一扇门

父亲身边走着做梦的小庄子

窗口和野鹤

是天空的两个守门人

中国人不习惯灯火

夜晚我用呼吸

点燃星辰

中国的山上没有矿苗

只有诗僧和一泓又一泓清泉

北方的木屋外

只有松树和梅

人们在沙地上互相问好

在种植时

按响断碑流星

和过去的人们打一个照面

最后在河面上

留下笔墨

一只只太史公的黑色鱼游动着

啊，记住，未来请记住

排天的浊浪是我们唯一的根基

啊，沉思，神思

山川悠悠

道长长

云远远

高原滑向边疆

如我明澈的爱人

在歌唱

其实是沉默

沉默打在嘴唇上

明年长出更多的沉默

你们抚摸自己头颅的手为什么要抬得那么高？

你们的灶火为什么总是烧得那么热？

粮食为什么流泪？河流为什么是脚印？

屋梁为什么没有架起？凝视为什么永恒？

五、复活之一：河水初次带来的孩子

有客有客

——《周颂》

我们穿着种子的衣裳到处流浪

我们没有找到可以依附的三角洲

树和冥想的孩子

分别固定在河流的两边

他们没有拥抱

没有产生带血的嘴唇

他们不去碰道路

夜行者

走过遍地遗弃的爱情

手抚碑文，愤怒，平静，脑袋里满是水的声音

一条黑色的男性

曾经做过许诺

人是圣地的树

充满最初的啁啾

一些红色的肢体在暴雨中贫困地落下

一盏灯在暗洞里掏出自己的内脏

一头故乡神秘的白牛

消失在原野的尽头

我们将找到可以依附的三角洲

踏在绿岸上的少女

洗完了衣服，割完了麦子

走进芦花丛

今夜

有三个老人

同时观看北斗

第六天是节日

第六天是爱情之日

母亲生我在乡下的沟地里

黑惨惨的泥土

一面瞅着我的来临

一面忧伤地想起从前的人们

那些生活在黑暗的岸上的人们

而以后是一次又一次血孕

水中之舞，红鳞和鳃，生命的神游

水天鹅在湖沼上平静地注视

口诀

扯着暗淡的帆

指引着这些河上的摇篮

这些绛红的陌生而健康的婴儿

到达柔曼的胸，吻响的额，接触的牙齿

眼睛的风

忧伤又一次到达

陆地上的琴鸟，又一次到达

我只能和他们一起

又一次回到黄昏

经受整个夜晚

扑倒在猩红阴郁的泥地上

这毕竟是唯一的结果

第一次传说强大得使我们在早晨沉沉睡去

第二次传说将迫使我们在夜晚早早醒来

这是些闯进的宿鸟

这是些永生的黑家伙

老人们摆开双手

想起

自己原来是居住在时间和白云下

淡忘的一笑

更远处是母亲枯干的手
和几千年的孕

早晨在毫无准备时出现

那就让我们来吧
行道迟迟
载渴载饥
啸歌伤怀
载飞载鸣

六、复活之二：黑色的复活

大鸟何鸣

——《天问》

1.

大黑光不是在白天诞生

也不是一堆堆死去的蜡烛头

他们哑笑着熄灭

熄灭有什么不好

2.

我们收起

照亮那相互面孔的

那沉重的光

呼呼行帆的光，关住心门的光

绳索垂下来

群山沉积着

草原从远方的缺口涌入

有一只嘶哑的喉咙

在野地里狂歌

在棉花惨白的笑容里

我遍地爬起

让我们来一个约定

不要问

永不要问

我们的来历和我们的忧伤

不要问那第二次复活

假如我要烧毁一切呢

原谅我，那歌声，那歌声

让我们来一个约定

3.

春天带来了无尽的睡眠

胳膊上晒着潮湿的土地

烧毁云朵

烧毁

我们在黑雨中静静长起

一块巨大的面孔

用雷做成果树

我在莽林中奔跑

撞死无数野兽

失去了双腿

昂头面对月亮

男人躺在大地上

也是一批暗暗的语言

我们走了许多路

才这样沉沉睡去

在我们熟睡之后

女人们

拥到田地里

捋着抽浆的粮食

快活得浑身发抖

　　东方之河

是流泪的母马

荒野冷漠的头颅

不断被亲吻和打湿

4.

戳有金属的脊背

扑倒在丛林中

树

筑地而起

死亡，流浪，爱情

我有三次受难的光辉

月亮的脚印

在湖面上

呕吐出神秘的黑帆

呕吐出大部分生命

石块飞舞，石块飞舞

时间终于落地

山头的石墙上

高高挂起三堆火

钟声中，孩子们确实存在的烙印

北方仓库，墓上有

几只默默的稻粒

石鸟刻着歌曲

墓门有棘

我和斧头坐在今天夜里

日子来了

人的声音

先由植物发出

帆从耳畔擦过

海跟踪而来

大陆注视着自身的暗影

注视着

火

5.

熔岩的歌声到达果园

淹没着

众多的匠人

用火堆做刀

在夜晚的郊外割草

其他的流浪者

像眼睛一样跳开

只有胆小的野花

钻进自己的肚脐

火啊，你是穷人的孩子

穷是一种童贞

大黑光啊，粗壮的少女

为何不露出笑容

代表死亡也代表新生

有钟声阔笑如岸

再不会在人群中平静地活着

火

我不是要苦苦诉说

不是在青春的峡谷中

做出叛徒的姿势

我是心头难受的火啊

是野马群最后的微笑声声

取下面具

我们都是红色线条

兄弟们指着彼此：

诞生。

诞生多么美好

谁能说出

火不比我们更快地到达圆周之岸

谁能说出黑腥的血是我们又一次不祥的开放

只有黑土承认

承认他有唯一的名字，受难的名字

秘密的名字

黑土就是我们自己

走完五千年的浅水

空地上

黑色的人正在燃烧

火

我继承黄土

我咽下黑灰

我吐出玉米

有火

屈原就能遮住月亮

　　　　　柴堆下叫嚣的

　　火　火　火

只有灰，只有火，只有灰

一层母亲

一层灰

一层火。

　　　　　　　　　　　　1984.12

但是水、水（节选）

翻动诗经

我手指如刀

一下一下

砍伤我自己

卡内克这样对他说：

"雨下得很大，还得下一场；因为这是

贾亚雨。贾亚不是本地人，而是东方人。"

（埃尔米罗·阿夫雷乌·戈麦斯）

第一篇　遗址（三幕诗剧）

第一幕

（背景是完全干涸的大河，四位老人像树根一样坐着）

诗人

汗水浸湿了我的手……我的手

浸湿了他们的额

他们瘦黑的脸、胳膊

他们泥污的衣裳

他们曾经繁殖的大腿

等待他们的是一个夏季……没有风

我的手仿佛握住了他们

就像握住一截又一截木头

秦俑的声音

但我早已到达，在悲惨的船歌中

航行，我到达了。

诗人

他们的汗水又更多地溢下来
炎热的夜晚歌手如云……令人费解
他们脱下布鞋，把脚浸进假想的河水
他们手摩头顶，若有所思
他们从早到晚就这样坐着
他们黝黑的肋条骨在河岸的黄昏中一闪一闪地放着光
他们撩着假想的河水互相擦洗着身子

秦俑的声音

但我早已到达。月亮之中
前后的事情一样。前后的声音一样

诗人

不一样。声音
不一样
先是孤独的牧羊人的声音

嘴唇干裂的声音

接着是秦岭风雷声

接着是祁连山的风雪声

……沉闷的船的腔体的声音

……盾牌上的雨水声流回声

……流萤撞夜的声音接吻的声音

雨打人类的声音。玉米地和荆棘地的枪声

雪花和乳房的声音。虫子的声音。玉米叶子的声音

秦俑的声音

但我早已到达。干旱如土

一直埋到脖颈……一直埋到头顶

诗人

他们还在流汗……生命的痛苦

还在继续。窑洞里仍有女人的呻吟

月亮之中传出一只孤独的野兽的叫唤

那是太阳的叫唤

但是没有声音

痛苦就在于没有声音……没有声音

秦俑的声音

我就是没有声音地被埋下……多少年了
母羊仍然没来。

诗人

母羊？

秦俑的声音

就是水呀。就是那些老人的眼神
水是唯一的
没有声音的痛苦都是一样的
就像八月只有一种清风
痛苦流向四面八方
只不过又回到了早就居住过的地方。我到达了
只只头颅土地之下如水相倾……不是泪水
更不是解冻时的泪水
……又绿了
树的手
我只好在骊山下越埋越深

诗人（仍是疑惑）

母羊？

秦俑的声音

对，母羊。再也不会来了

死亡如陶。完满的存放

天空是我部分的肢体和梦

天空穿上了死者的衣裳

再也不会来了——母羊

埋葬了河流的许多陌生人来来往往

再也不会来了，母羊

多么使人安心的埋葬呀，一切都由青草代表

黄花前后爱情一样

落入田野

诚实的太阳猫腰走过许多野兽的脊背

我们的姓氏像灰尘一样落入田野

诗人

可是有了星辰。星和火星。北方虚星

有了四个方向，脚就得让自己

迈开呀……

有了树林在我肉体周围

肉体就得抖动呀

而且还有血液……比骨头更古老的血液

秦俑的声音

也许你是对的

但是骨头，白色的花。纤弱的花

花儿苍白而安详

多么使人安心的埋葬呀！

一种白色的动物沉睡在土层中，或许那是

亘古不变

惨白，那是因为我们生活过

而且相爱，写过歌颂平原的诗篇又倒在平原上

情人般缄默

那是因为它就叫骨头

不分昼夜

听见死去的河流如鸟飞离

头顶。母羊，再也不会来了

诗人

但是会有青草

有鸟粪……还有爱人的乳房……还有歌唱的木头

——手指、大腿、嘴唇

……还有亮如灿星的美人、有下山的太阳

有野兽花朵，有诗人……有棺材板摇篮布

有盲人有先知……有望海的女人

还有第一天

第二天和第三天

第四天有人梦见了我的儿子……妻子果然怀孕

……还有水井

至于母羊，我会选一个日子

牵它而来，望东而去

高原两边分开……

第二幕

（背景很深很远。南方的大河边。采药的群巫在周围险峰上时隐时现。传来歌声的时候正是中午）

领：红色的渔舟子

　　响起在中午

　　响起在中午的是太阳

合：太阳

领：白色的鱼身子

　　高悬在晚上

　　高悬在晚上的是月亮

合：月亮

领：屈子呀，一个男人

合：一个男人

领：屈子呀

　　汨罗汨罗的藻草缠身哪

　　屈子呀

合：一个男人。

领：他轻轻走上岸去

　　一身白衣裳呀

合：一个男人！

领：轻轻扣舷，他出现哪

　　水上水下，他出现哪

合：一个男人，一个男人！

领：鱼哭于前哟鱼哭于后噢龙护于尾

合：一个男人！（停顿，又猛烈爆发）

　　一个男人！

第三幕

（灯光大亮。诗人像华表一样立着，侧身，独白。老人们似石匠在打井，仍如树根。诗人手牵母羊，背景中似有雨水声，时断时续）

我从荒野里回来，从所有粗糙的手指上回来，从女人
　　的腹中哭着回来，从我的遗址积灰中回来就像从心
　　中回来，手牵母羊回来，眼睛合上如菩提之叶，我
　　从荒野里回来。宝塔证明，城里的水管证明，我
我不想唱歌
我没有带来种子，没有带来泥土、牛和犁，没有带来
　　光和第一日之火。没有带来文字。我从荒野里回
　　来，我
只想着一件事：水，水……第三日之水
我就是一潭高大的水，立在这里，立着这里。
我的衣服如蛇凸起，人们说：莲花开了。
是的，莲花开了。当然莲花还没开时我就被众人搂在
　　怀里……从歌曲里
从那些不动声色的石匠手上回来。我想了又想：

一切都会平安。我从荒野里回来，我只在夜里重复东

  方的事情

做这些简单的事。需要雨水

不能多也不能少

需要月亮和身体，需要理解，也需要孤独

我在晚上想起妻子，想起在包谷地刨土的儿女

想了又想。在东方，诞生、滋润和抚养是唯一的事情。

石匠们的掌像嘴唇。

土地上

诗人

    喃喃自语

抽打的雪花溢于河岸。河流改道复在。

野花如何漂走了情人

雨水和诗人送她回来。

我也从荒野里回来，没有带来种子，没有带来阳光

我在夜里想了又想

期待倾盆大雨，期待女人生下儿子

诞生了就不会消失，我从荒野里回来，血液比骨头更

  长久

虽然不开花，我比时间

还长久……我的身上有龙

落入荒野肢体愈加丰满。我从雨年回来，或者

从干旱的荒野里回来

只记得歌中唱道：

石匠们手像嘴唇。

（诗人踉跄着走下。老人像儿童一样跃入夕光。远远传

来婴儿的啼哭声。雨水声像神乐充满最后的台面和幕布上。

观众的面孔像酒杯，微微摇晃）

第二篇　鱼生人

水……洪水前后

（正文略）

图腾或男人的孤独

（正文略）

第三篇　旧河道

本是一股水。分头驶往东方和南方。嘴唇

干裂的秦岭，痛苦贫困的母亲

使我在森林中行走如风。母亲和父亲落难在远方的

　平原

就是那灾难带来了水⋯⋯乃至鼻息⋯⋯水⋯⋯使我在

　婚礼上

站立不稳

⋯⋯母亲呀先是干旱

接着就有了水

我走过土地：心上人黄色的裙子

在落日下燃烧

芷楫荷盖

女人

⋯⋯是所有的痕迹

⋯⋯就让她们每个乳名都是我藏身的地方

每一条细腿和支流

靠近我的心脏，靠近干旱中的小板凳，靠近高原上

住满儿童的窑洞，靠近十三经二十四史

就让我就这样寂寞地升上天空，水草和幽蓝鱼骨的

　　天空

雪水的天空，鸟骸上绑满了雷电和龙女

龙女就像住在河边的女孩子，有人高声呼唤着

她们的乳名……旧河道呀黄水通天河呀扬子江……

云朵呀云朵……她们痛苦地降下就是这块平原的秘密

她们的每一个乳名都是我藏身的地方，致命的地方

是我夜夜思念的远方……而远方的水罐

　　　　　　排成一列

我仿佛就这样痛苦地升上了天空

　　在蔓草之间

　　在墓砖上

她们停止了，出乎意料地停止了美丽的脚步。

这时丝绸正在远方挥舞着阳光、汗水、不同肤色和

　　声音

这时沙漠结满了宫殿一样的洞窟，窟中飞翔着女人

这时粮食车马向西北像河流一样在我们前边出发

这时我盛大的太阳正在四方中央的天国徐徐上升

有人高声作诗……声闻百里……大地拥挤膨胀于心

他在船头或山上莫名地失踪，留下了一百首歌颂月亮
　　的诗篇

当然更多的人是在痛苦的心上生活，生活是艰难的

这时我拱手前行……盛唐之水呀，四下的黑暗是你的
　　方向

河畔我随乐器走向南方；女人徐徐行进，手执杯盏
　　……突然止步！

是那太阳，他们的心脏

摔在沙漠里

是那太阳，他们的手掌

不再朝上一片片晒死在原野上

是那太阳，他们的眼睛

制成等水的陶碗

是那太阳自然的红狼合于大笑之火

是那太阳烧焦的平原挂上寺庙壁画

是那太阳，字迹模糊不清的太阳

和着蝗虫的音乐

渴望中

不知不觉进入我抽搐的身体

两片嘴唇打扑在土地上

把我折成男子

孤独而粗糙，如同出海后

放弃了摇篮和诗歌

但是获得了盐，细碎而苦涩的骨头

……是那太阳推动苦难的肩头，群栖众多民族

我磨难已成遍地痛苦……如同全部的陆地

石头垒心，独木舟出海船弃在暗处

再次长成环绕沙漠的森林。马群冲向铜鼓

另一些手在黑暗之中传递……

是那太阳将种种痛苦

——诉说

……水噢蓝的水

从此我用龟与蛇重建我神秘的内心，神秘的北方的生命

从此我用青蛙愚鲁的双目来重建我的命运，质朴的生存

从此天空死于野草，长龙陷入花纹，帝王毁于水波

从此在河岸上，一切搭起如处女再次来临

从此我日复一日伏在情人的身上瞭望大地如不动水

……不祥之水……流入眼睛。从此水流毫无消息

只有相亲相爱的低语

    "度过艰难时刻"……老人重建歌曲。儿童不再

      生长

地平线上鹿群去而不回。阳光又痒又疼

从此水流毫无消息……就让他们一直埋头喝水

一直喝到夕阳西下。

便是水、水

抬起头来，看着我……我要让你流过我的身体

让河岸上人类在自己心上死去多少回又重新诞生

让大海永不平静，让大海不停地降临

在她身上……水中的女人如蜻蜓生育的美丽

心上人如母亲……一样寂寞而包含……男人的房屋

　男人

的孤独……他们一直在不停喝水……但是水

——水

让心上人诞生在

东方旧河道，

一个普通的家庭中……我的唯一的心上人

亲人中只有我对你低声诉说

靠——近——我！给你生命给你嘴唇给你爱情！

亲人中只有你对我如花开放

除了你，谁引起过我这么深厚的爱情

谁引起过我这么深厚的爱情？！

　　除　了　你

谁引起过我这么痛苦的爱情？！

……你是从我心上长出来的，身体已对我开放如花

到此为止，故乡在我身上开始了生长

水流漫过我的身体如同身后的诗歌……他们一直在埋

  头喝水

喝到女人诞生的时辰

女人把月亮蓝色地移入身躯

河流在夜晚的深处处处传递

一个黄色的种胚体远远腾起，身上的符纹像文字

      出　入　天　空

心上人的名字像痛苦的帆船一样穿过，像嘴唇一样

在祷告时熄灭，在亲吻时重新燃起

像她本人一样万物归一、淹没大地

……啊，流动的女人……

是你让我走向沙滩，双手捏着乳房一样的火焰

走向沙滩

        成群的鱼像水罐一样保存了爱情

        如泣的水面上

        男人如岛，形体凸起，死而复生

    你让我走向沙滩，洪水在我的身体上：

        重新变成洪水

……而大海永不平静。

……从诞生到现在

    只有一步之遥

但是水、水

心上人的爱情

像斧头是森林流血也是我的膝盖流血

像鱼儿是自己流血也是我的鱼叉流血

像生育是你流血也是我流血

但是水、水

蓝色的雪敲打着庙宇般的胴体：梦见了爱情

雷电像咒语一样从胸前滚落：梦见了爱情

无数花朵流泪走进房屋：梦见了爱情

两只膝盖梦见四只膝盖

婚姻梦见爱情，三位女神梦见爱情

莲花——东方的铁莲梦见爱情

……但是水、水……甚至男人们也梦见了真正的

爱情。他们一直在喝水……喝水

我便回到更加古老的河道……女人最初诞生……

古老的星……忘记的业绩……五行……和苦难

夜晚子时大地的子宫和古老的葬具

我便揪住祖先的胡须。问一问他的爱情。

我的双腿在北方的河岸上隐隐溢过，显于

奔跑的巨大母羊之上群羊之上。

木植土。金矿水。火熔金。水熄火。

金生火。土生金。木生土。水生木。

就是那块土地，那块包孕万物的灾难如歌的土地

使我的头顶出现光芒，使我的掌心埋藏火花

照亮了陶器。盛水的不再只是爱情之唇……鱼……

……鼻音……乳名和隐语……以及长口瓶、鱼纹盆、

   尖底瓶

也有干的河床……渗下去……就像母亲融入卑微的

   泥土

我抚摸着每一张使我动心的面容。只有你

慢慢从我心中长出。同时

野花也带来了孤独。

但是水、水他们一直埋头喝水

太阳带来重复出现的命运。而你从我的心中

慢慢长出，痛苦不堪地长出

从诞生到现在

    只有一步之遥

但是水、水

相传他是东方诗人

睡在木叶下

梦见爱情就真的获得了爱情……喝水人倒地为水

……估计人们会在春分之前先渡过一条小河，然后
　靠近

大——河——靠——近——大——河

而我一直如节气对人耳语。孤独的男人的耳语

在水上渐渐地远去……就这样

在水上团聚的日子近了，我在婚礼上站立不稳

土地仍旧灼人……迎人入内，静静合上眼睛

从诞生到现在仅一步之遥……秦岭兀立一片。

旧河道，我仿佛就这样痛苦地

升上天空……他们一直在埋头喝水

一直喝到夕阳西下

女人诞生的时辰。

前面已有的痕迹，越拓越宽，不动声色，坦白而痛苦

至今故乡仍在四个方向成长，同时艰难地死去

而他们一直在喝水

水

因我而浑浊的

母亲

如鱼落在草上。他们仍在埋头喝水……该死的男人

他们一直在掘水。又喝干了

乳房

挂在秦岭的两边，一切都成了女性，一切都可以再生

水波翻动衣服就像翻动诗经。南方的节日里

失去了一位诗人……瘦削的诗人……脑袋，下沉中的

黑色太阳。我看见

      水

慢慢淹过我的身体

我看见了不该看见的，我看见了永存的，月亮和河流之龟

两条爬过的痕迹，在我身上醒来，痛裂成文字，伤疤

  和回忆

又隐隐作痛。至今故乡仍在四个方向生长，向东生长，

  一路

死去。他们一直在埋头喝水……掘水……毫无消息。

当晚霞又一次升起

临河的盆地麦子熟了……我便起身

一路踏过水井……这个该死的男人

爱情让我舍弃了生命和青春

我是那灾难带来了水乃至鼻息带来了前后的六天

众蚁在脚下咬紧阳光

就是那灾难照我一如既往大地一如既往：赤裸渴望而

  动情

发现我的肩头落满光芒，四方为辉煌的日兽所困

只有女人的头发如麦粒如水草，给我夜里潮湿的安慰

……抬起头来，女人

抬起头来，看着我

怎样射箭……

洞穴之中探出许多　作响的头颅

……水，使我在婚礼上站立不稳

因为旷野上口唇相占，你我的生辰相互证明

旧河道，太阳与你同样辉煌。我早就驯服了它

我早就是我，是人，是东方人，是我自己

……但窑洞还是离水井甚远历史离水井更远

就让我负鱼而来……人们晾晒旧网……盛水的不再

　只是

嘴唇，还有河道，改造洪水……人们以我为禹……但我

也曾射过太阳……是我自己……娶过新娘

她本是水边的神，或许同时是水兽

当然很美丽。

击石拊石

百兽率舞。

根上，坐着太阳，新鲜如胎儿……但是水、水

第四篇　三生万物

1. 女人的诞生

（正文略）

2. 招魂那天无雨

（正文略）

3. 八月（或金铜仙人辞汉歌）

（正文略）

其他：神秘故事六篇

龟王

　　从前，在东边的平原深处，住着一位很老很老的石匠。石匠是在自己年轻的时候从一条幽深的山谷里走到这块平原上来的。他来了。他来的那一年战争刚结束。那时他就艺高胆大，为平原上一些著名的宫殿和陵园凿制各色动物。他的名声传遍了整个大平原。很多人都想把闺女嫁给他，但他一个也没娶，只把钱散给众人，孤独地过着清苦的生活。只是谁也不知道他在暗地里琢磨着一个由来已久的念头。这念头牵涉到天、地、人、神和动物。这念头从动物开始，也到动物结束。为此，他到处寻找石头。平原上石头本来不多，只是河滩那儿有一些鹅卵石，而这又不是他所需要的。因此他把那件事儿一直放在心里，从来没向任何一个人提起。他的脾气变得越来越古怪。他的动物作品无论是飞翔的、走动的，还是浮游的，都带着在地层上艰难爬行的姿势与神态，带着一种知天命而又奋力抗争的气氛。他的动物作品越来越线条矛盾、骨骼拥挤，带着一股要从体内冲出的逼人腥气。这些奇形怪状的棱角似乎要领着这些石头动物弃人间而去。石匠本人越来越瘦，只剩下一把筋骨。那整个夏天他就一把蒲扇遮面，孤独地，死气沉沉地守着这堆无人问津的石头动物，一动也不动，像是已经在阳光下僵化了。似乎他也要挤身于这堆石头动物之间。后来的那个季节里，他坐在门前的两棵枫树下，凝神注视树叶间鸟巢和那些来去匆忙、喂养子息的鸟儿。他的双手似乎触摸到了那些高空中翔舞的生灵。但这似乎还不够。于是在后来迟到的冰封时光里，他守着那条河道，在萧瑟的北风中久久伫立。他的眼窝深陷。他的额头像悬崖一样充满暗示，并且饱满自足地面向深谷。他感到河流就像一条很细很长、又明亮又寒冷、带着阳光气味和鳞甲的一条蛇从手心上游过。他的手似乎穿过这些鳞甲在河道下一一抚摸那些人们无法看到的洞穴。泥层和鱼群激烈地繁殖。但这似乎也还不够。于是他在接着而来的春天里，完全放弃了石匠手艺，跟一位农夫去耕田。他笨拙而诚心诚意地紧跟在那条黄色耕牛后面，扶着犁。他的鞭子高举，他的双眼眯起，想起了他这一生痛楚而短促的时光。后来他把那些种子撒出。他似乎听到了种子姐妹们吃吃窃笑的声音。他的衣服破烂地迎风招展。然后他在那田垄里用沾着牛粪和泥巴的巴掌贴着额头睡去。第二天清早，他一跃而起，像一位青年人那样利落。他向那位农夫告别，话语变得清爽、结实。他在大地上行走如风。也许他正感到胸中有五匹烈马同时奔踏跃进。他一口气跑回家中，关上了院门，关上了大门和二门，关上了窗户。从此这个平原上石匠销声匿迹。那幢石匠居住的房屋就像一个死宅。一些从前他教过的徒弟，从院墙外往里扔进大豆、麦子和咸猪肉。屋子里有水井，足以养活他。

就这样，整整过去了五个年头。

五年后，这里发了一场洪水。就在山洪向这块平原涌来的那天夜里，人们听到了无数只乌龟划水和爬动的声音，似乎在制止这场洪水。它们相互传递着人类听不懂的语言，呼喊着向它们的王奔去。第二天早上洪水退了。这些村子安然无恙。当人们关心地推开老石匠的院门及大门二门进入他的卧室时，发现他已疲惫地死在床上，地上还有一只和床差不多大的半人半龟的石头形体。猛一看，它很像一只龟王，但走近一看，又非常像人体，是一位裸体的男子。沾着泥水、满是伤痕的脚和手摊开，像是刚与洪水搏斗完毕，平静地卧在那儿。它完全已进化为人了，或者比人更高大些，只不过，它没有肚脐。这不是老石匠的疏忽。它本来不是母体所出。它是从荒野和洪水中爬着来的，它是还要回去的。

第二年大旱。人们摆上香案。十几条汉子把这块石龟王抬到干涸的河道中间，挖了一个大坑，埋下了它。一注清泉涌出。雨云相合。以后这块平原再也没有发生过旱灾和水灾。人们平安地过着日子。石匠和龟王被忘记了。也许我是世界上最大的一个傻瓜，居然提起这件大家都已忘记的年代久远的事来。

1985.5.23 夜深

木船

　　人们都说，他是从一条木船上被抱下来的。那是日落时分，太阳将河水染得血红，上游驶来一只木船。这个村子的人们都吃惊地睁大眼睛，因为这条河上已经很久很久没有船只航行了。在这个村子的上游和下游都各有一道凶险的夹峡，人称"鬼门老大"和"鬼门老二"。在传说的英雄时代过去以后，就再也没有人在这条河上航行过了。这条河不知坏了多少条性命，村子里的人听够了妇人们沿河哭嚎的声音。可今天，这条船是怎么回事呢？大家心里非常纳闷。这条木船带着一股奇香在村子旁靠了岸。它的形状是那么奇怪，上面洞开着许多窗户。几个好事者跳上船去，抱下一位两三岁的男孩来。那船很快又顺河漂走了，消失在水天交接处。几个好事者只说船上没人。对船上别的一切他们都沉默不语。也许他们是见到什么了。一束光？一个影子？或者一堆神坛前的火？他们只是沉默地四散开。更奇的是，这几位好事者不久以后都出远门去了，再也没有回到这方故乡的土地上来。因此那条木船一直是个谜。（也许，投向他身上的无数束目光已经表明，村里的人们把解开木船之谜的希望寄托在这位与木船有伙伴关系或者血缘关系的男孩身上。）他的养母非常善良、慈爱，他家里非常穷。他从小就酷爱画画。没有笔墨，他就用小土块在地上和墙壁上画。他的画很少有人能看懂。只有一位跛子木匠、一位女占星家和一位异常美丽的、永远长不大的哑女孩能理解他。

那会儿他正处于试笔阶段。他的画很类似于一种秘密文字，能够连续地表达不同的人间故事和物体。鱼儿在他这时的画中反复出现，甚至他梦见自己也是一只非常古老的鱼，头枕着陆地。村子里的人们都对这件事感到一种莫名的恐惧，认定这些线条简约形体痛苦的画与自己的贫穷和极力忘却的过去有关系。于是他们就通过他慈爱的养母劝他今后不要再画了，要画也就去画些大家感到舒服安全的胖娃娃以及莺飞草长小桥流水什么的。但他的手总不能够停止这种活动，那些画像水一样从他的手指上流出来，遍地皆是，打湿了别人也打湿他自己。后来人们就随时随地地践踏他的画。不知从什么时候开始，他干脆不用土块了。他坐在那条载他而来的河边，把手指插进水里，画着，这远远看去有些远古仪式的味道，也就没有人再管他了。那些画儿只是在他的心里才存在，永远被层层波浪掩盖着。他的手指唤醒它们，但它们马上又在水中消失。就这样过去了许多岁月，他长成了一条结实的汉子。他的养父死去了，他家更加贫穷。他只得放弃他所酷爱的水与画，去干别的营生。他做过箍桶匠、漆匠、铁匠、锡匠；他学过木工活、裁剪；他表演过杂技、驯过兽；他参加过马帮、当过土匪、经历了大大小小的许多场战争，还丢了一条腿；他结过婚、生了孩子；在明丽的山川中他大醉并癫过数次；他爬过无数座高山、砍倒过无数棵大树、渡过无数条波光粼粼鱼脊般起伏的河流；他吃过无数只乌龟、鸟、鱼、香喷喷的鲜花和草根；他操持着把他妹子嫁到远方的平原上，又为弟弟娶了一位贤惠温良的媳妇……直到有一天，他把自己病逝的养母安葬了，才长长地舒了一口气。他也老了。大约从这个时候开始，那条木船的气味渐渐地在夜里漾起来了。那气味很特别，不像别的船只散发出的水腥味。那条木船漾出的是一种特别的香气，像是西方遮天蔽日的史前森林里一种异兽的香气。村子里的人在夜间也都闻到了这香气，有人认为它更近似于月光在水面上轻轻荡起的香气。他坐在床沿上，清楚地看见了自己的一生，同时也清澈地看见了那条木船。它是深红色的，但不像是一般的人间的油漆漆成的。远远看去，它很像是根根原木随随便便地搭成的。但实际上根本不是那么回事，它的结构精巧严密，对着日光和月光齐崭崭地开了排窗户，也许是为了在航行中同时饱饱地吸收那暮春的麦粒、油菜花和千百种昆虫的香味。在木船的边缘上，清晰地永久镌刻着十三颗星辰和一只猫的图案。那星辰和猫的双眼既含满泪水又森然有光。于是，他在家里翻箱倒柜，找出了积攒多年珍藏的碎银玉器，到镇上去换钱买了笔墨开始作画。于是这深宅大院里始终洋溢着一种水的气息，同时还有一种原始森林的气息。偶或，村子里的人们听到了一种声音，一种伐木的叮当声。森林离这儿很远，人们清醒地意识到这是他的画纸上发出的声音。他要画一条木船。他也许诞生在那条木船上。他在那条木船上顺河漂流了很久。而造这条木船的原木被伐倒的声响正在他的画纸上激起回声。然后是许多天叮叮作响的铁器的声音，那是造船的声音。他狂热地握着笔，站在画纸前，画纸上还是什么也没有。他掷笔上床，呼呼

363

第二编　河流三部曲　但是水、水（节选）

睡了三天三夜。直到邻村的人都听见半空中响起的一条船下水的"嘭嘭"声，他才跳下床来，将笔甩向画纸。最初的形体显露出来了。那是一个云雾遮蔽、峭壁阻挡、太阳曝晒、浑水侵侵的形体。那是一个孤寂的忧伤的形体，船，结实而空洞，下水了，告别了岸，急速驶向"鬼门"。它像死后的亲人们头枕着的陶罐一样，体现了一种存放的愿望，一种前代人的冥冥之根和身脉远隔千年向后代人存放的愿望。船的桅杆上一轮血红的太阳照着它朴实、厚重而又有自责的表情，然后天空用夜晚的星光和温存加以掩盖。就在那条木船在夜间悄悄航行的时辰，孩子们诞生了。这些沾血的健康的孩子们是大地上最沉重的形体。他们的诞生既无可奈何又饱含深情，既合乎规律又意味深长。他艰难地挥动着画笔，描绘这一切。仿佛在行进的永恒的河水中，是那条木船载着这些沉重的孩子们前进。因此那船又很像是一块陆地，一块早已诞生并埋有祖先头盖骨的陆地。是什么推动它前进的呢？是浑浊的河流和从天空吹来的悲壮的风。因此在他的画纸上，船只实实在在地行进着，断断续续地行进着。面对着画和窗外深情生活的缕缕炊烟，他流下了大颗大颗的泪珠。

终于，这一天到了，他合上了双眼。他留下了遗嘱：要在他的床前对着河流焚烧那幅画。就在灰烬冉冉升上无边的天空的时候，那条木船又出现了。它逆流而上，在村边靠了岸。人们把这位船的儿子的尸首抬上船去，发现船上没有一个人。船舱内盛放着五种不同颜色的泥土。那条木船载着他向上游驶去，向他们共

同的诞生地和归宿驶去。有开始就有结束。也许在它消失的地方
有一棵树会静静长起。

1985.5.25

初恋

　　从前，有一个人，带着一条蛇，坐在木箱上，在这条大河上
漂流，去寻找杀死他父亲的仇人。

　　他在这条宽广的河流上漂泊着。他吃着带来的干粮或靠岸行
乞。他还在木箱上培土栽了一棵玉米。一路上所有的渔夫都摘下
帽子或挥手向他致意。他到过这条河流的许多支系，学到了许多
种方言，懂得了爱情、庙宇、生活和遗忘，但一直没有找到杀死
自己父亲的仇人。

　　这条蛇是父亲在世时救活过来的。父亲把它放养在庄园右边
的那片竹林中。蛇越养越大。它日夜苦修，准备有一天报恩。父
亲被害的那天，蛇第一次窜出竹林，吐着信子，在村外庙宇旁痛
苦地扭动着身躯，并围着广场游了好几圈。当时大家只是觉得非
常奇怪，觉得这事儿非同小可。后来噩耗就传来了。因此，他以
为只有这条蛇还与死去的父亲保持着一线联系。于是他把它装在
木箱中，外出寻找杀父的仇人。

　　在这位儿子不停地梦到父亲血肉模糊的颜面的时刻，那条蛇

却在木箱的底部缩成一团，痛苦地抽搐着，因为它已秘密地爱上了千里之外的另外一条蛇。不过那条蛇并不是真正的肉身的蛇，而只是一条竹子编成的蛇。这种秘密的爱，使它不断狂热地通过思念、渴望、梦境、痛苦和暗喜把生命一点一点灌注进那条没有生命的蛇的体内。每到晚上，明月高悬南方的时刻那条竹子编成的蛇就灵气絮绕，头顶上似乎有无数光环和火星飞舞。它的体格逐渐由肉与刺充实起来。它慢慢地成形了。

终于，在这一天早晨，竹编蛇从玩具房内游出，趁主人熟睡之际，口吐火花似的信子，咬住了主人的腹部。不一会儿，剧毒发作，主人死去了。这主人就是那位儿子要找寻的杀父仇人，那条木箱内的蛇在把生命和爱注入竹编蛇的体内时，也给它注入了同样深厚的仇恨。

木箱内的蛇要不告而辞了。夜里它游出了木箱，要穿越无数洪水、沼泽、马群、花枝和失眠，去和那条竹编蛇相会。而它的主人仍继续坐在木箱子上，寻找他的杀父仇人。

两条相爱的蛇使他这一辈子注定要在河道上漂泊，寻找。一枝火焰在他心头燃烧着。

1985.5.22

诞生

这个脸上有一条刀疤的人，在叫嚷的人群中显得那么忧心忡忡。他一副孤立无援的样子，紫红的脸膛上眼睛被两个青圈画住。他老婆就要在这个酷热的月份内临盆了。

人们一路大叫着，举着割麦季节担麦用的铁尖扁担，向那条本来就不深的河流奔去。河水已经完全干涸了，露出细沙、巨大的裂口和难看的河床。今年大旱，异常缺水，已经传来好几起为水械斗的事情了。老人们说，夜间的星星和树上的鸟儿都显示出凶兆。事实上，有世仇的两个村子之间早就酝酿着一场恶斗了。在河那边，两村田地相接的地方，有一个小小的蓄水的深池。在最近的三年中，那深池曾连续淹死了好几个人。那几座新坟就埋在深池与庙的中间，呈一个"品"字形。

两村人聚头时，男人妇人叫成一团。远远望去，像是有一群人正在田野上舞蹈。铁尖扁担插在田埂上：人们知道这是一件致命的凶器。不到急眼时，人们是不会用它的。仿佛它们立在四周，只是一群观战的精灵，只是这场恶斗的主人和默默的依靠。池边几只鸟扑打着身躯飞起。远去中并没能听见它们的哀鸣，地面的声响太宏大了。这个脸上有刀疤的人，接连打倒了好几位汉子，其中一条汉子的口里还冒着酒气。泥浆糊住了人们的面孔。人们的五官都被紧张地拉开。动作急促、断续、转瞬即逝，充满了遥远的暗示。有几个男人被打出血来了。有好几个妇人则躺在地上哼哼，另外一些则退出恶战。剩下了精壮的劳力，穿着裤衩抢着厮打在一起。还有一名观看助战少年，失足落入池中，好在水浅，一会儿就满身泥浆的被捞上来。

这时，刀疤脸被几条汉子围住了。他昏天昏地地扭动着脖子。不知是谁碰了一下，一根铁尖扁担自然地倾斜着，向他们倒来。那几条汉子本能地跳开了。在他瘫坐下去时，铁尖迟钝地戳入他的脖子。有几个妇人闭上了眼睛。就在这一瞬间，他痛苦地意识到妻子分娩了。他如此逼真地看到了扭曲的妻子的发辫和那降生到这世上的小小的沾血的肉团。这是他留下的骨血，他的有眼睛的财宝。他咧着嘴咽下最后一口气，想笑又没有笑出来。

……人们把这具尸首抬到他家院子里时，屋子里果真传出了婴儿的啼哭声。不知为什么，牛栏里那头沾满泥巴的老黄牛的眼眶内也正滑动着泪珠。

1985.5.22

公鸡

这里生活的人们有一个习惯，在盖新房砌地基时要以公鸡头和公鸡血作为献祭。这个村子里老黑头今年要盖房。

老黑头今年快六十了，膝下无儿无女，老夫妻和和睦睦地过着日子。不久前，他外出进山贩运木材，历经千辛万苦，靠着这条河流和自己的血汗，一把老筋骨，攒下了一些钱。他要在今年春上盖四间房子。事情就这么定了。

他家有一只羽毛似血的漂亮公鸡。

老黑头挑好了地基，背后是一望无际的洼地。只有一些杂树林，那是自然生长出来的。还有一些摸不清年代的古老乱坟，那是人们与这片洼地最早结下的契约，现在这契约早被人们遗忘了。人们只守着门前的几亩薄土过日子，淡漠了身后无边的洼地。风水先生说这片洼地属卧龙之相，如果老黑头命根子深，他家就会添子成龙。老黑头心里半信半疑。每到黄昏时分，他就在洼地里乱转。他和洼地逐渐由陌生而熟悉，最终结成了一种密不可分的关系。尤其是在黄昏，他们能互相体会，体会得很深很深。西边的落日突然在树丛间垂直落下，被微微腾起的积尘和炊烟掩埋。老黑头的心像这一片洼地为黑夜的降临而轻轻抖动。他觉得老天有负于他，这么一个老实巴交的人，居然不能享有一个儿子。老黑头走出洼地的时候，吐了一口唾沫。天黑得很快。老伴又在守着小灯等他回去吃晚饭了。在盖房之前的那天夜里，没有人知道，老黑头对着他的老朋友——那片洼地磕了几个响头。

盖房那天上午，砖瓦匠们摸摸嘴巴上的油，提着瓦刀，立在四周。一位方头脑的家伙拎着那只漂亮的红公鸡走到中央。他对着鸡脖子砍了一刀。殷红的血涌了出来，急促地扑打到褐色的地面上，像一朵烈艳的异花不断在积尘上绽开。鞭炮声响起来了。老黑头递一支纸烟给那方头大汉。就在他伸出一只手接烟的当口，那只大红公鸡拖着脖子从他手里挣脱出来，径直飞越目瞪口呆的人群，流着血，直扑洼地而去，不一会儿，就消失在乱树丛后面。老黑头这才回过味来和大伙一起，拥向洼地。但那只公鸡像是地遁了似的，连血迹和羽毛也没见到。大伙跟着老黑头踏入这片陌生的洼地，暗暗地纳闷着，继续向深处走去。突然，前面传来了婴儿的啼哭声，人们放大了步子，加快了速度，向前搜索着，不时地互相传递着惊异的表情。杂树枝上一些叶片刚从乌黑的笨重的躯壳里挣扎出来，惊喜地瞧着这渴望奇迹的人们，甚至用柔韧的躯体去接触他们，摸摸他们头顶的黑发。洼地满怀信心地迎接并容纳着人们。大伙终于发现了一个用红布小褂包裹的男婴。他躺在两座古老坟包之间，哇哇直哭。说也奇怪，在婴儿的额上居然发现了两滴潮红的血和一片羽毛。那羽毛很像是那只大红公鸡的。不过也没准是鸟儿追逐时啄落下来的。就是血迹不太好解释。公鸡终于没有找到。

自然是老黑头把那男婴抱回家去了。

剩下的人们整个春季都沉浸在洼地的神秘威力和恩泽中。人们变得沉默寡言。人们的眼睛变得比以前明亮。

又用了另一只公鸡头，老黑头的房子盖好了。第二年春天老黑头的妻子居然开怀了，生了一个女儿，但更多的乳汁是被男婴吮吸了。奇迹没有出现。日子照样一直平常地过下去。日落日出，四季循环，只是洼地变得温情脉脉，只是老黑头不会绝后了。

1985.5.24

南方

　　我 81 岁那年，得到了一幅故乡的地图。上面绘有断断续续的曲线，指向天空和大地，又似乎形成一个圆圈。其中的河流埋有烂木板、尸体和大鱼。我住在京城的郊外，一个人寂寞地做着活儿，手工活儿，为别人缝些布景和道具。我在房子中间也得把衣领竖起，遮蔽我畏寒的身体。那好像是一个冬天，雪花将飘未飘的时候，一辆黑色的木轮车把我拉往南方。我最早到达的地方有一大片林子。在那里，赶车人把我放在丛树中间的一块花石头上，在我的脚下摆了好些野花。他们把我的衣服撕成旗帜的模样，随风摆动。他们便走了。开始的时候，我不能把这理解为吉兆。直到有一颗星星落在我的头顶上，事情才算有了眉目。我的头顶上火星四溅，把我的衣裳和那张故乡曲折的地图烧成灰烬，似乎连我的骨头也起了大火。就在这时，我睁开了眼睛，肉体新鲜而痛苦，而对面的粗树上奇迹般地拴了一匹马。它正是我年轻力壮时在另一片林子里丢失的。这，我一眼就能看出事情非同小可。为了壮胆，我用手自己握住，做出饮酒的姿势。这匹马被拴在树上，打着响鼻。我牵着它走向水边，准备洗洗身子，忽然发现水面上映出一位三十多岁的汉子，气得我当场往水里扔了块石头。就这样，北方从我的手掌上流失干净。等一路打马，骑回故乡的小城，我发现故乡的小雨下我已经长成二十岁的身躯，又注入了情爱。我奔向那条熟悉的小巷。和几十年前一样，那扇窗户还开着。和那个告别的夜晚一样：外面下着雨，里面亮着灯。我像几十年前一样攀上窗户，进屋时发现我当年留下的信件还没有拆开。突然，隔壁的房间里传来她吃吃的笑声。我惊呆了，只好跳下窗户，飞身上马，奔向山坡。远远望见了我家的几间屋子，在村头立着。我跃下马，滚入灰尘，在门前的月下跌一跤，膝盖流着血。醒来时已经用红布包好。母亲坐在门前纺线，仿佛做着一个古老的手势。我走向她，身躯越来越小。我长到 3 岁，抬头望门。马儿早已不见。

1985.8

附录：佚散故事三篇

以下三篇作品与上边的《初恋》曾以"村庄"为题，发表于1987年第6期的《十月》杂志。后由西川编入《海子诗全集》"补遗"部分。此三篇作品虽未注明写作时间，但从神秘故事式的文体，创世寓言性的内容看，似与以上"神秘故事六篇"统摄于同一主体氛围，故挪移于此，以作为阅读参照。——燎原

取火

水退了。平静地退了。世界像灭了火种的陶碗，湿冷而稳固。这时如果人们围成一团，他们将会缺少一个明显的中心。人缺少了定义自己的东西，金雀花和豺狼则缺少制约。人们在一串洞穴中爬行，只有你能使他们站立……这一次，水是真的退了。他没有变着法子骗她。他的脸像一匹马一样在暗中流汗，散着热气。她躺在那个世界上最高的山洞里，望见他像一只大黑鸟在洞口滑来滑去。由于长久的拥抱，他的手臂像两条常青藤从肩膀上挂下来。外面的水波不停地送来果树和死蛇的气味，使人不得不想起那时候他们在果园里光着脊梁的日子，肉体在地上显得湿润又自

由。水涨的时候，他们像两只蛋一样漂进这高处洞穴中。她努力恢复意识和果园的经验，只凭着自己两只悬挂在他颈项的胳膊和那粗糙的温暖的沙子一样的嘴唇，活了这些日子。外面的水仍是寒冷的，他正看见太阳如一摊鲜血在燃烧。他有了一个愿望。于是他回到她身边，举止富于醉意，像一棵松树在风中庄严地摇摆。她继续像湿冷的大地一样躺着。大地更多地从水下裸露出来。是啊，是往这寒冷的居住的容器中放些什么东西的时候了。那东西在以前似乎有过，但记不确切了。他想：一切都得重新开始，于是他就开始了这个牺牲自己的历程。多年以后，这个该死的家伙，敲碎了所有洞中的石制工具，也没能找出那种致命的东西来。负罪的情感使他在平原上追逐野兽产生狩猎，砸裂土地产生农耕；长久地凝望自己，产生爱情。这还不能解决问题，而他倒提着一只巨熊，咬着它的肉体，像醉汉喝酒一样喝干了它的血汁，身上涂满了四季的巫术、玉米的芳香和畜生的粪便。他在她身边的青草上抹干净手上的血腥，他使劲折断每头野鹿的角，还是没有发现那种东西。他把蛇头紧握手中，一下一下捏出带颜色的水来，那毒汁中有一种温暖的早期故乡火种的消息。他把那毒汁种在手心、手臂，乃至大腿、胸脯和乳头上。女人像日日成长的宽厚而耐心的花朵，在暗处瞧着他。没有一个人像他那样粗暴地残害过自己。他用血糊住眼睛，当了三年的瞎子。那些日子里他一直渴望着那东西，又亮堂又耀眼。他奔跑跃进，是一捆湿又重的大木头放倒在地。人们像蛇一样互相咬伤、繁殖时代。那东西高贵地挂在天上如一摊血迹。但这只是给他一些暗中的经验。那个东西像灾难的日子一样钉在他的肉体上。他骚动暴躁。他不能随遇而安。在一阵漫长而婉转的歌子中，在空地上舞蹈时，他把她带到那柄刀跟前，用刀在自己的胳膊上割开一个口子，把血涂在她的胸前。一言不发。他上路了。

他的头像黑狮子的头一样在密林深处消失。她则用头碰撞地面石块。鲜血蒙满了五官，像一口开放鲜花的五月水井。她没有声音地倒在地上。黄昏照着她，也照着水下的鱼，仿佛在说：谁也跑不了。只有他远远地踏着远方的草浪翻滚。野兽退向两边，低头吃土或者血肉。他想象一件事情远远的不可名状的来临。它们恐怖地把头更深地埋在土里。人的音乐、绳索和道路就在这时，不停地延伸。在这个美好的日子里，那女人在山洞旁头颅碰撞石块的声音一路传播，感动了许多人，促成了许多爱情，缔结了许多婚约；一路传播，通过婚礼中忧伤的汉子的歌声，在舞蹈和月亮下，一直传到前行的他的耳畔。他于是坐下，坐在地上，静静地坐着，做了一个手势，似乎是要把月亮放在膝盖上。他知道她对自己的情意。那长发美发的头颅碰撞石块就像碰撞他的胸膛。胸膛里面心脏像石榴一样裂开。他拖着自己的肉体像拖着她的身子前行。沉重极了。

……那守候的巨鸟不肯转过头来。像割麦子一样，他割下自己的肉，扔向那边。巨鸟回过头来。巨鸟的眼睛正像思念中的眼睛。那鸟眼睛正像呆笨的温情的她哭红的眼睛。不过，它是被火光映红。终于他的刀尖触到了巨鸟守护的火焰……但没有东西盛放，他的刀尖转而向内一指，他的头颅落下来……火焰完整地盛在里面。他提着头颅就像提着灯。上路。这是第一盏灯：血迹未干的灯，滑头的灯，尚未报答爱情的灯。

平原上的人们那夜都没有睡着。看见了他，提着头颅，又像提灯前来。里面有一点火种。无头的人，提火，提灯，在条条大河之上，向他们走来。

我的珍贵的妻子俯伏于地，接受了火种与爱情。

谷仓

那谷仓像花瓣一样张开在原野上。像星星的嘴唇。像岩石和黎明的嘴唇一样张开。它没有光芒。因此必定是在地球上。这阴沉昏暗的行星，微微亮着，像是睁开了一只眼睛——看见了一件痛苦的事。又像是迟迟不肯熄灭的灯。人，散在灯的四周。

那是在草原上。那时还没有集体，没有麦地和马厩，森林离此地甚远。一种异兽在香气中荡漾。你就来了。你当然是主人公。我还没有想好你的名字。你就是我。

这样我就来到这里。日有白云，夜有星星，还有四季昭示的河流。就这样我来到这颗星辰上。有一位叫"有"的小妇人早就在等待着我，像一口美丽红色的小棺材在等待着我。不过，我用我的双腿行走在小镇上。我来到这个被人抚摸的词汇和实体：小镇。再加上美丽的羽雀飞舞黄雀飞舞的黄昏，对了，还有蜻蜓飞舞。那个神采很好的人牵着我的马：白云。

记住，这是在放牧牛羊和快如闪电的思想的草原。

砍柴人和负柴人来了。他们睁着双眼做梦。他们不分白天黑夜地做梦又干活。他们都有美丽的马：白云。那马的颜色白得叫人心碎。砍柴人和负柴人来了。

这时小镇上的妇女们开始歌唱：

"谷仓啊谷仓……"

当大地上只有最初几个人的时刻，人们为了生存，不得不发出哭泣声，用以吸收阳光、麦芒和鳞甲彩色的舒展。

熟悉的浆果落入嘴唇。

探头亲吻。

不分男女。

但那时生死未分。实在是这样。生死未分。歌唱队这样说：时间是这三位女儿的父亲，那三位女儿在草原上逃得不知去向，那三位女儿就是我的命运。

这里走出了砍柴人和负柴人。他们如同江河的父亲一样缄默。他们在地上行走，不舍昼夜。人们看不见他们。他们在树林里伐木为薪；一个砍，一个背负。这样他们管理着那块名为"人类"的树林。树林里，他们劳动的声音如同寂静。一种寂静的劳作、孤独和混沌笼罩着寂寞的树林。那柴，那被砍下又被他们背负离去的柴，就是我们个体的灵魂。我们从本原自然生出。我们顺应四季和星星河流的恩泽而生、长大、又被伐下、为薪、入火、炼。但是那负柴人趋向何方，我们哪里知道？只有这两个人：砍柴人，负柴人。只有寂寞的"人类"的树林。星星河流在头上翻滚倾斜，多少代了，灵魂之柴被负往何方，我哪里知道？死亡的时刻并没有苦痛。我们被囚禁在这根人类意识之柴上，我们知道什么？缄默吧，伙计们，柴们，我们的砍柴人、负柴人也都如此缄默。

请如寂静无声的木柴，灵魂。

我们的众神只有两个：砍柴人和负柴人。他们是那位名叫"有"的美丽小妇人所生。记得他们在旷野的混沌中长大。他们是这样通过形式和躯壳被我们知道的：砍柴人叫太阳，负柴人叫月亮。他们是兄妹又是夫妻。他们劳作不止。就这样。

在一个仲夏的晚上，森林中奔出一位裸如白水的妹妹。她叫有。她可能是我的命运之一。我爱上她。她又逃得不知去向。她生了两个孩子，是我的孩子。我给他们取了个天体的名字：太阳和月亮。又取了个劳作的名字：砍柴人和负柴人。

这样，我在小镇妇女的歌唱中来到这里。

"谷仓啊谷仓……"

谷仓不可到达。

我记起了我的名字。我叫无。我是一切的父亲。

黎明在小国贤哲中升起。他们采摘香草来临诸岛。他们是人类树林第一批被伐下送走的树枝——柴薪，无情的太阳在焚烧，在砍伐不止！

遥寄兄弟，我那神秘的黑色僧侣集团。他们来到黄昏岩穴，他们鼻子尖尖、脸孔瘦削。他们身披黑色，思考作为柴薪的自身。其他人无非是活得好与坏之分，而对他们来说，生死问题尚未解决。黑色僧侣围火而谈。他们的言语低微不能抵达我耳。他们不曾误入人世。他们作为思索的树枝，是人类树林中优秀的第二树枝。在传火伐木无情的仪式中被砍下。如是，可怜痛楚的人民这时永远成了追求瞬间幸福的市民。教堂远了。只剩下酒馆、公共厕所、澡堂子。诸神撤离了这座城池。

如是我被囚禁在谷仓。

我这样自我流放，自我隐居于谷仓，通宵达旦。

我要一语道破这谷仓的来历。

当"情欲老人——死亡老人"在草原上拦劫新鲜美丽的灵魂——少女的时候，他就寄居在这里。如今我和"情欲——死亡老人"在这谷仓里共同栖身。我们在夜晚彼此睁大双眼凝视对方脱下衣服。当然，我不肯在他的目光下退缩。我们也有相安无事的时候。我们彼此愤恨和撕咬。我们这两个大男人，被永远囚禁在这同一谷仓里：混沌中最后的居所。

于是我们囚禁在这人类意识的谷仓。

我逃不出谷仓，这可耻的谷仓，肉体谷仓——人类的躯壳，这悲剧的谷仓之门。我逃不出"情欲——死亡老人"的眼睛盯视。我思索神之路兽之路。我思索逃出谷仓之门的遥远路程。我思索人类树林、砍柴人和负柴人。我思念遥远的草原上如麋鹿狂奔的三位少女，她们为自己的美丽和变幻而狂奔。香气弥漫草原——安排我命运的美丽三姐妹的故乡啊！而我囚居人类命定的无辜的谷仓。

歌手

我曾在一本漆黑霉烂的歌本上悟出了他的名字。那时的人们盛传他住在一条山谷，靠近西南区的一条河流。我便独自一人前去。我全身伏在那块羊皮筏子上走了好久，步行了三百里红土路，又独自一人伐木做成一只独木舟，才来到这座山谷。不过，我内心不能确定这条山谷。记得当时像是傍晚，我下了独木舟。取下我的枪支和火种。我在那山谷的林子里漫无边际地漂泊了很久，以至于后来的人们把我当成了那位歌手。是的，我曾是歌手。那能说明什么呢？只说明你有一段悲惨伤心的往事。就让我说自己吧。当时我写了几支歌。人们都非常喜欢听。尤其是那些纯洁的、饱经风霜的、成天劳动的。我就活在这些人当中。但他们并不知道我是一位盗墓的。说到这里，我都有些不好出口。事情是这样的简单。就是，每写一支歌，我就要去那些方石墓群那儿挖掘一次。当然，那些歌儿是在人群中反复传唱。我却因夜里不断地挖掘和被幻影折磨，先是进了医院，后来又进了法院，最后进了监狱。当然我是很希望人们忘却这些往事，让我重新写歌，唱歌……但是我再也不能掘墓了。就这样，我上了羊皮筏子……听说有一位歌手……怎样怎样，如何如何……事情就这样开始了。我就这样上路。这事一开始就非常奇怪，带着一种命定的色彩。我在河上漂流时反反复复想起那些树林子，那些在我掘墓时立在我周围的黑森森的树林子。这事情也不能怪我。在人群中歌唱，那可不是一种容易的事。我有时觉得自己像是这整个世界的新郎，爱得受不了万物；有时潮湿得就像一块水里捞上来的木头。

"给我月亮和身体，我保证造一个叫你十分满意的世界。"不过，说实在话，除却月亮和身体，我们也就什么都没有了。

在这条山谷里，偶尔我也能哼出一两句非常好听而凄凉的歌来。它迷人、赤裸、勾人魂魄，甚至置某些人于死地。我夸张了些。这不是我主要的事情。我的目的是要寻找我那位传说中已失踪多年的歌手，那漆黑霉烂歌本的吟唱人，那位在青春时代就已盛名天下的歌手。他离现在快七百年了。其实，和歌比起来，七个世纪算不了什么。可是，和七个世纪相比，歌手们又短暂又可怜，不值一提。那位歌手也许因为自己非常寂寞，才寄身于这条山谷，地狱之谷，或帝王的花谷。从表面上看来，这山谷地带并没有什么不同凡响的地方；可以说，它很不起眼。但是，它一定包含着不少罪恶与灵魂。因此它很有看头。这就是一切症结所在。我把舟筏停在这里纯系偶然。偶然决定不朽。加上岸上苍青色的树木使我瘦弱的身子显得有了主张。我想我可以看见了什么样的树林埋我了。我当时就这样想。放一把火，在山谷，流尽热泪，在黑色灰烬上。这样，就有了黑色的歌。我的目光还曾滑过那些花朵。正是花朵才使这条山谷地带显得有些与圣地相称，显得有些名副其实，而且与那册黑漆霉烂的歌十分适应。花朵一条河，在烈日下流动。你简直没法相信自己能靠近她。我于是就靠近她。靠近了她。弃舟登岸。一切都规规矩矩的。好像到这时为止，都还没有什么曲折和错误发生。途中的一切连同掘墓的历史都飘然远去。在这野花之上，这便是歌。骨骼相挤，舌尖吐出，这便是歌。卧了许久，伏在大地上如饮酒般喝水，又发出歌声。对岸的人们说，这回，山谷地带，真的有了歌手。而我却在这样想：无论是谁，只要他弃舟登岸，中止自己漂泊，来到这里，生命发出的一切声音也会是歌。但谁会来呢？我沉沉睡去，醒来时发现那霉烂歌本早已不见。我这人却在丢失旧歌本的美丽清晨，学会了真正的歌唱。开始的时候只是某些音节，并没有词汇。后来文字就隐隐约约、零零星星出现，越来越密集。语言。有时出现在肩膀上、肚脐上。有时出现在头脑里。有时出现在大腿上。我通通把它们如果实之核一一放在舌尖上。体会着。吐出。它们，陌生的，像鸟一样，一只追一只。河面上响起了古老而真切、悠然的回声。河对岸的人们只当我就是那位歌手。我已弄不清楚，那位歌手是我还是他？那位歌手到底是有还是没有？我是进入山谷、地狱之谷、帝王之谷的第一人。那么，传说中的歌手又是谁呢？

第三编

太阳七部书

(1986—1988)

太阳·断头篇（存目）

1986.5

太阳·土地篇

1987.8

"土地死去了
用欲望能代替他吗？"

（1月。冬。）

第一章　老人拦劫少女

情欲老人，死亡老人
在森林中，你这古老神祇
一位酒气熏天的老人

情欲老人，死亡老人
他又醉
又饿
像血泊，像大神的花朵

他这大神的花朵
生长于草原的千年经历
我这和平与宁静的儿子
同在这里

情欲老人，死亡老人
一条超于人类的河流

像血泊，像大神的花朵

森林中这老人
死亡老人，情欲老人，啜饮葡萄藤
他来自灰色的瓮、愿望之外
他情欲和死亡的面容
如和平的村庄

血泊一样大神的花朵
他又醉
又饿

在这位高原老人的压迫下
月亮的众神，一如既往仍在戽水
只有戽水，纺织月光
（用少女的胫骨）

情欲老人，死亡老人
伸出双手高原的天空
月亮的两角弯曲
坐满神仙如愁苦的秋天

秋天，不能航渡众神的秋天

泪水中新月的双角弯曲

秋天的歌滚动诸神的眼眶

仿佛是在天国，在空虚的湖岸

情欲老人，死亡老人

在这草原上拦劫众人

一条无望的财富之河上众牛滚滚

月亮如魔鬼的花束

情欲老人，死亡老人

在这中午的森林

喝醉的老人拦住了少女

那少女本是我

草原和平与宁静之子

一个月光下自生自灭的诗中情侣

情欲老人，死亡老人

如醉中的花园倾斜

伸出双手拦住了处女

我多想喊：

月亮的众神、幸福的姐妹

你们在何方？

有歌声众神难唱

人类处女如雪

人类原始的恐惧

在黎明

在蜂鸟时光

在众神沉默中

我像草原断裂

湖泊上青藤绕膝

我的舌头完全像寂静之子。

在这无辜的山谷

在这黄金草原上

情欲老人，死亡老人

强行占有了我——

人类的处女欲哭无泪

戽水者阻隔在与世隔绝的秋天

屏水用少女的胫骨

月亮的双角倾斜，坐满沉痛的众神

我无所依傍的生涯倾斜在黄昏

星辰泪珠悬挂天涯

众泪水姐妹滚滚入河流

黎明凄厉无边

月亮的后奔赴人间的水

请把我埋入秋天以后的山谷

埋入与世隔绝的秋天

让黄昏的山谷像王子的尸首

青年王子的尸首永远坐在我身上

黄昏和夜晚坐在我脸上

我就是死亡和永生的少女

叫月亮众神埋入原型的果园

情欲老人，死亡老人

又醉又饿，果园倾斜

我就是死亡和永生的果园少女

（2月。冬春之交。）

第二章　神秘的合唱队

（沉郁与宿命。一出古悲剧残剩的断片）

情欲老人死亡老人：你是谁？

王子：王子

老人：你来自哪里？

王子：母亲，大地的胸膛

老人：你为何前来我的国度？聪明的王子，你难道不

　　　　知这里只有死亡？

王子：请你放开她，让她回家

　　　　那位名叫人类的少女

老人：凭什么你竟提出如此要求？

王子：我可以放弃王位

老人：什么王位？

王子：诗和生命

老人：好，一言为定

　　　　我拥有你的生命和诗

第一歌咏

鹰 [1]

河上的肉

打死豹子　糅合豹子

用唱歌

用嘴唇

用想象的睡狮之王

狮豹搏斗

鹰盘旋

河上的肉

睁开双眼

海子诗文选

39²

1　在原版本中，此处为正文第一行，但阅读时有明显的突兀感。鉴于从第五歌咏往后皆有副标题——"神秘合唱队"歌者的名字或题旨，疑此处同样如此，故将它作为副标题，与正文区分开来。后面第二、第三、第四歌咏的第一行均做了相同处理。——燎原注

第二歌咏

豹子是我的喜悦[1]

豹子在马的脸上摘下骨头
在美丽处女脸上摘下骨头

阴暗的豹
在山梁上传下了阴郁的话语

"我是暴君家族最后一位白痴
用发疯掩盖真理的诗"

豹子豹子
我腹中满怀城市的毒药和疾病
寻找喜悦的豹子　真理的豹子

一切失败会导致一次繁忙的春天
豹子响如火焰　哲学供你在无限的黄昏进行
河流如绿色的羊毛燃烧

1　同第一歌咏脚注。——燎原注

此刻豹子命令一位老人抱着母狮坐上王位

山巅上　故乡阴郁而瘟疫的黏土堆砌王座

部落暗绿色灯火一齐向他臣服

第三歌咏

道……是实体前进时拿着的他自己的斧子[1]

坟墓中站起身裹尸布的马匹和猪

拉着一辆车子

在鼓点如火之夜

扑向乡间刑场

　　　车上站立着盲目的巨人

　　　车上囚禁着盲目的巨人

在厨娘酣然入睡之时

在女巫用橡实喂养众人酣然入睡之时

马匹和猪告诉我

"我的名字上了敌人的第一份名单"

1　同第一歌咏脚注。——燎原注

真实的道路吞噬了一切豹子　海牛　和羔羊

在真实的道路上我通过死亡体会到刽子手的欢乐

在一片混沌中挥舞着他自己的斧子

那斧子她泪眼蒙蒙似乎看见了诗歌

她在原始的道路上禁绝欲望

在原始的秋天的道路上

陪伴那些成熟的诗人　一同被绑往法场

道路没有光泽　甚至没有忧愁

闪闪发亮的斧子刃口上奔驰着丑陋的猪和壮丽之马

拉着囚禁盲目巨人的车辆　默默无言的巨人

这是死亡的车子　法官的车子

他要携带一切奔向最后的下场

车前奔跑着你的侍从　从坟墓中站起的马匹和猪

车中囚禁着原始力量　你我在内心的刑场上相遇

我们在噩梦的岩石　堆砌的站台

梦想着简洁的道路

真实的道路

法官的车子奔驰其上的道路

马匹和猪踢着蹄子　拥挤不堪重负

泥土在你面前反复死亡

原始力量反复死亡　实体享受着他自己的斧子

数学和诗歌

也是原始力量　从墓中唤醒身裹尸布的马和猪

携带着我们

短暂的生命来到这个世界上

包括男人和女人、狮子和人类复合的盲目巨人

原始的力量　他　孤独　辞退绝望的众神

独自承担唤醒死亡的责任

被法官囚禁却又在他的车上驾驭他的马匹

这就是在他斧刃上站立的我的诗歌

诗歌罪恶深重

构成内心财富

农舍简陋　不同于死亡的法官的车辆

却同是原始力量的姐妹

都坐在道上　朝向斧刃

"道"的老人　深思熟虑　欲望疲乏而平静

果断放弃女人、孩子、田地和牲畜

守着地窖中的一盏灯

迹近熄灭

乡下女人提着泥土　秘密款待着他　向他奉献

那匹马奔驰其上

泥土反复死亡　原始的力量反复死亡　却吐露了诗歌

第四歌咏

黑色的玫瑰 [1]

诸神疲乏而颓丧

在村镇外割下麦穗

在村镇中割下羊头

诸神疲乏而颓丧

诸神令人困惑的永恒啊！

诸神之夜何其黑暗啊！

诸神的行程实在太遥远了！

诸神疲乏而颓丧

就让羊群蹲在草原上

羊群在草原上生羊群

黑色的玫瑰是羊母亲

歌中唱到一颗心

"两只羊眼睛望着

两条羊腿骨在前

1　同第一歌咏脚注。——燎原注

两条腿骨在后"

"一条羊尾巴

一条羊皮包裹上下

羔羊死而复活"

"一只羔羊在天空下站立

他就是受难的你"

黑色的玫瑰，羔羊之魂

缄默者在天堂的黄昏

在天堂这时正是美好的黄昏

诸神渴了　让三个人彼此杀害却死了四个人

死亡比诞生

更为简单

我们人类一共三个人

我们彼此杀害

在最后的地上

倒着四具尸首

使诸神面面相觑

他是谁

为什么来到人的村庄

他是谁

在众羊死亡之前

我已经诞生

我来过这座村庄

我带着十二位面包师垒好我血肉的门窗

——耶路撒冷　耶路撒冷

　　　你有唯一的牧羊人孤单一人任风吹拂

村镇已是茫茫黄昏　死亡已经来临

妈妈　可还记得

与手艺人父亲领着我

去埃及的路程

黑色的玫瑰

一个守墓人

一个园丁

在花园

他的严峻使我想起正午

斧头劈开守墓人的脑袋

斧头劈开守墓人的脑袋

第五歌咏　雪莱

雪莱独白片断：

我写的是狂喜的诗歌　生命何其短促！

平静的海将我一把抓住

将我的嘴唇和诗歌一把抓住

我写的是狂喜的诗歌　天空

天空是内部抽搐的骆驼

天才是哭泣的骆驼深入子宫

骆驼和人

四只手分开天空

四只手怀孕

两颗怪异而变乱的心

骆驼和人民　没有回声也没有历史

在镌刻万物的水上难以梦见别的骆驼

存在

水上我的人民

泪珠盈盈或丰收满筐

我的人民

这刻下众多头颅的果园理应让她繁荣!

新鲜　锐利　痛楚　我的人民

当人类脱离形象而去

脱离再生或麦秆而去

剧烈痛楚的大海会复归平静

当水重归平静而理智的大海

我的人民

你该藏身何处?

雪莱和天空的谈话

（天空戴一蓝色面具）

雪：太阳掰开一头雄狮和一个天才的内脏

　　长出天空　云雀和西风

　　太阳掰开我的内脏

　　孕育天空的幻象

　　孕自收缩和阴暗狭隘的内心

天：当人类恐惧的灵魂抬着我的尸骨在大地上裸露

在大地上飞舞

生存是人类随身携带的无用的行李　无法展开的

行李

——行李片刻消散于现象之中

一片寂静

代代延续

雪：只有言说和诗歌

坐在围困和饥馑的山上

携带所有无用的外壳和居民

谷物和她的外壳啊　只有言说和诗歌

抛下了我们　直入核心

一首陌生的诗鸣叫又寂静

我

诉说

内脏的黑暗　飞行的黑暗

我骑上　诉说　咒语　和诗歌

一匹忧伤的马

我骑上言语和眼睛

内心怯懦的马和忧伤之马

我的内脏哭泣　那个流亡的诗人

抓住自己的头颅步行在江河之上

路啊　诗歌苍茫的马

在河畔怀孕的刹那禽兽不再喧响

我不知道自己还要向前走得多远

匆匆诞生匆匆了结的人性　还没有上路

还在到处游荡　万物繁花之上悲惨的人

头戴王冠纷纷倒下

天：麦地收容躯壳和你的尸体　各种混乱的再生

在季节的腐败或更新中

只有你低声歌唱

只有你这软弱的人才会产生诗句

各种混乱的再生　凶手的双手——陌生又柔软的

　　器官

是你低声唱歌季节的腐败和更新

雪莱（伟大的独白）

大地　你为何唱歌和怀孕？

你为何因万物和谐而痛苦

叫内心的黑暗抓住了火种

人民感到了我

人民感动了我

灵魂的幻象丛生

一只捶打大地的鼓上盘坐万物　盘坐燃烧晃动的
　太阳

一只泥土的太阳生物的太阳

一齐鸣叫的太阳

悲愤燃烧的灵魂满脸孕红地坐在河流中央

山峰上的刀枪和门扇结育果实于万物森林

树木和人民——一次次水的外壳，纷纷脱落于这
　种奇幻的森林

草木和头颅又以各种怪异疯狂的唱歌和飞翔再生
　于水

王子的光辉——献给雪莱

歌队长：我的人民坐在水边　看着大海死去天才死去

我的人民身边只剩下玉米和柴刀

和一两个表妹　锡安的女儿容颜憔悴

我的人民坐在水边　只剩下泪水耻辱和仇恨

歌队：拥抱大海的水已流尽

拥抱一条龙的怪异、惊叫而平静的水

已流尽

八月水已流尽

七月水已流尽

雪莱是我的心脏　哭泣再无泪水

理应明白再无复活！理由并不存在！无须寻找他！

雪莱——我和手和头颅　在万物之河中并不　存

在　水已流尽！

歌队长：我用我的全身寻找一条河　尤其是陌生的河

我用全身寻找那一个灵魂

歌队：那个灵魂在群鼓敲响的时分就会孤单地跳下

山峰！

那颗灵魂是神圣的父母生下的灵魂

一等群鼓敲响就会独自跳下山峰！

雪山上这些美丽狮子陪伴着那个孤单的灵魂

那颗灵魂也深爱着这些美丽的狮子

那是些雪山上雪白的狮子呵

在游荡中陪伴着那个孤单的灵魂

深夜里我再也不敢梦见的灵魂呵

总是在夜深人静时反复地梦见我！

一个孤独的灵魂坐在蓝色无边的水上鳞片剥落

歌队长：我的人民坐在水边　　看着大海死去天才死去

我的人民身边只剩下玉米和柴刀

和一两个表妹，锡安的女儿容颜憔悴

第六歌咏

种豆南山——给梭罗和陶渊明

于水井照映我们相互摸手，表示镇定

那天空不动，田地稀少

移步向盈水的平原之瓮

秋天如同我扶着腰安睡如地

一只雨水卧在我久久张开的嘴里

乳头之牛，亦在花色温柔的黄昏

这可是宇宙

土内之土

豆内之豆

灯中之灯

屋里之屋

寻找内心和土地

才是男人的秘密

打开一只芳香四溢的山谷

雁鸣如烛火明灭在高堂

城头撤离的诸神只留下风和豆架

掌灯人来到山谷

豆架如秋风吹凉的尸首

葬到土地为止

雪最深于坚强的内心冰封

梭罗和陶渊明破镜重圆

土地测量员和文人

携手奔向神秘谷仓

白色帝子飘于大风之上

谁言田园？

河上我翩然而飞

河打开着水，逢我杀我

河扼住喉咙　发出森林声音

谁言田园？

河上我重见面包师女儿

涉世未深　到达浅水

背负七只负债人的筐子

两位饥饿中，灯火

背负故乡鸡声鸟鸣而去

鸟落南山，粮食飞走

是只身前往的鸟闪于豆棵

一座村落于夜外

一斧子砍杀月亮群马安静

"风吹月照的日子

他来到这面山坡时我在村里

他来到这面贫穷的山坡时我在村里看护庄稼……"

*   *   *

施洗者：你们终于来到了这条施洗者的河流

你们终于来到了这条通往永恒的河

你们终于来到了　王子们

精灵和浪子，你们终于来到这里

王子：那位老师呢

从我们王子中成长起来的那位老师呢？

施洗者：他已成为永恒。

你们呢？你们想成为永恒吗？

来接受我的施洗吧

王子：我们拒绝永恒

因为永恒从未言说

因为永恒从未关心过我们

我们拒绝永恒

我们要投往大地

第七歌咏　韩波

（颂歌体散文诗[1]）

第八歌咏　马洛

（颂歌体散文诗）

第九歌咏　庄子

（颂歌体散文诗）

…………

1　海子计划未写。因此只留下题目。下同。——西川原注

（3月。春。）

第三章　土地固有的欲望和死亡

……从泪水中生长出来的马，和别的马一样

死亡之马啊，永生之马，马低垂着耳朵

像是用嘴在喊着我——那传遍天堂的名字

那时我被斜置地上，脱下太阳脱在麦地的衣裳

我会一无所有　我会肤浅地死去

在这之前我要紧紧抓住悲惨的土地

土　从中心放射　延伸到我们披挂的外壳

土地的死亡力　迫害我　形成我的诗歌

土的荒凉和沉寂

断头是双手执笔

土地对我的迫害已深入内心

羔羊身披羊皮提血上山剥下羊皮就写下朴素悲切的诗

诗，我的头骨，我梦中的杯子

他被迫生活于今天的欲望

梦中寂静而低声啜泣的杯子

变成我现在的头盖是由于溅上一滴血

这只原始的杯子　使我喜悦

原始的血使我喜悦　部落愚昧的血使我喜悦

我的原始的杯子在人间生殖　一滴紫色的血

混同于他　从上帝光辉的座位抱着羔羊而下

太阳双手捧给太阳和我

她们逐渐暗淡的鲜血

在这条河流上我丢失了四肢

只剩下：欲望和家园

心　在黄昏生殖并埋葬她的衣裙

有一天水和肉体被鸟取走

芳香而死亡的泥土

对称于原始的水

在落日殷红如血的河流上

是丰收或腐败的景色

女人这点点血迹、万物繁忙之水

繁荣而凋零　痛苦而暧昧

灾难之水如此浩瀚——压迫大地发光

原始诸水的昔日宁静今日破坏无一幸存

水上长满了爪子和眼睛　长满石头

石头说话，大地发光

水——漫长而具体的痛楚

布满这张睁开眼睛的土地和人皮！

土　鞭打着农奴　和太阳

土把羊羔抱到宰杀羊羔的村庄

这时羊羔忽然吐出无罪的话语

"土地，故乡景色中那个肮脏的天使

在故乡山岩对穷人传授犯罪和诗。"

"土地，这位母亲

以诗歌的雄辩和血的名义吃下了儿子。"

苦难的土　腹中饥饿擂动

我们的尸骨并非你的欲望

映出你无辜而孤独的面容

荒凉的海　带来母马　胎儿　和胃

把这些新娘　倾倒在荒凉的海滩

任凭她们在阴郁的土上疯狂生长

这些尸体忽然在大海波涛滚滚中坐起

在岩石上　用血和土　用小小粗糙的手掌

用舌头　尸体建起了渔村和城

远离蓝色沉睡的血

彩色的庄稼就是巨大的欲望

把众神遗弃在荒凉的海滩上。

彩色的庄稼　也是欲望　也是幻象

他是尸体中唯一幸存的婴儿　留下了诗歌

欲望　你渐渐沉寂

欲望　你就是家乡

陪伴你的只有诗人的犹豫和缄默

周围是坐落山下的庄稼

双手纺着城市和病痛

母亲很重，负在我身上

亦剩公木头和母木头

亦剩无角处女

亦剩求食　繁殖和死亡

土地抱着女人　这鲜艳的奴隶

女人和马飞行在天上

子宫散发土地腐败

五谷在她们彩色鳞甲上摔打！

而漂洋过海的是那些被我灌醉的男人

拥有自己的欲望

抱着一只酒桶和母鸡思考哲学：

"欲望啊　你不能熄灭"

这些欲望十分苍白

这些欲望自生自灭

像城市中喃喃低语

而我对应于母亲　孕于荒野

翅膀和腹部　对应于神秘的春天

我死去的尸体躺在天堂的黄昏

肮脏而平静

我的诗歌镌刻在丰收和富裕之中

诗歌

语言之马

渡过无形而危险的水上

语言发自内心的创伤

尸体中唯一的婴儿　留下了诗歌

甚至春天纯洁的豹子也不能将他掩盖

一块悲惨的人骨　被鹰抓往天上

犹如夜晚孤独的灵魂闪现于马厩

诗歌的豹子抓住灵车撕咬

感情只是陪伴我们的小灯，时明时灭

让我们从近处，从最近处而来迫近母亲脐带

（人类是人类死后尸体的幻象和梦想

被黑暗中无声的鸟骨带往四面八方）

的确这样

在神圣的春天

春之火闪烁

的确这样

肉体被耕种和收割　千次万次

动物的外壳

坚强而绵长

的确这样

一面血红大鼓住在你这荒凉的子宫

当吹笛人将爪子伸进我的喉管

我欲歌唱的人皮上画满了手！

悲惨的王子，你竟然在这短暂的一生同时遇见

生老病死？

"我怕过，爱过，恨过，苦过，活过，死过"

四位天王沉闷地托住你的马腿

已经有的这么多死亡难道不足以使大地肥沃？

四只马腿从原始的人性开始

原始的欲望唱一支回归母亲的歌

为了死亡我们花好月圆

而死亡金色的林中我吹响生育之牛

浑浑噩噩一块石头

在行星的周期旋转中怀孕

初生的少女坐满河湾散发谷物或雨水的腥味

女人背好甜蜜的枣子　正在思乡

或者转变念头　与年迈婆母一起打点行装

路得坐在异乡麦田

远离故乡的殡葬

会使大地肥沃而广阔

而土地的死亡力正是诗歌

这秘密的诗歌歌唱你和你的女祖先

——畜栏诞生的王啊！

你的一双大腿在海底生病

你的一双大腿　戴上母羊贵重光芒

有神私于马厩　神私入马厩　神撕开马厩之门

神撕开母马

挪动胎位的地方　　惨不忍睹

合拢的圣杯——我的头骨

秋　一匹身体在天空发出响声

像是祖先刚刚用血洗过

而双手的土地　正是新鲜的　正常的　可食的

秋天的生殖器——我的双手

如马匹　雄健而美丽

仍在原始状态

你这王

王

（4月。春。）

第四章　饥饿仪式在本世纪

饥饿是上帝脱落的羊毛

她们锐利而丰满的肉体被切断　暗暗渗出血来

上帝脱落的羊毛　因目睹相互的时间而疲倦

上帝脱落的羊毛

父、王，或物质

饥饿　他向我耳语

智慧与血不能在泥土中混杂合冶

九条河流上九种灵魂的变化

歪曲了龙本身

只有豹子或羊毛　老虎偶尔的欲望

超于原野的幼稚水准而生存

到达必须的黑暗　把财富抛尽

你就尽可吃我尸体与果实于实在的桶

饥饿　胃上这常醉的酒桶
饥饿　我摇动木柄　花蛾子白雪落在桶中

从个人的昏暗中产生饥饿
由于努力达到完美　而忍受宽恕

收藏失败的武器
在神的身旁居住
倾听你那秘密和无上的诗歌

在我们狂怒的诗行中　大地所在安然无恙
坚硬的核从内心延伸到我们披挂的外壳
在沙漠散布水源和秘密口语的血缘

诗歌王子　你陪伴饥饿的老王
在众兵把持的深宅
掌灯度夜　度日如年

围困此城的大兵已拥妻生子了吧
以更慢的速度　船运载谷子或干草

饥饿的金色羊毛上

谁驮着谁飞逝了？

神灵的雨中最后的虎豹也已消隐

背叛亲人　已成为我的命运

饥饿中我只有欲望却无谷仓

太阳对我的驳斥　对我软弱的驳斥

太阳自身　用理性　用钢铁　在饮酒

饥饿和虚假的公牛　攀附于一种白痴　一种骗局

忿怒砍伐我们　退回故乡麦粒的人

砍伐言语退为家园诗歌的人

只有羔羊　睡在山谷底　掰开一只桶

朗诵羊皮上沉痛的诗歌

发出申辩的声音

太阳于我的内脏分裂

饥饿中猎人追逐的猎物

亡命于秋天　他是羔羊在马厩歇息

在护理伤口的间歇

诗歌执笔于我

又执笔于河道

回忆我的亲人

我已远离了你

上帝脱落的羊毛　囚禁在路途遥远的车上

原始的生命囚禁在路途遥远的车上

车子啊　你前轮是谷仓　后轮是马厩

一块车板是大木栅

另一块板是干草场

驾车人他叫故乡

囚犯就是饥饿

前后左右拥着绿色的豹子

浑浊　悲痛而平静

奔向远方的道路上

羊毛悲痛地燃烧

那辆车子仿佛羔羊在盲目行走

故乡领着饥饿　　仿佛一只羔羊

酷律：刻在羊皮上　　我是诗歌

是为了远方的真情？而盲目上路

奥秘　从灰烬中站起脱下了过去的丑陋

道　从灰烬中站起脱下了过去的诗歌

过去的诗歌是永久的炊烟升起在亲切的泥土上

如今的诗歌是饥饿的节奏

火色的酒

深入内心黑暗

饥饿或仪式

斧子割下天鹅或果园

捡起第一块石头杀死第一只羊

盲目的石头闪现出最初的光芒

这就是才华王子的诗歌

通过杀害解放了石头和羊　　灵魂开始在山上自由飘荡

手又回到泥土凶手悲惨的梦境

饥饿或仪式

这些造化的做梦的巨兽　驮负诗歌　明亮飞翔

脆弱的河谷地带一家穷人葬身在花生地上

这也是一次谈论诗歌的悲惨晚上

他们受害脸孔面带笑容出现在凶手梦中

（5月。春夏之交。）

第五章　原始力

在水中发亮的种子

合唱队中一灰色的狮子

领着一豹　一少女

坐在水中放出光芒的种子

走出一匹灰色的狮子　领着豹子和少女

在河上蹒跚

大教堂饲养的豹子　悲痛饲养的豹子

领着一位老人　一位少女

在野外交配，生下圣人

的豹子也生下忧郁诗篇

提着灯　飞翔在岩石上　我与他在河中会面

我向他斥问　他对我的迫害

他缄默

在荒凉的河岸

因为饥饿而疲乏

我们只能在一片废墟上才能和解

最后晚餐　那食物径直通过了我们的少女

她们的伤口　她们颅骨中的缝合

最后的晚餐端到我们面前

这一道筵席　受孕于我们自己

丰收的女祖先

大地幻觉的丰收

荒凉的酒杯

我的酒杯

在人间行走　焚烧　痉挛

我的生殖的酒杯

驱赶着我疲倦的肉体

子宫高高飞翔

我问我的头颅　你是否还在饥饿

早就存在

岁年的中心

掠夺一切的女祖先！

丰收中心

疲倦的泉水中心

风暴中心

女祖先衣衫华贵

——土

丰收的人皮

坐满一只酒杯　坐满狼和狮子

豹子的赤裸身子是我的嫁妆

黎明和黄昏是我处女的脂香

河流上　狮子的手采摘发亮的种子

发亮的水

绿色的豹子顺着忧郁的土地一路奔跑

追赶我就像追赶一座漆黑的夜里埋葬尸体的花园

尘土的豹子　跳跃的豹子

豹子和斧子

在河上流淌

我的肉体和木桶在河上沉睡着

我肉体和木桶　被斧子劈开

豹子撕裂……以此传授原始的血

我喜悦过花朵　嘴唇　大麦的根和小麦的根

我喜悦过秋风中诸神为我安排的新娘

我粗壮的乳房　移向豹子和牛羊

狮子和豹子在酒精中和解

兄弟拥抱睡去

古老的太阳如今变异

女祖先

披散着长发

进入我的身体

对我发号施令

变异在太阳中心狂怒地杀你

变异的女祖先

在死亡中　高叫自我　疯狂掠夺

难以生存的走投无路的诗人之王？

谁能说出你那唯一的名字？！

淫荡的乡间的酒馆内

破败的瓮中唯一的盐

你是否记得

抛在荒凉的海滩

盐田上坐着痴呆的我——走投无路的诗人之王？

腐败的土地

这时响起

令人恐怖的

丰收的鼓

鼓　崩崩地响了

内陆深处巨大的鼓

欲望的鼓

神奇的鼓啊

我多么渴望这正午或子夜神奇的鼓　命定而黑暗

鼓！血和命！绿色脊背！红色血腥的王！

沉闷的心脏打击我！露出河流与太阳

我漠视祖先

在这变异的时刻　在血红的山河

一种痛感升遍我全身！

大地微微颤动

我为何至今依然痛苦！

我的血和欲望之王

鼓！

我为何至今仍然痛苦！

（承受巨大失败和痛苦的一只血红的鼓在流血）

擂起我们流血的鼓面

滋生玉米　腐败的土地　变乱的太阳

鼓！节奏！打击！死亡！快慰！欲望！

鼓！欲望！打击！死亡！

退向旷野！退向心脏！退向最后的生存

变乱而嚣叫的荒野之神　血　污浊的血

热烈而黏稠　浓稠的血　在燃烧也在腐败

命定而黑暗！

鼓！打击！独立！生存！自由！强烈而傲慢！

血和命　只剩下我在大地上伸展腐烂的四肢

承受巨大失败和痛苦的一只鼓在流血

我的鼓使大地加快死亡步伐！

血！打击！节奏！生存！自由！

在海岸　他们痛苦不安地吼叫

为了他们之中保留一面血腥的鼓

（这个人　像真理又像诗

坐在烈日鼓面任我们宰杀）

（6月。夏。）

第六章　王

王，他双手提鸟，食着鸟头，张开双耳
倾听那牛羊的声音
岩石之王，性欲之王，草原之王
你上肢肥壮、下肢肥壮
如岩石　如草原　如天堂的大厅
死亡只能使你改头换面

王
痉挛
腹部在荒野行走
一只月亮在荒野上行走
蓝色幽暗的洞窟
在荒野上行走

我　手执陶土的灯　野猪的灯
手执画笔　割下动物双眼的油脂

并割下在树林中被野猪撕咬的你

你身上的油脂

浓厚的油脂

涂抹在崖面

王，火焰的情欲

火焰的酒

酒上站立粮食

我的裸露

我的头颅

我的焚烧

王　请开口言语　光——要有光

这言语如同罪行的弓箭　寂静无声

众眼睁开　寂静无声

罪行的眼睛

雨的眼睛

四季的眼睛

"口含天使舍弃马匹的歌声

口含诸神舍弃圣地悲惨的歌声"

"夏季瞬间和芳香手指的歌

撒下洪水的歌

诸神扛着天梯撤离我们

撒下洪水的歌　玉米和螺号重重的歌"

是我在海边看见了直立的全身光芒肩生双翅的天使

脚登着火的天梯

天使如着火的谷仓升上天空

众神撤离须弥山　是我一具尸体孤独留下

我终于摔死在冷酷的地上　口含天使舍弃马匹的歌

口含诸神舍弃圣地悲惨的歌声

众神从我微温的尸体上移开了种子

我的爪子是光明舞动的肝脏在高原上升

我的眼睛是一对黑白狮子正抛弃黎明

众神之手剥开我的心脏一座殷红如血的钟

众神之手从我微温的尸体上移开了种子

埋葬尸体的天空

光明陌生而有奇迹

光

光明

光明中父亲双手

宰杀了我

杀害的尸体照红岩石

杀害如岩石照红云霞和山冈的棉花

我　一具太阳中的尸体

落入王的生日

一具太阳中的尸体　横陈

大地　犹如盲诗人的盲目

盲诗人的盲目是光明中

一只新娘咬在我头颅中

大地进入黄昏

掩饰悲惨的泥土

疲倦的泥土

河水拍岸

秋天遥遥远去

流离失所的众神正焚烧河流

尸体——那是我睡在大地上的感觉

雨雪封住我尸体

我尸体是我自己的妹妹

云朵中躲避雷电的妹妹

云朵下埋藏谷物的妹妹

名为人类

近似妹妹的感觉

近似长久的感觉

大地躺卧而平坦　如一个故乡

尸体是泥土的再次开始

尸体不是愤怒也不是疾病

其中只包含愤怒、忧伤和天才

人类没有罪过只有痛苦

太阳火光照见大地两岸的门窗

痛苦疲倦的泥土中有天才飞去

王啊　这是我用你油脂画出的图画和故事

在那似乎门楣和我稻麦环绕的窗户下

那声音的女人　香气的女人　大腿的女人　散花的女人

大片升起　乘坐云朵

脚趾美丽清澈

这些阴暗的花园　坐在不动的岩石上

这些鸟群

白色的鸟群

带来半岛、群岛、花朵和雨雪

这些阴暗的花园

她们来自哪里？

为什么她们轻蔑而理性地看着群岛的太阳？

王啊

肉体的你　许多你

飞翔的大腿果实沉落洞底

蓝幽幽的岩石　在白云浮现的八月的山上

王啊

一只岩石裂开　凿开洞窟安慰你的孤寂

王啊

他们昏昏沉沉地走着

（肉体和诗下沉洞窟）

仿佛比酒还醉

大地没有边缘和尽头

（肉体和诗下沉洞窟）

蜂巢

比酒还醉

我梦见自己的青春

躺在河岸

一片野花抬走了头颅

蜜蜂抬走了我的头颅

在原野上　在洞窟中

甜蜜的野兽抬走了我的头颅

月光下

我的颈项上

开满了花朵

　　我

　　如蜂巢

全身已下沉

存蕴泉水和蜜

一口井、洁净而圣洁

图画的蜜

如今是我的肉体

蜜蜂如情欲抬走了头颅

野兽如死亡抬走了头颅

（7月。夏。）

第七章　巨石

诸神岩石的家乡

河流流淌

有何指望

问众神，我已堕落，有何指望

肉体像一只被众神追杀的

载满凶手的船只，有何指望

圣地有何指望

众神岩石的家乡

众神沉默　沉闷

而啜饮

在水

在河流

背负我肉体和罪过的万物之水上

众神沉默　沉闷啜饮

众神沉默

在我的星辰

在我的村庄沉闷啜饮

在这如泣如诉的地方

　　　（有玉的国

　　　　有猪的家）

巨石的众神，巨石巨石

能否拯救我们

（猪圈和肉体）

拯救这些陷于财富和欲望的五彩斑斑的锦鸡吧

岩石巨大的岩石

救救孩子

救救我们

巨大的岩石、岩石

岩石　不准求食和繁殖

只准死亡　只准死亡的焚烧　岩石！回答我！

岩石吼叫　岩石歌唱

歌唱然后死亡

一只灵魂的手　伸出岩石　不准求食与繁殖

一只灵魂的手众人痛苦的狮子

焚烧北方最后一次焚烧

岩石狂叫　岩石歌唱　岩石自言自语

（群岛上，死亡梦见的岩石

死亡梦见的太阳和平原的岩石）

岩石　从黑暗中诞生　大家裸露身体　露齿狂笑

远远哭泣的太阳的脊背

头颅抬起，又在海面上沉沦

太阳的光芒、太阳全身的果树、岩石！

岩石吼叫！岩石歌唱

"如果我死亡

我将明亮

我将鲜花怒放"

大地痛苦叫着向天空飞去

火焰舔着我　红色裸体舔着我

裸体的羊群围着我。大片裸露的红色狮子舔着我

我——这广阔的天堂　头颅轰然炸开

惊悸的大地　痛苦地叫着　向天空飞去

在这狮子和婴儿看护的睡眠的岩石上

惊悸的大地　痛苦地叫着　向天空飞去

一只头颅焚毁大地的公牛

大地黄金的森林中怀孕在哭泣

河流长存的暮雪焚烧大地果园

大地痛苦的诗！

大地痛苦尖叫向天空飞去

夜晚焚烧土地与河流　梦境辉煌

天空的红色裸体　高高举起我

一次次来到花朵

太阳！

让岩石吼叫让岩石疯狂歌唱

饥饿无比的太阳　琴　采满嘴唇　潮湿的花朵

饥饿无比的太阳、天空的红色裸体、高举着我

饥饿无比的太阳

双手捧着万物归宿

海子诗文选

太阳用完了我

太阳用完了野兽和人

岩石的花朵

孤独的处女

返回洞穴和夜晚

岩石的花朵

孤独的处女

露出群山

的麦和肢体!

在岩石上

我真正做到了死亡

在岩石上

我真正地

坐下

大地无限伸展

双手摆动

啜饮万物的河流

岩石吼叫　岩石歌唱

（群岛上死亡梦见的岩石在天空上焚烧

太阳的焚烧茫然的大地居民的焚烧）

填满野兽和人的太阳

太阳！

焚烧万物的河岸　　悬在空中

焚烧万物的岩石　　歌唱的彩色的岩石　　狂叫的岩石

　　悬在天空

焚烧万物的河岸在于我们内心黑暗的焚烧

——一块岩石　　愤怒而野蛮　　头颅焚烧

　　悬在半空

我们悬在空中，双目失明，吃梨和歌唱

焚烧万物的河岸　　悬在天空——我们内心万物的黑暗

　　焚烧

敦煌在这块万物的岩石上

填满了野兽和人

的太阳

敦煌在我们做梦的地方
只有玉米与百合闪烁
人生在世。
玉米却归于食欲
百合虽然开放，却很短暂

（8月。夏秋之交。）

第八章　红月亮……女人的腐败或丰收

大地那不能愈合的伤口

名为女人的马

突然在太阳的子宫里生下另一个女人

这匹马望着麦粒里的雨雪

心境充满神圣与宁静

马突然在太阳的子宫里生下一个女人

那就是神奇的月亮

大地的伤口先是长出了断肢残体

一截一截　悲惨红透

大地长出了我们的马　我们的女人

像是大地悲惨的五脏

突然破土而出

为什么会有这么多安睡的水？

会有这么多安详的水？灾难的水？

鸣叫之夜高高飞翔

对称于原始的水

犹如十五只母狼　带着水

哺乳动物的愿望

使你光着屁股　漂浮在水上

犹如一个战士　武装的人　剥下马皮　剥下羊皮

用冰河流淌的雪水　披在身上

写一首歌颂女人的诗　披在身上

月亮的表面吸附着女人的盐和女人的血

火灾中升起的灯光　把大地照亮

月亮表面粗糙不平　充满梦境

月亮的内心站着一匹忧伤的马　一个女人

用死亡的麦粒喂活她

人和悲惨的大地是如此相似

以至吸引凄苦的月亮

丰收的月亮　腐烂的月亮

你鳞片剥落

残暴轰击我的洞穴居民

马和女人披散着长发　人们啊

我曾在水上呼唤过你们

船长为何粗鲁塞住你们的双耳低垂

那双手又为何被你们牢牢捆绑

在桅杆上不得挣脱

河流上忽然涌出了这些奇异的女人

这些光滑的卵石和母马

这些红色透明的蜜蜂　小小的腹部唱歌

忧伤的胸前　果实微隆而低垂

包括嘴唇　你是三棵拥有桑葚的桑树

河流上忽然涌出了这些奇异的女人

忧伤的河水沉醉

涌上两岸浇灌麦地和金黄的王冠

内含丰收或腐败　一只王冠。

干草沁出香泽　微弱的湖泊飞舞

我在洛阳遇见你

在洛阳的水上遇见你

以泉水为绿发

以黄昏为马

花朵般腹部在荒野飞翔

那只领头的豹子在殷红如血的明月的河流上

飞翔　驱赶着我的躯体

——这些女人痛苦而暧昧

灰蓝的豹子　黑豹子　这些梦中的歌手

骑着我的头颅　逼迫着暴君般的双手伸向河岸上无知的

　　果树

手和子宫　你从石头死寂中茫然上升

丰收时

望见透明的母豹　脉动的母豹

盘桓崖壁　再生小豹

丰收是女人的历程

女人是关在新马厩里忧郁的古马

竖起耳朵　听见了

秋天的腐败和丰收

月亮的内心站着一匹忧伤的马

豹子　在丰收中　骑着我的头颅

骑着这些抽搐而难产的母亲生产父亲

原始诸水的昔日宁静

今日被破坏无一幸存

月亮　土地的内脏倒退　回到原始的梦境

虎豹纷纷脱落于母亲

群狮举首水上

熄灭于月亮中

月亮这面貌无限阴沉的女人

这万物存在仪式中必备的药和琴

光明的少女脊背上挂着鹌鹑　翅膀乍开　稻谷飘香

　　流水淙淙

一只手在平原上捡拾少女和雨水中的鹌鹑

光明照耀森林中马和妻子的身体叭叭响了

月亮　荒凉的酒杯　荒凉的子宫

在古老的

幻觉的丰收中

手边的东西　并不能告诉

我们什么又收进桶里

收进繁荣　敏锐　沉寂的桶

沉寂的桶

苦难而弯曲的牛角

容器　与贫乏的诗

在古老幻象的丰收中

腐败的土　低下头来

这诗歌的脚镣明亮

人们在河上乘坐香草和鱼群·

在女人光滑的脊背上

我写着一首写给马匹的诗

（大意如此：）

月亮的马飞进酒中　痛楚地鸣叫

那是我酩酊大醉的女人

她们搂住泥土睡眠和舞蹈

她们仿照河流休息和养育

（9 月。秋。）

第九章　家园

人们把你放在村庄

秋风吹拂的北方

神祇从四方而来　往八方而去

经过这座村庄后杳无音信

当秋天的采集者坐满天堂

边缘的树林散放着异香

提供孤独的平原

亲人啊　命运和水把你喂养

人们把你放在敦煌

这座中国的村庄

水和沙漠　是幽幽的篮子

天堂的笑容也画在篮子上

人们把你放在秋天

这座中国的村庄

秋风阵阵　在云高草低的山上

居住一个灵魂

秋天的灵魂啊

你忧愁

你美好

你孤独而善良

当我比你丑陋

我深爱你容貌的美好

当我比你罪恶

我钦佩你善良和高尚

隐隐河面起风

秋天的灵魂啊

怎样的疾病和泥土

使你成为女人

龙的女儿　她仍垂鬌黄发

守着村庄的篱笆

衰老和泥土的龙

身上填满死去的青年

水和黎明
静静落下
闪烁青年王子
尸体果园的光

尸体头戴王冠
光芒和火焰的边缘
酷似井水的蓝色
当苇草缠绕秋天

大地敦煌
开放一朵花
一匹马　处女
飞出湖泊

这是一个秋天的果园
像裸体天空
光明的天空
长出枝叶　绿色的血

秋天的云和树

秋天的死亡

落入井水和言语

水井　病了又圆

家园

你脆弱

像火焰

像裸体

云冈　麦积山　龙门和敦煌

这些鹰在水上搬运秋天的头颅

果园和大地行程万里

头颅埋葬的北方　山崖睡眠　涌出秋天

在大地和水上

秋天千里万里

回到我们的山上去

从山顶看向平原

痛楚

秋天明灭

黎明　黄昏的苦木

树林
果园
酒
溢出果实

远方就是你一无所有的家乡

风吹来的方向
庄稼熟了
磨快镰刀

坐在秋天
大地　美好的房子
风吹　居住在大地的灵魂
那时圣洁而美好

回到我们的山上去

（10 月。秋。）

第十章　迷途不返的人……酒

"迷途不返的人哪，你们在哪里？

我们的光芒能否照亮你的路？"

大地　酒馆中酒徒们捧在手心的脆弱星辰

漠视酒馆中打碎的其他器皿

明日又在大地中完整　这才是我打碎一切的真情

绳索或鲜艳的鳞　将我遮盖

我的海洋升起着这些花朵

抛向太阳的我们尸体的花朵　大地！

太阳的手　爬回树上　秘密的春之火在闪烁

破缺的王　打开大弓　羊群涌入饥饿的喉咙

大地绵绵无期

第三编　太阳七部书　太阳·土地篇

我们玉米身体的扩张绵绵无期

是谁剥夺了我们的大地和玉米

何方有一位拯救大地的人？

何方有一位拯救岛屿的人？拯救半岛的人何日安在

祭司和王纷纷毁灭　石头核心下沉河谷　养育马匹和水

大地魔法的阴影深入我疯狂的内心

大地啊，何日方在？

大地啊，伴随着你的毁灭

我们的酒杯举向哪里？

我们的脚举向哪里？

大地　盲目的血

天才和语言背着血红的落日

走向家乡的墓地

想想我是多么疲倦

想想我是多么衰老

习惯于孕育的火焰今日要习惯熄灭

绿色的妇女　阴郁的妇女　疯狂扑上一面猩红的大鼓

土地的大腿为求雨水　向风暴阴郁撕裂

绿色的妇女　阴郁的妇女

在瓦解中搂住我一同坐在燃烧的太阳和酒精中心

我在太阳中不断沉沦不断沉溺

我在酒精中下沉　瓦解　在空中播开四肢

大地是酒馆中酒徒们捧在手心的脆弱星辰

天使背负羽翼　光照雪山……幻象散失

光芒的马　光芒的麦芒　又侵入我的酒　我充满大地
　　的头

诗歌生涯本是受难王子乘负的马

饮血食泪　苦难的盐你从大海流放于草原

迁涉、杀伐、法令和先知的追逐

皆成无头王子乘马飞翔

"我曾在河畔用水　粗糙但是洁净

我们大树下的家园

在大地的背面　我曾升起炊烟——"

“孩子 口含手指 梳理绿色的溪流

美丽果实神圣而安然”

“河畔秋风四起 女人披挂月亮银色的藤叶

男人的弓箭也长成植物

家园 为我们珍藏着诗歌 和用来劳动的斧头”

“如果没有水，石器不能投进冰河，木器不能潮湿做梦”

“当我从海底向你们注视——

事物、天空的儿女

聚拢在家中 如尸体”

“茫然地注视河川

和我们自身的流逝

王子，你徒增烦恼”

故乡和家园是我们唯一的病 不治之症啊

我们应乘坐一切酒精之马情欲之马一切闪电

离开这片果园

　　这条河流这座房舍这本诗集

快快离开故乡跑得越远越好！

（野花和石核下沉河谷）

快快登上路程　任凭风儿把你们吹向四面八方

最后一枝花朵你快快凋零

反正我们已不可救药

"回返的道路水波粼粼

有一次大地泪水蒙蒙"

大地　酒馆中酒徒捧在手心

漠视酒馆中打碎的其他器皿

这才是我打碎一切的真情

　　　　　　＊　　＊　　＊

辽远的　残缺的生活中的酒啊

请为我们倾倒

秋天　千杯万盏

无休无止的悲哀的秋天的酒啊　请为我们倾倒！

痛苦　放荡和家园　你这三位姐妹

乘坐酒的车子　酒的马

坐在红色庄稼上

酒　人类的皇后　雨的母亲　四季的情人

我在观星的夜晚在村落布满泪珠

猎鹿人的酒分布于草原之湖

水上的

　　一对孩子、吐出果核

双腿在苹果林中坐成夫妻

酒的刀

酒的刀

刃刀的刀刃

酒的刀

酒的芒刺

果实　泉水　皇帝

果实　牵着你的手　大地摇晃

麦穗的纹路　在你脊背上延伸　如刀刃　如火光

大地在深处　放射光芒

在靠近村庄的地方　一棵果树爆炸

我就是火光四起的果园

麦地无边无际　从故乡涌向远方

麦秆　麦秸　完整的麦地与远方　无边无际涌来

让酒徒坐在麦地中独自把杯盏歌唱

在花蕊的狮子和处女中

雪中果实沉落

＊　　＊　　＊

歌队长：一座酒馆　傍着山崖在夕阳下燃烧

是在寂寞的燃烧的一座酒馆

坐满圣人和妓女

你们是我的亲人

在夕阳下的家园借酒浇愁

众使徒：愤怒和游戏的酒啊！

老师　你已如痴如醉

愤怒和游戏的酒啊！

歌队长：洪水退去　战祸纷止

一个兵重返故里

一个幸存的农民

领着残剩的孩子

"老板　容我在这家酒馆暂且安身"

众使徒：这最后的屋顶摇晃

　　　　只剩下内心的谷仓

　　　　内心向着内心的谷仓，酒！

歌队长：母亲和水病了

　　　　我们对坐

　　　　（我和从我身上

　　　　脱下的公牛）

　　　　在酒馆里对坐

众使徒：如痴如醉的地方

　　　　溢出的多余部分

　　　　使两岸麦子丰收

歌队长：公牛在我身上

　　　　仿佛在故乡，踏上旧日道路

　　　　因而少言寡语

　　　　公牛在我身上

　　　　见一面，短一日，公牛病了

　　　　我开始惧怕

（人是大自然失败的产物）

雨打风吹

我最后的屋顶摇晃

我灵魂的屋顶摇晃

灯不安　守住自己的公牛

我在酒馆里继续公牛的沉重和罪

众使徒：在饮酒的时候

我们对坐——

心与树林中公牛倾听的耳朵

歌队长：星辰上那些兽主们举刀侵入土地

一两样野兽的头

在果实的血汗中沉浮

果木树林中高昂头颅嘶叫的野兽们

大火　光　在火之中心　在花蕊的狮子和处女

在酒中沉溺　呼叫诗人的名字

百合花一样歌唱的野兽啊！

听风缓缓地吹

百合花一样歌唱金雀花一样舞蹈的野兽啊！

一下一下听得见土壤灌进我体内

又一次投入大地秘密的殉葬

我的肉中之肉！殉葬

大地短暂而转动

众使徒：酒中的豹子　酒中的羊群

面你而坐

太阳在波浪上　驱赶着人群　果子传递

歌队长：一只老野兽给我口诀：星宿韶美

返回洞穴的雨水

酒！太阳的舌头平放在群鸟与清水之上

酒！飞禽的语言和吹向人类的和暖的风

退向忧愁的河流

斯河两岸有一只被野花熏醉的嘴唇

和一只笨拙的酒杯

一只孤独的瓮

平原一只瓮

一只瓮　粮食上的意外　故事和果实装饰你

一只瓮：沉思的狂喜　掠夺的狂喜

"酒千杯万盏　血中之血"

众使徒：果子传递

　手　长满一地

　花朵长满一地

　酒杯长满一地

（11 月。秋冬之交。）

第十一章 土地的处境与宿命

婆罗门女儿

嫁与梵志子

生了一个儿子

又怀了孕

丈夫送她回娘家生产

带着大儿子一同上路

夜幕徐临树林子

丈夫熟睡在土地

夜枭声声

她生产疼痛

血腥引来蛇蟒

咬了丈夫

天亮她起身

痛不欲生

抱着一个　牵着一个

一步步走向娘家人

一条河

断道路

一条河上

无桥也无人

"娘先将弟抱过河"

把婴儿放在绿草丛

等她返身向着大儿子

大儿子不小心滚入河水中

河水之中

娘呆立

急流卷走

他儿童的声音

才又想起小婴儿

连滚带爬回草中

只剩血和骨

已喂饱狼儿碧绿的眼睛

夫亡子殇的女人
一步步走向娘家人
"你娘家不幸失火
全家人葬身火中"

她横身倒地
风将她吹醒
报丧的老人
将她带回家中

嫁给了一位酒鬼
不久又临盆
产子未毕
醉丈夫狂呼开门

她卧床难起
生产的疼痛
醉丈夫破门而入
打得她鼻青脸肿

凶残的手

撕碎婴儿

还以死相逼女人

吃下自己爱婴

夜深人静

她奔出大门

月亮照着

这女人

一路乞讨到

波罗奈河滨

一座大坟旁

她安身

遇见一位丧妻

哭祭的富人

怜情生爱意

又结为夫妻

日升月落不长久

新丈夫又染病

暴死在

女人怀中

因为波罗奈风俗

她被活埋坟中

同时还埋下不少

值钱的东西

一群盗匪

夜来掘墓盗金

透入空气

她又捡回性命

盗匪头子将她

拖回自己家中

强逼为妻不久

丈夫砍头处死

又把她和尸体

一起埋入坟中

三天后野狼

爪子刨开墓

吃尽了

死尸

她爬出墓穴

站立

这女人就是

大地的处境

（12 月。冬。）

第十二章　众神的黄昏

一盏真理的灯
照亮四季循环中古老的悔恨

灯中囚禁的奴隶　米开朗琪罗
在你的宫殿镌刻我模糊的诗歌
割下我的头颅放在他的洞窟
为了照亮壁画和暗淡的四季景色

一盏真理的灯
我从原始存在中涌起，涌现
我感到我自己又在收缩　广阔的土地收缩为火
给众神奠定了居住地

我从原始的王中涌起　涌现
在幻象和流放中创造了伟大的诗歌
我回忆了原始力量的焦虑　和解　对话

对我们的命令　指责和期望

我被原始元素所持有

他对我的囚禁、瓦解　他的阴郁

羊群　干草车　马　秋天

都在他的囚车上颠簸

现代人　一只焦黄的老虎

我们已丧失了土地

替代土地的　是一种短暂而抽搐的欲望

肤浅的积木　玩具般的欲望

白雪不停地落进酒中

像我不停地回到真理

回到原始力量和王座

我像一个诗歌皇帝　披挂着饥饿

披挂着上帝的羊毛

如魂中之魂　手执火把

照亮那些洞穴中自行捶打的血红鼓面

一盏真理的诗中之灯

王　为神秘的孕育而徘徊雪中

因为饥饿而享受过四季的馈赠

那就是言语

言语

"壮丽的豹子

灵感之龙

闪现之龙　设想和形象之龙　全身燃烧

芳香的巨大老虎　照亮整个海滩

这灰烬中合上双睛的闪闪发亮的马与火种

狮子的脚　羔羊的角

在莽荒而饥饿的山上

一万匹的象死在森林"

那就是言语　抬起你们的头颅一起看向黄昏

众神的黄昏　杀戮中　最后的寂静

马的苦难和喊叫

构成母亲和我的四只耳朵　倾听内心的风暴和诗

季节循环中古老的悔恨

狮子　豹　马　羔羊和骆驼

公牛和焦黄的老虎　还有岩石和玫瑰

这是一种复合的灵魂

一种神秘而神圣的火　秘密的火　焦虑的火

在苦难的土中生存、生殖并挽救自己

季节是生存与生殖的节奏

季节即是他们争斗的诗

（众神的黄昏中土与火　他二人在我内心绞杀）

太阳中盲目的荷马

土地中盲目的荷马

他二人在我内心绞杀

争夺王位与诗歌

须弥山巅　巨兽仰天长号

手持牛羊壮美　手持光芒星宿

太阳一巨大后嗣　仰天长号

土……这复合的灵魂在海面上涌起

毙命的马匹　在海中燃烧

八月将要埋葬你，大地

用一把歌唱的琴　一把歌唱的斧头

黄昏落日内部荷马的声音

在众神的黄昏　　他大概也已梦见了我

盲目的荷马　　你是否仍然在呼唤着我

呼唤着一篇诗歌　　歌颂并葬送土地

呼唤着一只盛满诗歌的敏锐的角

我总是拖带着具体的　　黑暗的内脏飞行

我总是拖带着晦涩的　　无法表白无以言说的元素飞行

直到这些伟大的材料成为诗歌

直到这些诗歌成为我的光荣或罪行

我总是拖带着我的儿女和果实

他们又软弱又恐惧

这敏锐的诗歌　　这敏锐的内脏和蛹

我必须用宽厚而阴暗的内心将他们覆盖

天空牵着我流血的鼻子一直向上

太阳的巨大后代生出土地

在到达光明朗照的境界后　　我的洞窟和土地

填满的仍旧是我自己一如既往的阴暗和本能

我那暴力的循环的诗　　秘密的诗　　阴暗的元素

我体内的巨兽　　我的锁链

土地对于我是一种束缚

也是阴郁的狂喜　秘密的暴力和暴行

我的诗　追随敦煌　大地的艺术

我的诗　在众神纠纷的酒馆

在彩色野兽的果园　洞窟填满恐惧与怜悯

我的诗，有原始的黑夜生长其中

腹部或本能的蜜蜂

破窑或库房中　马飞出马

母牛或五谷中

腐败的丰收之手

那腹部　和平的麦根　庄严的麦根

在丛林中央嚎叫不懈的黄色麦根

在花园里　那腹部　容忍了群马骚动

我的手坐在头颅下大叫大嚷"你会成功吗？"

我一根根尖锐的骨骼做成笛子或弓箭，包裹着

女人，我的母亲和女儿，我的妻子

肉体暂且存在，他们飞翔已久

他们在陌生的危险的生存之河上飞翔了很久

而今他们面临覆灭的宿命

是一个神圣而寂寞的春天

天空上舞着羊毛般卷曲　洁白的云

田野上鹅一样　成熟的油菜

在这个春天你为何回忆起人类

你为何突然想起了人类　神圣而孤单的一生

想起了人类你宝座发热

想起了人类你眼含孤独的泪水

那来到冥河的掌灯人就是我的嘴唇

穿过罪人的行列她要吐露诗歌

诗歌是取走我尸骨的鸟群

诗歌

诗，像母马的手，沿着乳房，磨平石子

诗像死去的骨骼手持烛火光明

诗　是母马　胎儿和胃

活在土地上

果真这样？母亲沉睡而嗜杀

（坐在水中的墓地进行这场狩猎

在那人怀沙的第一条大江

披水的她们从绿发之马下钻出

怀抱头颅

怀抱穷苦的流放的头颅——

这盏灯在水上亮着

镌刻诗歌）

我忘记了　我的小镇卡拉拉　石头的父亲

我无限的道路充满暮色和水　疼痛之马朝向罗马城

父亲牵着一个温驯而怒气冲冲的奴隶

沿着没落的河流走来

我忘记了　只有他　追随贫穷的师傅学习了一生

灯中囚禁的奴隶　孤独星辰上孤独的手

在你的宫殿镌刻我模糊的诗歌，想起这些

石头的财富言语的财富使我至今心酸

而他又干了些什么？

两耳　茫茫无声

一生骑着神秘的火　奢侈的火

埋下乐器，专等嘶叫的骆驼！

大地的泪水汇集一处　迅即干涸

他的天才也会异常短暂　似乎没有存在

这一点点可怜的命运和血是谁赋予？

似乎实体在前进时手里拿着的是他的斧子

我假装挣扎　其实要带回暴力和斧子

投入你的怀抱

"无以言说的灵魂　我们为何分手河岸

我们为何把最后一个黄昏匆匆断送　我们为何

匆匆同归太阳悲惨的燃烧　同归大地的灰烬

我们阴郁而明亮的斧刃上站着你　土地的荷马"

一把歌唱的斧子　荷马啊

黄昏不会从你开始　也不会到我结束

半是希望半是恐惧　面临覆灭的大地众神请注目

荷马在前　在他后面我也盲目　紧跟着那盲目的荷马

1986.8—1987.8

太阳·大札撒（存目）

1988

太阳·你是父亲的好女儿

1988

西海还非常遥远。我一人站在这空无一人的大草原上，喃喃自语。大草原上一棵树也设有。草全贴着地长。西海还非常遥远。是的。非常遥远。

远方的那些雪山也深得像海一样。

1

流浪的人有预感吗？

两个俘虏都有一双斜视的大而漆黑的眼睛。黑得像夜晚。

大俘虏和小俘虏，他们有预感吗？

为什么？

也那，五鸟，这两个我曾与他们共在大草原上漂泊的流浪艺人，和我亲得像兄弟一样。还有札多，提着一米长的大刀，月光在刀刃上闪闪发光，走在这草深的地方，五鸟背着一面大鼓，和他的体重差不多。也那披散着他的长发，上面编织着红色的穗子，始终像僧侣一样缄默。他的服装被笔直斩为三段：绝无任何杂色。白色俯伏在红色的上方，映衬着他那黑得像铁犁一样的头颅，像一只饥饿的大鸟，飞过了腰带宽宽的红色，一直扑向身体上那大部分的黑色。那黑色除了黑色还是黑色。黑色，就像一个贫穷的铁匠在打铁。一个贫穷的铁匠，除了打铁，还是打铁。他写出的谣曲也时而是生铁，时而是熟铁。而他的嗓子则像火中的

485

第三编 太阳七部书 太阳·你是父亲的好女儿

金子，那样流淌，那样灿烂，闪着夺人的光芒。一到这时，牛皮鼓咚咚作响，而札多连大刀都握不住了，那大刀像被解放的奴隶躺在地上铺好的干草上，也许那大刀会娶妻生子吧。十把小刀有男有女。我被自己的突发奇想所震慑，而这时，无边的草原正在我背后，以四季特有的时而温暖时而寒冷的气流吹在我的背上。透过我，风神呼吸着我，像无穷的泪水滚动的故乡。脚下的这些野花，很碎很小，碎小得令人不能置信。每一朵和每一朵小得就像夜间的星星，比星星更密。密切的，关怀的，秘密的，无名的小花。不应该叫一朵一朵，应该叫一滴一滴，因为她们的确像这一滴或那一滴露珠或泪水。在这稍微有些暖红的土地上。小得仿佛已经进入了秘密深处。小得就是秘密自己。另外有些野花，是紫红色的，黄色的，长得比较高，一丛一丛的，凭借它们你可以预感到这附近一定有一个大湖。可以预感到就隐藏在这周围的秘密的泉水，她们就是一片大水在草原上走向自己故乡时留下的隐秘的足迹。她们既想隐去，又不想隐去。我采下一抱，放在膝头上。有一股子味，是一种不太好的味，酷似酸性的土地本身，是那种混合着粪香的艾味。艾，是一种奇怪的草，总是使我联想到那个汉族的母亲，在过月子时，所用来沐浴和蒸熏的大木桶的滚沸的水中的艾。在家乡的荒坡上总有这些高高的草。有时又叫黄金。我给这些较大的花取了个名字，一概称之为"足迹"。无非是因为颜色的不同，我就分别称之为"紫红色的足迹"或"黄色的足迹"。由此，我想，风神和大水之神是在遥远的草原尽头微笑了。心安了。宁静地笑了。像远方本身的笑容，而这些花，我取个名字，都是为了说给那个又黑又小的俘虏听的。那个雪山的女儿。有一次，在干草棚中，靠近微微隆起的山坡。山坡上散着些牛羊。那是在一条干涸的河的底部用干草搭起的干草棚。在那里，她说她是雪山女神的最小的女儿。我对这小小的俘虏说，这些花我全都抱来了。我把这些足迹全都抱来了。我管这些花叫"大水的足迹"。另外的，草原上铺满的，小得像泪滴一样的花，白色的，我就管她们叫"泪"或"妹妹"。一个有着名字的无名的野花。一个又聋又哑的妹妹。全部的妹妹，在雪山之下的草原上开放着。而我则没有名字，在一个茫茫无际的大草原上漂泊。我多想有一个名字。叫也那，也雨，五鸟或札多这样的名字。哪怕人们叫我铁匠也好。甚至只叫我歌手也使我心安。可是不。熟悉的人们管我叫"大俘虏"或干脆就叫"俘虏"。不熟悉的只能叫我，召唤我用"喂"或"你好"。难道我真叫"你好"吗？

看见也那，五鸟，札多这些兄弟坐在下面的缓缓的山坡上，没有大刀之舞，没有鼓声，没有歌声，连那些编织着红穗的头发也没有飘动，也被两边无穷的草原染成一个颜色。我们沉默地坐在那里。我头枕着烈日下的大草原，没有遮蔽，没有树。

青色的烟从草原那一头升起。

为何总是火的呼吸先到达我们？在这无风的正午，火，平稳地呼吸着。

青色的烟，美妙地，平稳地升向天空。

一定有人。

牧人或者是流浪的弟兄。

一想到有人喊我，呼唤我，哪怕是没有名字的一声召唤，哪怕仅仅是这袅袅升起的青色的曼妙的烟……

她不也曾用那鼻音呼唤过我吗？

那个小小的黑色的俘虏。

我有一个名字。他是秘密的。流动的。有时像火。有时开花。总有一天，我要抓住他，把他砌在圣殿的岩石中，陪那些安静的大神过一辈子。等到神庙倒塌。我又变成一道火山口。然后就是涌出泉水，遍是森林和开花的山坡。

2

那年夏天雨下得很多。大雨使流浪的艺人们吃尽了苦头。那辆又旧又破的马车总是陷在泥泞里，微微泛着红色的沾有苦草根和揉入泥浆的分辨不清的花瓣，打了马一身。这是匹母马。而血儿骑在那匹母马生下的小马脊背上，小小的身躯像远处的山梁一样挺得笔直。她是在内心感到骄傲。也许是在为这大雨滂沱而骄傲。童年的痛苦和少女的烦恼在这大雨中一扫而光。大雨焕发了她潜在的青春和灵性。这种时候，血儿尤其美丽，使人不能逼视。我们几个男人吃力地从泥中推着马车，身上已完全湿透，分不清是雨水还是汗水。我又累又饿，真想把身子往这雨地里一放，再也别起来了。但我仍然把自己绷得像弓弦一样紧。这时候，有家有屋顶的人该是多么幸福。

大雨点打得人眼睛都睁不开，全身和脸儿都开放着雨水的花朵，那是血儿，骑在小马上，黄色的头发在雨中披散着，像是正在沐浴的小神，小小胸脯在雨水中微微隆起，雨水使她的脸更显得光洁。这个草原上雨神的女儿，似乎全部雨水降落西部大草原都是因为她的召唤。她拧干了自己黄色头发上的雨水，用谁也不懂的言语轻声唱着一支歌子。我知道那内容。血儿告诉过我。猎人在高山上追捕一只母鹿，不幸跌下了山涧。就在他跌下去的一刹那，大风刮去了他那红色的有猎物气息的猎人帽。他是死是活，没有人知道。

我们干脆在这雨地里停了下来。把我们像一些沾满了红泥浆和青草的又脏又湿又笨重的行李一样一下子散落在这雨中的大草原上。那个"红之舟"的下面，被整座寺庙整个宫殿全部的城堡压在他头顶上的，那个地牢中的建筑师呢？那个年轻的发疯的小僧侣呢？还有那位秘密的陪伴者呢？在这场大雨中，我是不是该向你们，向你们和也那、五鸟、札多和血儿讲一个故事，讲一讲这个秘密的陪伴者，这个传教者的故事了？我是不是该讲一个崭新的，只属于曙光和朝霞，只属于明天早晨，只属于下一个世纪的发疯者的故事呢？

但在雨中大草原，鼓声咚咚地响起来了，似乎天地间一团大火在跳舞，他已临近这雨中空旷的大草原，他已降临大草原，还有谁能怀疑呢？虽然我正考虑是否重新开始一个曙光的故事，虽然也那披散着长发，愤怒地吼叫，但鼓声在大雨中响起来了。再也不用犹豫，再也不用怀疑，是的，就这样，就应该这样，保持整个流浪者那火红的青春的鼓，那流浪精神，那流浪道路上染遍冬日黄昏和黎明的血。保持这呼喊之血，大笑之血，未受污染之血，保持我和狮子一同享有旷野的夜和血。流浪吧流浪高举我们破烂的彩色的衣裤就像举起了战争和瘟疫的旗帜，骑着我们的老马和小马，我怎能放弃我这流浪的天性，我怎能抑制我这夺喉而出的歌声？

这不是你又是谁？！这不是那大雨赠给人间的女儿又是谁？这不由自主地舞蹈的闪电不是你又是谁？快跳下马来吧，快跳下来！你看五鸟把鼓都擂破了，而也那披散着长发，和札多正把一种吼叫变化成了一种图腾。他们像一些奇怪的栅栏在火中跳着舞，又似那些驱散鬼神的黎明之前的金刚勇士，他们的自身已和大雨和鼓撕扯成一团。啊，谢谢你，五鸟！你为我们破译了这雨的心脏，雨不正是在呼喊你吗？！跳吧，快跳下马来吧，开始你那闪电的舞蹈。血儿！对！对！这不正是你吗？！高高举起你的双臂向群山举起了闪电，跳到你的胸脯上的雨水像一千只小鹿在歌唱！那悲惨的童年已经死亡，那痛苦的暧昧的少女也已死亡，只有闪电之女，大雨之女，在旷野上！在大草原上疯狂地挥舞着身体，对，血儿，就这样，昂起你那宝贵的只有天堂才享有的头颅，把你那鲜花般的嘴唇张开，唱些我们不懂的歌，即使那是逃亡之歌，野蛮之歌，即使那是杀人之歌抢掠之歌，即使歌声使你想起了悲惨的人世和过去的生活，还是唱吧！对！更激烈些！把闪电召唤并安顿在其中，你应该在这支强盗的旧歌中加入你的内容，结尾和结局都应该是你的，对！高声唱起来吧！跳起来吧，你的腰肢上有一千条闪电在颤抖着照亮雨中的草原。泪水夺眶而出，我应该做一副铁的眼睛才是啊，我应该到我兄弟那铁匠铺里打一副铁的眼睛才是啊，或者在村里与老石匠雕出的那两只换一下。看着你，我的血儿，石头也会长出自己的眼睛，也会看到你，也会认出你，我的血儿，今天不是又开始了吗？不是又用一对铁眼在流泪吗？我的弓箭呢？我该疯了才是啊？怎样才对得起你的舞蹈？

大雨稍歇，我们继续赶路，终于来到我们向往已久的一个伟大古代城市的废墟。在大草原上，城市本来就极少，留下的废墟就更少。在西部大草原的边缘，靠近东方的民族，只有这样一个石头垒起的废墟。五百年前也曾是王城，这从那高高的好战的城墙可以看出。我们把马车停在一家客店里，留下札多来照料马和车子，并安排一切，我们其他几个人马上就要去登攀五百年前这万里大草原上最伟大的都城。

这天夜里，我和血儿参加了神秘的兄弟会的仪式。在这广大无边的夜草原的北方，在大草原的北方的尽头，始终有一个神秘的兄弟会。

3

他跑到山上。这是第二次。头一次的时候还没有走火入魔。头一次时也未遇见疯子头人。但那时疯僧与三位猩红装束的刽子手的恐怖形象已深入他的心中。解脱了一套数学，又陷入另一套。这是一系列完整的数学建筑体系。本来是他自己创造与构筑的。他的数学体系是有关与天空对应的高原之地的。有关最高极顶的宗教宫殿。其中很少的一部分是关于地牢的。这些地牢是建构在阴暗潮湿的果园之下。那些果树像一些幽魂在深夜里吐放着香气。在八月初的日子里。经常有一位疯僧来这里打坐。达数月之久。在八月初的日子里。每当高原云彩的影子滑过山坡或刀刃一样的山峰。羊儿咩咩悲哀叫唤的时候。牧羊人昏昏沉沉无以打发时光的时刻。那果园里苹果树上挂满了饱含处女酸汁的刚刚长成的青青苹果。那可是八月的好日子啊。牧人们的帐篷已有些沉浸在黄昏中。袅袅牛粪烟上升。果园。果子的香气。和宗教的香气混杂一片。翻滚过河面。这是大地上一条最高的河流。有几句诗：

> 我愿你不再流向海底
>
> 你应回首倒流
>
> 流回那最高的山顶
>
> 充满悲痛与平静

他跑到山上。这是第二次。他根据牧草和河水的颜色判断这是雨季。这是八月最初的日子。疯僧依然在那些头顶果树下打坐。也许他打坐的头顶是一棵槐树。榆树在那个果园里倒没见过。只是按照我的数学体系，那果园一定坐落在地牢的头顶。在被囚的日子里，我常常梦见苹果打我。把我砸醒的是狱卒不是苹果。深深的噩梦。满身冷汗。两手空空握成一个拳头。这时疯僧肯定又逃离寺院长老的眼目。独自来到这空寂无人的园子。打坐。并偷偷地食着禁果。每年只吃一只。那是八月的好日子啊。我想起了处女般的苹果。我梦见一个叫血儿的小女孩。我犯下的罪不是数学也不是天空所能解脱的。只有在八月的荒芜的寸草不生的山梁和无人的风雪之夜灭绝人畜的风雪之夜才能得到解决。谷物和家乡的仓门不知是否也已遭受同样的风雪。还有那些豆子地。种青稞和油菜和小麦的边疆地带。我第一次从地牢逃跑到山上也是在八月。也许还要在稍微早些时候。我第一次来到这荒芜之地。我遍体鳞伤。上面有刀疤。枪眼。还有一些疯狗、饿狼的牙齿印迹。我几乎可以说是衣不遮体。只披着一些破破烂烂的布条。就这样。他一下一下用打断了的腿骨爬到了山上。那歌手唱着这个故事。在一个暗哑之夜的歌中这样唱到黎明。可我当时是怎样用自己的山上的泥土搓揉好了自己的腿骨和肋骨，虽然在以后的冰山雪水和风雪之夜，闪电瞬间明灭的轨道划过长天之时，仍有些隐隐作痛。但毕竟是有些像健康人了。在八月的山上。我为了嚼下泥土和山脚一点点苔藓和别的小虫子，为了治好断裂的骨头，我爬遍了这几条荒芜的山梁。几乎走火入魔。三位猩红装束的刽子手重重地用膝盖顶断我两根肋骨的时候。我眼前有无数火把舞动。我在呓语中发誓一定要练功，哪怕走火入魔。我于是在山腰头脚倒立，一次次使疼痛和最后的疯狂抽搐传遍全身。我感到疯狂和晕眩的天空之火已传遍我的每一骨每一穴。我感到我已变成了那疯狂的猩红的天空上的刽子手。我在山上多少日子缺少食物盐。我只能靠用一条麻木的舌头不停地舔着那唯一的生锈的铁钉子来维持我的生命。那是我在这座荒芜之山发现的唯一的生命。唯一的与我一样孤独的生命。先是舌头恢复了知觉。然后是身体感到了极度的痛楚和疲倦。我感到了呕吐对我上半身内脏的猛烈袭击。呕吐像一只饿狼。而胃则像一盏微弱的孤灯照着一群疯狗。我的手肮脏和歪曲得就像鸟的爪子。她们用来攫泥和细树枝用以营巢繁殖。我在没有盐的疯狂状态下甚至想抠下自己的眼珠子以饱尝盐味。因为有一次在沙漠中我曾从一对猛兽的眼珠中尝到这天地间最珍贵的味道。当这一只铁钉使我意识到被折断的腿骨和肋骨时，我感到火从我身上一点一点流走。耳鸣如鼓。血液变得像雪水一样冰凉。我闻到了自己内部那股腐败的叶子花枝的气味。我也闻到并听到了我嘴里死人的气味和死人的叫喊。鬼魂彻夜不眠的叫喊。我的浑浊的眼珠已映着死亡的村庄排着队打着火把。在营地欢迎我。这种盐味使我又恢复了对牢和地的意识。那地牢，那牢像一块钢轶，又像一股牲畜的臭味——裹住了我的骨骼，这种臭味腐烂味和生命个体的排泄味一起在我的骨骼外围，形成了我的肉体。我的肉体充满了家乡肮脏臭猪圈的臭味。哪怕是一只豹子雄狮和大熊也只能在囚笼里发出牲畜的臭味。伟大的兽王在地牢里也会觉得自己变成了只臭猪。因为他闻见自己是一团臭味在肉中间。他第二次爬到山上。爬到八月荒芜的山上。日子，远远把那肉体的臭味抛弃在身后。他这时舔着唯一的生锈的铁钉。感到了身体折断后巨大的痛楚和无休止的对于天空降下盐的渴望。但这些比起肉体的臭味来，已是生命最大的幸福。这却是一座八月的幸福之山。呼啸，高大，赤裸，彻底，荒芜，暴力，灭绝，占有一切。但今日我预感到我又会被抓回那阴暗的散发着臭味的地牢。一些刑具和刽子手在等着我。更大的痛楚。更大的肮脏。更大的肉体臭味。我的更大疯狂在等着我。我的静静地挂在肉体上的腐烂在等着我。我从此再无八月。再无天空。再无风。也无空荡荡的大山。因此，像青稞一样，我要在我的腐烂和臭味中抱紧我自己的岩石。地牢就在果园下面。这地牢是一间一间隔开的。到底关押了多少人，我心底大概有个数。因为我毕竟是他的数学设计人。但关的是些什么人，我却很少知道。从我的躺下睡觉的石板到放食具再到牢门刚好成一个等腰三角形。这种设计也应归功于我当时的才分与疯狂，完全归功于我年轻时代的天才构思。我囚在我自己的天才数学里。此外，疯魔意识也主宰了我当时的整个构思。极为完整。又富于强大的创造活力与激情。我提着灯。彻夜不眠。确认我伟大的牢。牢中大概……我是这样回忆的，大概还有一位疯狂的头人。我数次遇见他。叫他是"疯狂头颅"。这位疯狂的头人胡须雪白一副疯疯癫癫的目中无人的架势。他真实的名字叫亚·顿。他就是高原上无人不知的领袖、首领、酋长、总头目"疯子头人"。此外我还知道在这地牢中还关押着几个弱小的强盗头子。我怒火万丈。我怒火万丈。今夜疯子头人又在牢底喃喃自语。他总是说。他总是说个不休,有时还手舞足蹈地唱上一阵。他总是这样说——我原谅天空给我带来的一切。包括飞行和暴雨。我原谅天空给我带来的一切失重。包括飞鸟和雨雪。我所有的一切都来自天空。包括闪电雷霆。我忍受了天空也原谅了天空。他总是这样说。今夜又在牢底喃喃自语。我怒火万丈。

4

从这边望去,对面的山上只剩下些折断的石头柱子,像一些惨遭天空刑罚的断肢残体。石头已经停止生长,永远地就这样残缺下去了。

但是大石门仍在修建。

这里的建筑分成三部分。

石门。偶像堂。废墟。

真不敢相信这个猎人和这位老石匠都是盲人。第一次遇见这个老石匠时,他就已经盲目。但他像任何明眼人一样正常地干活,不论刮风下雪,打雷闪电,也不问冬夏春秋。他始终很坚定。

他始终在修建一扇这世界上独一无二的石门。用他自己的意思，翻译成我们的语言，就是这样：如果世界上少了这一扇石门，世界就不完整。而且世界简直就没有了支撑。

这一扇石门高约十丈多。

石门中有无数辨认不清的小石门。

从这个盲石匠的爷爷的爷爷就已经开始修建这座石门。远远看去，这扇扛着高原上全部蓝天的石门简直像盲人的一只眼睛。边缘粗糙割断而又笨又直，像一把割开日月的石刀。这只眼睛里垒满了石头，用耳朵贴在这石门上仍能听得见海浪的澎湃声。呼啸。这些石头无一例外都是从西海那一个死亡的海域由这位老石匠的十代以前的祖宗，也是一位老国王，用十多万人命换来的。有多少船死在海上。那些船里有人、石头、火和粮食。那些船里还有海图和酒。这些船又是从遥远的北方大森林里伐倒之后顺着老国王境内唯一的大河漂流而下的。

简直不能谈论这扇石门的历史和血腥。有多少头颅在森林里，在采石场，在海底，在旷野，在未被驯服的大河内部呼喊着，滚动着，要向他报仇。这双复仇的手如今就长在这位盲目的老石匠的手上和手的内部。那双手有一种天生适合复仇的素质。他分割。他垒砌。最后他衰老，疲倦，被葬在周围是开花的山坡的山洞里。里面也许有几大桶腐烂了的粮食。如今他年轻，活着，吃着石头，喝着石头，与石头睡觉，生下石头的孩子。

石门竖立在那里。看见我的这些流浪的兄弟坐在下面更深的凿入岩石的阶梯上。连那些编织着红穗的头发也没有飘动。他们沉默地坐在阶梯上。我心有些慌。两边的岩石压过来。巨大岩石看见我自己惊慌失措的脸。岩石压过来，我的心脏马上就要胀破了。我感到没有呼吸了。岩石窒息着我，似乎一点就着。

偶像堂布置在一间广大的容器般的石窟里。似乎听得见远处神秘的滴水声。石头的偶像，黏土的偶像，木头的偶像，这一切偶像在你神智错乱时会为你带路。在飞行时她们不会留下蹄印和鸣叫。但你醒来觉得自己像一个散着香气的稻草人。后来他把自己的地牢布置成一个偶像堂。鸟儿从她的喙上吐出了她自己新月形的潮湿的血污的内脏。喂养我。在地牢里。我几次梦见我在那高高的荒芜的不能感知不可触摸的荒凉之地砸碎了自己的锁链。在远方的草原领着一个叫做血儿的小女孩和一群流浪艺人在流浪。在夜里，这些不安全不安分的偶像，时时在夜里飞来飞去。像巨大的卵形在舞蹈。已改变了她的模样。我只好重新回忆。揉捏，打上金子封条。地牢里经常在夜里吐出金子。我就用那只阴暗霉烂的地牢吐出的金子，制作了一个巨大的金偶像。还把剩下的金粉涂抹在其他泥土青铜石头偶像的脸上。那金偶像是巨大的，占了地牢的四分之三。所以每当她舞蹈时，整个地牢仿佛只是她的腹部。偶像堂只是对地牢的一次模仿。偶像堂有一股牲口棚的气味。牲口棚有一股近乎无限的气味。偶像们在夜里缩小了，飞出了石头栅栏。石窟又恢复了平静。石窟又恢复了天空的本质。一万页羊皮在干净岩石上叠码得整整齐齐。石窟里曾经飞来的几位神已把我的石窟里所有的火与火种吃光。石窟又恢复了平静。

在偶像堂建造之前，必须冶炼金子。先必须建一座小高炉。这炉子的耐火砖还必须先烧出来。好在小坩埚还在。那还是从平原上带来的。在这靠近平原的肮脏的小村庄，小村庄很拥挤，彼此用牛粪饼拍成，像一个小小的暴露在草原边缘的，干牛粪色的小小内脏。为什么没有被群鸟当成食物吃光和叼走，我在小高炉建成的时候也还是没弄明白。这个小村庄叫"草原之浪"。是一个混杂着草原、渔猎和农业耕作的地方。你可以认为她是一个渔村，靠近这高原上最伟大的圣湖，也有一两户经常上雪山狩猎的猎户。你也可以认为她是一个农村，有许多半大不小的孩子和他们的父母种植着油菜、青稞。这是一个危险的所在危险的季节。农业，这是一个危险的年龄。人们翻山越岭而来，在危险期制订法典，建设了这个新农村。当然，在大草原危险的年龄期，最主要的人们都在从事放牧。奶牛和牦牛。奶牛漫步在草原尽头圣湖之水浸润的草地上，那景色美丽极了。无人能逃脱她。我日夜神思恍惚，因为那达到金子熔点的小高炉还是没有建成，那一日，我去铁匠铺里用烧红的钢针开始文身。草原把那近乎黑夜深处野兽的图案由铁匠印到我身上。一只铁匠的手，把草原印在我背上。这是全部草原的黑暗。那时我是如此怀念家乡丰收时期的打谷场。金黄的稻草黄中有青。稻谷不断流泄到今天重新整修的打谷场上。人们感到了成年时期收获的愉快。而这是草原全部的黑暗，由铁匠的烧红的钢针也把收获的图案印到我的背上。这是与草原危险的主题不相适合的。铁匠询问我无言以对。草原的年龄比野兽更危险。

还必须进一步描绘一下地理。

铁匠铺和棺材店紧挨着。就像恐龙和猛犸紧挨着。这种两极在建筑上的拥抱有一种原始的大庆典的味道。凶狠，霸道，轮轴状的铁匠铺。彻底丧失了任何水源。棺材店提供营养。她是一种氛围，渗透，类似于关节病一样的东西。棺材店的一半是石头洞窟。反正一半是石头一半是黏土茅草与木材。它的气势深深潜藏于地下，可埋千军万马，外面看去，好像只埋在一个不显山不露水的地气十足的地方，正对着一个平坦的长满乌草的小山坡。没有牛羊。没有青稞。你在晴朗宽阔的北方大平原不会感到这股地气，仿佛是阴沉沉的火的一种变体。传说中退向山坡的走火入魔的陷入无限平方陷入相互混淆的根须陷入纠纷使人摸不着头脑不着边际的缺水的雷同的沉闷的黏土堵塞了我的耳朵。我涂抹了这两孔窑洞，相交于三角形的脊背和底边上。

白花花的石头。

巨大石门越来越不接近完成。

巨大石门有一种近乎愚蠢的表情。

他迟钝，粗暴，又是那样的固定不易破碎。

巨大石门像一道障碍竖立在这天边。石门仍然愚蠢地屹立着。石门的第三阶梯，有一些裸体的猎人、怒汉、金刚、匪徒、马帮头子、武士和铁汉状的人形裸体雕像，肩扛着这上面的石门部分。

那些雕像比真人大而硬，线条时时出现错误，没有明确的现实主义基础，有些简直是草草而成的。巨大石门的这一部分，据说是老石匠的爷爷，那个建造圣地的巨大神殿"红之舟"的建筑师，又发疯被囚禁，但在他的晚年，他把他的一生总结在这个第三阶梯上。那个盲目猎人在雨季就在这儿实践瑜珈。他的幻觉中经常出现自己是一些生锈的铁条组成和弯曲的大铁轮子。有时是一个实心的大铁磙子。有时又会梦见自己是火把。而那废墟的主要部分是一个唐朝的洞窟。

5

老族长独自把酒搬到船上。

一刀捅下去。

马倒在地上。

血喷出来。

喷到老族长的手上、脸上和身上。

染红了老族长雪白的胡子。

那血在大雪和冰河上，异常地稠密，粘粘的，还冒着热气。冰河时代降临了，没有预兆，没有歌声。漫长的冰河时代。漫长的船舱中的时代。漫长的黑夜来临了。那时母亲还是一个小女孩，蓬乱着头发，这个像哑子一样的女孩，跟在众人的后面，手里打着一只众人为她扎好的小小的火把，进了船舱。她看见那匹驮着老族长走过大草原的老马惨死在老族长的刀下。她那幼小、稚嫩的心猛烈地抖动。好一阵也没平息。猛地一哆嗦。冰河时代来临了。世界上到处都在下雪。所有的道路都被冰雪覆盖。冰河时代提前到来了。事先没有任何预兆。老族长的话应验了，在这短暂的日子，人们只来得及为自己和自己的孩子在黑暗中扎一个火把在圣地，许多人和许多牲畜冻死在雪地里。世界恢复了史前的寂静。修石门的老石匠扔下了手中的凿子、钻子和大锤，加入了逃难的行列。

老石匠连夜用石头和仅剩的笨重的金属制作了几只破冰斧。他提着一只锅就来了。紧跟在老族长的后面。几乎所有的家长都提着锅。许多窝棚、草棚和石屋里那下面积满草灰的灶上只剩下一个大坑。只剩下烟熏火燎的痕迹。锅已被揭走了。许多人提着锅走在一家的前面。都没有来得及背上那用兽皮缝成的装粮食的袋子。在这张还有着你的少女香气和温暖的床铺上，在这张还有着野兽通过食物，抢劫掠夺和你的漫游而获得的血和肉外围温暖的皮毛上，我做了一个恐怖的梦。但是，血儿，我可不敢完全对你讲清楚这些史前的梦。我先是梦见史前那喧嚣而又寂静的景色。混沌初开，天空和大地一片血红。像一个凄惨的没有形状的自我。这个自我手持火把在向我走来。火把是悲惨的，劈开的，向内燃烧的。总之，就是火把。我梦见我是一只恐龙，和其他的恐龙一直在天上飞。我甚至感到了我嘴中的火焰和气泡。我感到了我的内脏和消耗食物和器官在我的内部也紧跟着我在空中飞。我感到了我身上鳞甲的噗噗作响。我从这一条冰河纵横的大陆飞向另一块大陆。那里只有海浪和森林。在这恐龙时代，只是吃，吃，吃，吃，吃。还有冰河，冰河，冰河。我感到天空先是在天空上变得寒冷。后来天空又在我的内部变得寒冷。在这之前，我还必须再一次结束史前的寂静。我必须使我自己的混沌获得一种虚假的秩序，比如说，历史，真理，丰收，等等，我必须首先声明，我放弃了这一切，只是因为那一年村子里获得了巨大的丰收。这次丰收对于少数人，比如我，来说，就是意外的。是致命的。丰收是最后一次打击。丰收像一把镰刀割断了我的脖子。我感到了喉咙上那种近乎鸟鸣的断气。我感到空气从我头颅被割下的脖子流进了我的食道、我的内脏。我看到丰收。我看到滚动在沼泽上的那一颗头颅，那是我的头颅，我看到它的滚动，我看到我的头颅的滚动，是通过我自己的，也就是恐龙的眼睛。是通过丰收。我看到了，就那么一次，对于诗歌和真理来说，这就足够了。在巨大的面对丰收的近似于天空的平台上，坐着村里的长老，那是一些年迈的老瞎子。身体还非常健康。他们唱着歌。在下面。在村子里。获得了丰收。我必须，必须这样。只能应该这样。可有谁能用斧子劈开我那混沌的梦？！我抱着我的血儿，裸露着我们的身体。我把精液射进她的刚刚成熟的子宫里。那里是黑暗的。我觉得我就要断气了。血儿每个毛孔都是张开的。我不应该这样写我的血儿。但那混沌就是这样的。谁是我手头嘹亮的斧子？血儿和我躺在丰收的大地上。那里是七月更深的丰收。是青青的就要变

黄的茂盛的深深的青稞。就像我的血儿。是茂盛的。深深的。我
该怎样为我自己写下这些庄稼。这些眼看就要丰收的庄稼到底是
怎么回事？这些庄稼是这些庄稼？这些庄稼难道不应该在天堂？
这些青稞，这些从史前的混沌和恐龙的遗骨中生长的一粒粒的小
小的头颅，这些用茎，杆，用竖起来的，随风吹拂——那风起自
天堂，在原野上承受雨雪的，用闪电照亮的，听见雷神嘶吼的，
我的青稞，我的青稞我的青稞，能够酿成节日和懒散之酒的青稞，
啊，青稞，你说说你究竟是怎么回事？！我还抱着血儿睡在这青
稞地中。人类的紧张已从我俩的身上逃离。那些紧张的，人类的，
纪律的东西，已随风吹走，过了山冈，到村子里，获得了丰收和
酿酒了。那个逃亡者，那个死刑囚，那个石匠，还有那些恐龙和
族长，那些浪流艺人，所有存在人类紧张中的东西。已在青稞地
里消失。但是在梦和一片混沌中，我还抱着血儿睡在这青稞地中。
混沌中，我用镰刀割下了血儿的头颅，然后又割下自己的头颅，
把这两颗头颅献给丰收和丰收之神。两条天堂的大狗飞过来。用
嘴咬住了这两颗头颅。又飞回去了。飞回了天空的深处。难道这
些秩序，这些车辆，这些散乱的书页真能说明我的混沌，真能咬
住我俩的头颅，飞回天空吗？难道在我的语言的深处真的包含着
意义？难道我已经把诗歌写进了散文？难道这就是我带来的？难
道这竟然是一部关于灵魂的大草原和哲学的小说？难道你竟然真
的存在，在人间走着，活着，呼吸着，叫喊着，我的血儿，我的
女儿，我的肋骨，我的姐妹，我的妻子，我的神秘的母亲，我的

肉中之肉，梦中之梦，所有的你不都是从我的肋间苏醒长成女儿经过姐妹爱人最后到达神秘的母亲中。所有的女人都是你。那片无限的即将获得丰收使村里人摆脱春天的贫困和饥饿的青稞地，像时间的河水流过我和血儿。我该怎样写这些青稞地。我在我的深处再一次遇见了但丁的天堂篇。我在我的深处再次遇见了人类的诞生和世纪的更替。我把她镌刻在神秘的巨大石门上，我将她放在中国西部直至广大的中亚细亚草原上。甚至还有整个蒙古和西伯利亚。尤其是我，这些年甚至可以说是生活在荒野里。我的伙伴是季节、诗歌、火与遥远的声音。我终生不渝的朋友是西藏和大海。我的爱情是印度。我总是在想，为什么我不生活在雪山，为什么我不生活在僧侣和石头之间？为什么我不生活在沙漠上？我们像是两个失散多年的亲人在一个海浪震荡的狭窄的船舱中相逢。我从你身上看到我们之间在母亲那个大家族中的遗传。我的一切叙述上的错误和混乱都来自世界和自我的合一。在这里，在这个故事中，因为一切都是梦中之梦，一片混沌，所以我不可能把一切都介绍给你，也不能把一切都说清楚，那样的话，我就不是我，草原也就不再是大草原。我告诉你阅读的方法，我告诉你有几条线索，和一场大雪，自然界的景色，以及不确定的，没有年代和时间的晃来晃去的黑暗中的几个人形，还有一些似是而非的梦境。我要贯彻到底。我必须这样说，世界和我，在这本书里，是一个人。

因此，就这样，就这样干。

尼采说，现在是时候了。

现在简直是时候了。

因此，诗歌来源于他的头一句。

6

流浪的人，你不是对草原尽头有一种说不清的预感吗？

说出来你就心安了。

那就是大海。

你有所预料的，但又是突然的海。

西海，西方的海，在我的梦中，美得像一匹被天神点燃的马，燃饶着。

燃烧着。

那海上的霞光没有感到焚烧的痛苦。

西方的海，像是草原尽头远方的笑容。

此刻仍然是干渴的烈日下的大草原。

转眼即是寂静的星星满天的夜晚。

草原之夜。在草原的边缘。

秋矮子用几条柔韧的青藤枝条编成一个花环，戴在他那粗笨的头上。他身高不到二尺。又很粗壮。他嘴里满是锯屑（木匠拉锯锯木段，木条，锯下的木屑，比尘土还细），喷吐着火，又似乎是手忙脚乱地从嘴里拉出了红色的又长又粗的带子。在笨拙的外表下掩盖不了他的敏捷。村民们终于没能看出那红色带子是从他的什么地方弄出来的。草原边缘村庄里的许多树被砍成桩子，立在四周。有一圈白色的已被雨泥弄脏的大帐篷。木条头举着火，或挂着用碗做成的灯。碗里烧着野兽的油脂。秋矮子得意非凡地绕着人群中间的空场，用他那笨拙，滑稽的动作，走了好几圈。有几次是头顶着碗。一次是一只，慢慢添加。前面的师哥师姐用美丽而忧伤的流浪艺人的步伐和天赋走了过去。是秋矮子冲淡了人们观看这些色彩鲜艳而又陈旧褴褛的艺人带来的忧伤和旅愁。这些黝黑的细瘦的四肢灵巧的人儿来自何方？据说那走在前面的最美丽的人儿就是秋矮子的老婆。秋矮子是这些浪子和艺人的首领。他们有没有血缘关系？他们唯一的幸福就是那路途上的泉水。周围有鲜花和蜂鸟的山谷里的泉水。或者是在一片草原上突然自己涌出的泉水。他们没有任何道具。除了一身旧衣服。红色的。带有过去的节日和过去的爱情的痕迹。带有雨水泥水。有些痕迹也已没有了。还有汗水从他们黝黑而细巧的四肢渗出来，是如此漫长的路途，洗净他们那瘦小食肉兽的身体。他们有的人只有一把破伞。不知是哪个朝代遗传下来的破纸伞。有的人有一只瞎了双眼的鸟。这只鸟还只有一只翅膀。有的人会耍枪弄棒，一身好功夫。有的人不停用刀雕刻着木头，或无目的地把一根木头削尽。那只瞎鸟的另外一只翅膀已进入某个村庄某只黑猫的肚子。他们迎来朝霞，送走晚霞。是享受黄昏最多的亲人和陌生人。在冬天寒冷明亮灿烂的月亮的夜里，在寒星下，在野火的身边，度过了多少夜晚。他们没有家乡，没有村庄，没有大理石，没有铁匠铺。也没有杂货店。他们的脸原来是被朝霞和月亮染黑。他们在看不见人的雨里，雾里，雪地上走过。给村里的人们带来了什么？他们翻筋斗。有时多达几千个。看的人头都看大了。他们打叉子。他们是最早用人类身体向人类自我说话的人。有时向村民们借来那些蓝边边瓷瓦碗。然后在离开村庄时又一个不少地还给他们。美丽的秋矮子的妻子一边在地上翻滚，一边总是在做出最危险的姿势时，接住了那些眼看就要摔碎的碗。因为那么多路被他们走过，唯一的预示幸福的泉水肯定被他们所饮。只不过他们饮下的痛苦之泉更多。他们比我们还仍然是痛苦多于幸福。秋矮子的弟弟秋妹，是一个娘娘腔的男人，但却是一个无可救药的酒鬼。他从来都是醉醺醺的，没有过一天清醒的日子。甚至有人说他和秋矮子是双胞胎呢。我不敢肯定。一个奶油的高大瘦削的水做成的男人和这个身高不到两尺的又黑又粗的小矮子怎么会在同一只子宫里睡过。是不是他把他的哥哥挤成了这个样子，谁也说不好。在清晨，在山梁上寂静无人夜雨已停，而鸟鸣正此起彼伏的时候，他俩一前一后来到了我们这个世界。费了不少劲。他们的母亲使出了最后一把力，终于歪着脖子，嘶地吐了一口长气死去了。在大槐树下，他们被送到两户人家抚养，直到前年，这个酒鬼弟弟才找到这个流浪集团，一块和他们流浪，砸烂了多少酒坛子，多少酒店的女老板都喜欢这个混蛋，留下了他的种子，日后将要做酒店主，或者酒店的店小二，给人切牛肉，提烈酒，打扫呕吐过的地面，再把酷似他生身之父豪饮烂醉的另外的酒徒轰出或拖出酒店。而他自己滴酒不沾，以一本翻得稀烂的画有兽头、僧侣和王冠的羊皮古本自娱。这个小小的秋妹的儿子，也许现在还拖着鼻涕，两只肮脏的从出生下来就没有洗过的小手紧捏着什么。

"离开他们，离开这里"，戴着你们的麦草编成的旧帽子离开这里，离开他们。也那，五鸟和札多，离开他们，离开这里。大俘虏房说："无论血儿怎样，无论她是跌下了雪山，还是被骆驼商队拐走了劫持了，都离开这里。"离开他们。离开这里。离开他们。离开秋矮子，离开秋妹，离开大熊，离开抱窝的母鸡，离开跳蚤，离开蛙，离开火孩儿，离开他们。只有马羊，你回来，马羊，你回来，回到我身边。把我周围最后的青色树枝对着月亮烧完。你是我家乡的姑娘，你始终像妹妹，像妻子，像未婚妻，像你自己的泪水一样爱着我。小马羊，只有你和我懂得田野和树，只有你始终留在流浪和朝圣的路上，只有你始终没有背叛我。你要去朝圣，你要跟我走，你要去流浪，你或者和我守在这个肮脏的村庄。为我在地窖中生取温暖的火，为我点起这蓝色的火。你要用你劈柴的声音打断那些遥远的像在天边的不真实的女人对我的折磨。你要用北方的大风剥夺我，侵略我，使我的秋天只有落叶，没有回忆，没有遗失。一些领导秋冬的光光的树干轰散他的鸟兽，让山上孤零零的，没有和尚没有庙。光光的树干孤独地伸向天空。马羊，可是，你不能赶走我心中的血儿。她没有给我带来回忆，她活在我的血液深处。一切的秋天和冬天生起的火对她没有用。她就像那乡间小路上村民担麦用的扁担上的铁尖包头扎在我的眼睛里。那时满天空只有红色的僧侣，那时在我眼里母亲也成了陌生的妇女。

又宽又长的血红色的带子，是雪山那头的一个少女用全部青春织成的。她说着我们不懂的话。她一生都在纺织。在合适的季节，她则登上悬崖，去采摘奇花异草，用来医治人们的疾病。是的，这带子，就是她织成的。如今扎在也那的腰上，划分开那眼泪和生铁的颜色。我发誓，总有一天，我要把这故事讲给你们听。也那在那一天把弓箭，把犁在岩石上摔得粉碎，他在心里骂道，去你妈的！那时也那自由的日子就来到了。那时也那自由了。也那，你对身边的一切怒吼一声，滚开吧。然后你就摇摇晃晃地上路了。然后你就一点预感也没有地上路了。你就在风中像风一样，也那。你觉得自己像一片大沙漠。也那，你向内心深处一看，确实，一滴水也没有了。把弓箭、猎枪和犁在岩石，在那蓝得像水一样的岩石上摔碎。等着吧，也那，不会有人给你送葬的。等着吧，也那，不会有人理解你的。从三尺深的大沙漠下挖出了你的尸骸。一具完整的尸骸躲在摔得稀烂的弓箭中间，也那，你就像是某一次从大树顶端摔到地面的鸟巢中的鸟蛋，而且已经被太阳晒干，也许还被野地的动物舔过。我的自由！我的弓箭！也那这样在心底呐喊着，咒骂着，嚼着满嘴的烟叶，就这样上路了。也那就这样把故乡远远推开。也那就这样上路了。我的弓箭，箭壶里还有十三只箭。十二只赠给了欧亚大陆的十二个大帝国的国王的心脏。还有一只和箭壶和弯弓一起和我的尸骸一起稀烂地躺在这灿烂的自由里。也那这样在心底诅咒着。应该说，也那并没有听见什么召唤。也那就这样茫然而愤怒地上路了。也那上路了。

也那说"这里有人"

也那说"从远方来看我"

也那说"从不同的地方走来"

也那说"在山谷碰头又散开"

也那说"互相告诉一些秘密"

也那说"轰走岩石上的群鸟"

也那说"用力捆紧麦捆"

也那说"这是一束麦子"

也那说"在扛到谷仓前千万不要让她散开"

也那说"赶羊去吃草"

也那说"然后再回来"

也那说"在风吹起时我将指给你方向"

也那说"无风时有满天星斗"

也那说"给世界一个名字"

也那说"从远方来看我"

这就是也那的语录。这就是也那说的。这的确是也那说的。我还曾将这些语录谱成歌谣，那是一些多么美丽的歌，让我们起誓，我们誓守秘密。让我们对火起誓，誓守火的秘密，誓守歌曲的秘密，誓守语录的秘密。往昔的日子里我的肩膀所扛起的一切如今都在岩石中哭泣。

哭泣，哭泣着为我保密。

大风。月亮。月光。仓央嘉措的四行诗。迦丹波利。大雪小雪，回忆着一个陌生的南方少女踏着积雪和月光向我走来。

红色的山峦起伏，伸向远方。

伸展她的两翼。

寂寞无边而来。

血儿，你看，那山坡的颜色，远远看去，和北方冬天晚霞的颜色一样。血儿是无辜的，就像枝条上不经意碰落的花瓣。"血儿，你在哪儿，你在寻找七叶一枝花，还是十字花，那紫红色十字花？"额头很高，头发剪得短短的你，血儿，你在哪儿？你回到自己的故乡了吗？那个带你漫游的北方人是谁？在空寂的山谷，你是独自哭泣，还是在流浪的火堆旁，谁抹去你的泪水？那把用刀子割下的蓬乱的头发，还埋在雪山以下，能看得见雪山，听得见大风和寂静的地方。据说头发是很难腐烂的。这些还编织着红色和绿色花绳的头发，就这样像一只寂寞的鸟的受伤的翅膀埋在地下。那颈上挂着铃儿的血儿呢，那像鸟儿一样的血儿呢？

血儿不注意别人，也不注意自己。她就像一朵云或一缕烟一样漫不经心，充满遗忘，就是这样的。她总是这样的，就是这样的。她也就坦然了。她高兴的是那些消逝在空中的鸟。她不喜欢大象和骆驼。她爱的是那些没有内容马上就要消失的东西。她喜欢风、云和烟。一缕青色的烟对她来说比什么都重要。在遥远的秋天尽头生起的那些青色的烟。有烟的地方才充满了生气。她甚至没有看到烟下面的火。她喜欢的是那些变幻不定的，不可捉摸，不可辨认的类似风吹过来的那种呼吸。她只在这种呼吸拂动的时候存在。她就像一个精灵，而且是这个精灵在大雪封山的火堆旁躲躲闪闪的影子，在遥远的山上，她就像任何远方，遥远得没有内容。但没有人不爱她。就像没有人不热爱远方，尤其是这些流浪艺人。人们可以不热爱父母，不热爱自己，不关心哲学，算术和天文，也可以不管风向，水土和地理。一个人不管是热爱还是鄙视风景，就算是一个被处斩头的人押上了断头台，或者在草原上沙漠上突然发现自己的水全漏光，或者一个人烧掉了自己所有的诗歌把脖子伸进了绳索，但没法不让他想起远方。"远方"这个词会使他一哆嗦。人可以背叛父母、祖宗和自己，可以背叛子孙和爱情，但你不能让他对"远方"有哪怕一丁点像样的反抗，这种事难道还少吗？

　　流浪艺人的生活是艰苦的。经常没有水喝。我常常流鼻血。收集的每一首歌都有我的痛苦掺杂其中。有一次我已走到了疯狂的边缘。骑着那匹马的马头撞碎在悬崖上。我遇见了小俘虏。这是也那和五鸟那位朋友给她取的名字。后来她照顾着我。往一口生铁的大锅内扔进各种野菜。有时用草和花来喂养着我的胃。小俘虏，就在这漫长的草原漂泊的路上我为你写了多少歌啊。直到黎明来临。头顶的星星只剩下几颗在天光里，像是被打尽果实的远远的树，还有最后几个。透明的，发光的。小俘虏。

哭泣。哭泣着为我保密。

血儿那些日子，属于她的头巾的她那微微有些卷曲和发黄的小辫子，那多么好！有多少好日子！那一小根一小根小辫是在春天和秋天的道路上一朝一夕长成的。那明亮的眼睛，只看守过青烟、云朵和我。小狗和鼓属于她的手。道路和雨雪属于她的脚。辫子属于她的头巾。井水和泉水属于她的嘴唇。嘴唇属于她的歌声。云朵和我属于她的眼睛，除了过眼烟云，还有谁能守在她心中。小小的血儿，披着那从南方雪山深处带来的唯一的头巾和鼓，一路把花戴在头上，从故乡（也可能不是故乡）一直向北方走来，向我走来，颈脖上铃儿叮当作响，那不是风儿吹响的。那不是风儿吹响的。我亲眼看见过，小马羊也看见过。如果你们在路上见到了小马羊，就说血儿和我在一起，说我们在等她，就缺她一个。如果你们在湖边淹过的浅草上见到了血儿，就说小马羊已经离开了我，已经住在我的附近，像过去一样，我又孤独一个。有谁，又有谁，在路上会见到这个把头巾披得低低，遮住了眉毛的小姑娘，如果她没有了十七根小辫子，一定又剪短了头发，穿上了男装。这时，我一定是无可挽回了。我一定在什么地方组织了一个秘密的兄弟会。我们在山洞里储存了不少诗篇和粮食。我们没有后代。我说过我会这样的。

我会这样的。坐在地牢里梦想着你，血儿。

远处是一望无际的山峰。近处延亘到山麓的是一些时而旺盛时而贫瘠的青稞田。那个肮脏的破烂小镇子此刻还未望见。那南坡北坡依稀有一些牛羊。像画书上的东方之国的蚕在一片青叶上食。我饿极了。但嚼铁钉的锈滋味再也不能使我免于饥饿。世界上的粮食都存放、霉烂并生长在什么地方？在我饿得五脏六腑都搅动的时候，那一瞬间，我感到天空上写满了文字，写满了饥饿的文字，像只剩下骨头的鸟群在天上飞。我恨不得把石头用手揉软，放在嘴里，舌头上，并放在仿佛长了几百排森森死气逼人的白色獠牙的我的空荡荡的胃中咀嚼。我的肠子像水磨坊主的水磨一样不停地扭转不息。我的肚子像一个空荡荡又破又烂的山间乡村教室发出小学生背书或僧侣念经一样不绝于耳的"咕咕"。我跟跄着走下山。这已是秋天的末尾了。我靠在岩石上。我告别了神秘老人。在这之前有几天我从昏迷中醒来。我醒来，躺在一个神秘老人的帐篷里。老人说，在离这儿很远的地方，他还有一幢石头房子。那是冬天的住所。我佛在出家前也是在不同的季节有不同的房子。雨季有雨季的房子。还有露台和美女。这个王子，然后就剃一个光头，穿上漫游行乞的衣服，出家，正式加入漫游者的队伍了。他没有音乐，只有思想。我在逃亡的过程中，陪伴我的是景色。他的那幢石头房子，是石门建筑的一个附加部分。那个盲目的老猎人在雨季祈祷，裸体睡在石门的第三个阶梯上。而在整个雪季他则狩猎。再凶猛的野兽也要毙命在这双手上。雪季是为了胃。这老人那简陋的帐篷外有一条凶猛的牧羊狗。屋里挂着弓箭。而整个天空就像是帐篷，挂满了闪电这些箭枝。还有太阳的光线。在太阳和风雪都隐去的日子里，在大草原上，我简直被钉在这里，钉在这个不说一句话的神秘老人的帐篷里，一动不动，任群鸟在天上飞，任朝圣的人们含辛茹苦，背着沉重的大锅、盐和酥油，晒干的生肉，把他们的牙齿擦得洁白如雪。锋利的刀子插在怀里，或兽皮靴筒里。这些踏在积雪亘古不化的雪山上的朝圣者，脚上缠着兽皮，磨亮了用鲜肉和骨肉滋养的刀子。从靴筒里一经拔出，立即刺入你的心脏，不差半分，你都没看见那白光一闪。后来我就在祖辈营建的石门边上住下来了。住在一间黑暗低矮的石头房子里。我和祖宗一样，开始了对巨大石门一个重要部分的营建和雕刻。举起了我的锤。但现在我还是满身创伤。逃亡在八月以后的荒芜的山上。我踉跄着走下山，这已是秋天的末尾了。我的伤口有所好转，但仍是紫红，嫩红，黑红相间。我用一把马骨做了些日用的器皿，就踉跄着走下山。黄昏的火烧云的形状兆示着我今夜一定会有酒和粮食。果然，在靠近黄昏落日的地方，一面旗子迎风招展，抖抖索索不停。这是一个十分荒凉的所在。一切都被染成黑夜的色彩。今夜必定黑暗。我把头颅放在那山脚的石头间摩擦了一下。我让全身的骨架松动一下，舒服一下。让骨骼在这种自由中不至于错位。我用那山腰的雪水抹了抹腰部、生殖器和额头。我感到我的肚脐一阵抽搐，一阵一阵抽缩。

我仿佛又听见了母亲在竹林间生产我的呻吟。那时漆黑一片，隐隐有血腥味和痛苦的呻吟。母亲咀嚼着什么食物和花果，我已记不清。我的脑子里纠缠一团，团团地打转。肚子里一阵凉气，直压向小腿肚和脚后跟。那时酒店的灯笼已经亮了。我感到全身的真气流向那盏灯火。我再也走不动了。噗地就倒在离酒店不远的一堆石头上。可能又流出血了。毕竟，酒店里的男人对血腥气味是那样敏感。我多少次在昏迷中这样推理。终于我醒过来，已在酒店角落一张十分肮脏的羊毛垫子上。那与其说是垫子，不如说是一堆被扯乱的十分鲜明的温暖的野兽。我感到羊毛的温暖渐渐变成了羊肉味，十分刺激，像柔软的刀尖又压向胃部。胃部就像着了火的幻象中的天鹅。口吐白沫的我又幻成了疯子头人，口中滔滔不绝。我接过一位有刀子一样眼光的人递过来的液体一饮而尽。酒，啊那是酒。是酒。因为是多么多么空的一只胃，我马上就呕出来了。来一碗玉米糊，账算在我身上。我看见那个刀子眼的家伙不仅是刀子眼，而且脸上横七竖八地刻上了刀疤。我看见他的嘴唇在嚅动。那混浊低沉如寺院佛号的声音一定是从这张脸和这只嘴里吐出。脸和脚不一样。脚是人的真正主人，而脸只是人的傀儡，是脚丫子的影子。我不止一次地这样想，脸，脸这东西，就像丧家犬一样，是长给别人看的。除了自己，谁都是他的主人。笑也是笑给别人看的，哭也是哭给别人看的。除了那些先知和疯子，早就有部落头人打着火把准备好了这家肮脏的小镇。我又踉跄着爬起，像一个真正的光棍，连呕吐的残迹都来不及抹去，就一

517

第三编　太阳七部书　太阳·你是父亲的好女儿

屁股坐到正中央酒桌的唯一主席的位置上。这本是那位刀子眼的座位。他是这里的酒王、司令和主席。可我就根本不管这些。我必须用一坛子一坛子酒把我这条在地牢在荒芜的山上丢失的命捡回来。我知道。这是我的命定之星，酒，每当我大醉或十分饥饿后，呕吐了一地，我又能在这呕吐的滋味中十分地痛饮一次，大醉一次。我的呕吐，恢复和再生功能之胃十分完善，哪怕我全身已十分瘫了。我仍是酒神，大风和火速运行的雨阵雷鸣之神，我更是酗神。我的火红的心又"啪"地断成两截。我连人带椅子飞到地上。我的脑袋中又有火把又有美女。原来是一个满脸卷毛和肉团的家伙将我摔倒在地上。这可是那人的兄弟。我不顾伤口的破裂一下子就火了，好好抄住那家伙的一双铁铸的小脚一把拖将起来。可能我模模糊糊的脑子想着另外一个家伙的脑子该飞出他的颅腔之骨了。我的心里乐开了花。他倒在地上，也出了血。有人慢慢地扶他起来。可能是老板也可能是刀子眼。我十分舒服十分愉快，伤口于是就更加十分痛起来。我从酒店的地下抠了一些带酒味的泥涂抹并狠狠地按在那儿，止住了伤口的叫唤。伤口就像一群善良的羊一样，在这一皮鞭的抽打下，再也不发出"咩咩"的叫唤了。我借力扶起椅子，又端坐在上面，像一位发须全白的长老，僧官，像一位我曾在沙漠梦游的马背上一教之主，在部落称王称霸的另一头颅。我环顾四周，似乎都是我的族人或山洞中的金刚手。心中心更在。铁中铁亦在。我抱起地上的大坛子，咕噜了多少口。

我唱起了山洞中我自己的歌：

紫杀王

铁金王

铃铛响

杀人忙！

　　杀人忙！杀人忙！一举锁链吭呛呛！锁鬼忙！杀人忙！我大笑三声，连饮三口。这只中等坛子在我手中十分技巧地转了数圈。又大笑三声，连饮三口。这样转来转去，喉咙咕噜了数次。终于我的酒精的数学完成了。我一甩手，那坛子像我刚才一样飞起来落地，一直洞穿窗户，在墙外轰然一声，应声而碎。我又高唱拿酒来。我也不顾我身上只有伤口却无分文金银。但我是见酒如命也是见酒不要命！他在我下面坐下，对店主说："再给我端十几坛子最好的来。"几个人又围桌子坐下了。那个仰面摔在地下头颅喷出血的汉子已被抬进隔壁。那是老二，后来刀眼人跟我说。刀眼人让人倒满了酒，并给我倒了一碗酒，溢了些，并向我端起了碗。我仰着脖一饮而尽。他也一饮而尽。其他人也都纷纷倒酒喝酒吆喝着吃着唱着。山头也在微微抖动。众人后来便是狂饮。应该说在此之前我是否大脑出了问题，产生了错误，并丧失了对部分时间的记忆。我模糊记得有人给我端来了一种黑白相间的粮食，和水拌搓，我抓起就吃。一口气吃下了三大碗那种类似玉米糊和炒面的东西。因此肚子就像一团大火和屋底地窖粮仓有了一些垫底的。有了地窖底喝起酒来我当然是很烈的。在众人狂饮中我最狂。全身抖颤像沙漠上披头散发的呓语的神，坐在一面古老又大的鼓上。全身是火药硫磺味，羊臊马尿味，和化为青草野花的阵阵香气。在我的数学体系中，我听到天空终于参加了进来，带着他的金黄星星绿发的星星，或火焰般狂舞的宇宙边缘穗带的星星。我的建筑终于像一艘至高无上的"渡舟"建在世界最高的山头。我给它起名为"绝无仅有的红""红之舟""红色的渡"等等，还有附加的民房，马厩，囚牢，羊圈，猪圈，牛栏，厨房，军队营房，外交驻扎地等等，还有所有飞鸟的灵魂安葬之所。我似乎又回到了深深的地牢。但在地牢中我怎么又突然有了这么多酒肉朋友，把酒盏内的绿色的火向我举起，并吞到自己的肚子里。我极力在我的身上和身旁扶住我的火焰。其实这火焰就和空气一样虚弱。水和种子已流尽，已从我的头颅中飞走了，落在远方的草原上开花结果。我感到在远方的大草原上我的蹄子变成泡沫飞溅的头骨和酒杯。

铁匠！

铁匠！铁匠！

铁匠！铁匠！金刚手在空中变幻了几圈，变幻了数种人兽形象，幻成一个铁匠在我的酒桌旁站起来。先是把几个牛头颅和羊头颅（还没有啃光）和几大盘树枝带青叶都踢到地上。好像抽打了他。一种羊癫痫犯了。向我敬酒。那金刚手变成的铁匠就像一个小型铁匠铺。叮当乱响。又黝黑又结实。一座小铁塔浑身是煤烟和铁屑的味道。原来这铁匠是个聋哑人。越是聋哑就越想诉说什么。咿呀咿咿咕。说个不停。像个未成婚的快乐的异族猎人。因为呕吐浑身是兽粪味。这个金刚手又变成我，滚到了兽圈和地窖里。我设计的"红之舟"里有时充斥着一种史前异兽的臭味和香气。

8

巨大石门的一部分与"红之舟"有明显的继承关系。

巨大石门面对着可爱的羊群般的石头。

俯伏了，地。

那些白花花的整齐如弓如轮轴如星象，布满方向，紧紧钳紧无言天空的白花花的石头。

我用灵魂之手指引它们。不能说这些羊群在我的思想和建筑中十分听话。

它们在夜里变成不能驯服也不可驯服的石头，尖叫着，像一些尖锐的武器。

在废墟的内部，那些石器时代的猎人手中紧握，临死双目紧闭也不松开的，不知哪一种野兽的角。

石头。

石头。石头。

悬空的崖。大弓和栅栏。角，矛，斗，轮轴。血红的轮轴。

白骨一样的轮轴。堆到一块的石头超过了球体的重量。

我们来到了那个唐朝的洞窟。

冰河时代之后，在东方建立了一个唐朝。在那个天气晴朗的日子里，我和血儿骑着马，其他几个人坐着马车来到那个唐朝的洞窟。那洞窟里的彩塑似乎被温暖的火光映红。刚从冰河时代逃离了洪水和冰河的中国人有了第一个像样的家。在家中，中国汉族人民生起了火。火光映红了四壁。出现了温暖的壁画和景象。冰河和战乱以前基本上是荒草和墓地。巨大石头遮住了小村。先秦是墓地和孤零零的对奴隶施加酷刑的首都。然后是战乱。在战乱和称王之前只是一些孤零零的半山坡上涉河而居的用石斧挖出的洞穴，上面盖了些刚刚伐来的松树，还流着芳香的松脂。还盖了些用石刀石斧从壕沟，从那些用来防御虎豹的大沟之外割来的长草，铺做屋顶。这种半似山洞半似房屋的内部是以黏土烧制的陶器，用来打水和盛水。不知有无牲畜。陶器上画满了大地上水和空气和几何的花纹。但这些村子里的人死得很早。终于淹没在草丛中。后来就是多年称王称霸的战争。和平没有了。陶器打碎了。扯下了屋顶上的干草，用青铜埋葬了这些半山坡上周围是红色火焰般黏土的村落。后来是战争。有一人当了全国的帝王，那就是秦始皇。他要把以前的各种思想和思想的学生投进火里和坑里。修了一条城墙，用来防御北方。后来又是战争和饥荒。汉朝建了一个简陋的村庄，有粮食，有石头，有墓地，有马，有人，有枪，还有不少分封到各地的小王。后来又是战争。那是三个人的战争。终于到了唐朝这个家里生起了火，雕刻了巨大的石门上的石像。四周画上了城郭和丰衣足食的景象。没有村庄，到处竖起了城墙和宫殿，制订了刑法。在汉朝出现的地主，大地主和小地主越来越多了。到了宋，就出现了不少商人、小贩和倒爷，还有纸币。不少地主也兼做买卖，开了米行。然后就是一大批强盗好汉在临江的酒楼上饮酒，写反诗，抢生辰纲。这些武士，和尚，浪人，小官僚，刑事犯，这些打鱼的，无业游民，云游道士，开黑店的和军官，这些精通武艺的，脾气暴躁的，性子刚烈的，眼里揉不得沙子的，一点就着的粗鲁汉子，以好汉自居，凭力气吃饭，在酒楼上在江湖上厮混，杀几个贪官污吏，然后抢一些银子，来到酒桌旁坐下，对店小二吩咐：先切五斤好牛肉来，酒只管上，然后跟跄着上山，拳打脚踢。弄死了老虎，把字刺在脸上，烧掉了草料场，上山入伙去了。他们聚在一起大闹了好一阵，直到明朝一些穷困的，辞去小官的不得志的读书人从老百姓中点滴搜集，写成了几部千古奇书。这时，在山顶上，在废墟内部，有谁最先想到要修建第一座钟楼呢？谁又是那第一个铸钟人呢？不断地撞击着，不断地群山四起，不断地刺杀着景色和生灵。可有谁聆听过那一阵阵高悬于平静而结冻的北方之海，那像石头一样滚动的海浪之上北方的钟。那北方的钟声在海浪中，与海浪翻滚的节奏有同一种命令。可有谁聆听北方那半夜的海面上阵阵钟声。面朝北方的钟楼，坐落在巨大废墟的内部，你的建造人是谁呢？那走过海浪踏着海水却来领取的海水。那阴郁的铸钟人。那北方巨大的钟。那不断地回响，不断地聆听自身，不断地撞开世界，不断地召唤过去，回来吧，不断地打击着你的那钟声。铸钟人仍住在石门和废墟之间的一个小石屋。扔下了手中即将熄灭的火把，投入一大堆干燥的渴望点燃的劈柴，白痴只活在这山顶的阵阵钟声里。成了白痴之后，在山顶上，他看着脚下的大雪和羊群，脑子里空空如也。像阳光一样空荡荡温暖，在意识深处自我召唤呼喊自己回答自己进行一场秘密谈话。那大雪中逐渐明亮的羊群和海。那一下子就到达中心的钟。

但是，还是必须从头开始。

我在这个故事里，必须频繁地朝圣，必须不断地起飞，但是，空气总是围绕着我。如果有一只鸟，是北方的，黑色的，天空上的，也吃粮食的，上空的，身体。就不断地起飞。故事必须不断地开始。又一次重新开始。都没有结尾。诗歌来源于它的头一句。

我有一首长诗，是写世界怎样化身为人的。这是我们这个世界的意义的真理。世界和这个内在的我都统一于这个有着外在和内在的人身上。这第一个人，他要说的时候，他总是说，总是说。是的，我要从头开始。那年，那一年我在夏尔巴人的篝火旁，我在攀登喜马拉雅珠穆朗玛的世界登山运动员之中。第二天就要正式从大本营出发了。我第一次听到了这个我和血儿的故事。她穿了件洗得变淡的红色套头衫，就像运动员们在秋天早上跑步时经常穿的那件。她滔滔不绝地说着。我第一次听到了这个我和血儿的故事。

她讲的故事发生在这广大无边的夜草原的北方。在大草原的北方的尽头。我燃起一只火把。我把这只火把交给你。你沉默地近乎残酷地接受了这只火把。你把它高高举起。血儿，你把它高高举起，用来照亮我，用来照亮这个高大的天地之间的手足无措的白痴。你把火把高高举起，照亮我的脸。整个草原像一面黑色旗帜，在风中翻滚。南方的武士翻山越岭，抬着那巨大的华盖和宝座，要接你回家去了。这一夜我连夜扎了多少火把。这天夜里，草原上神秘的兄弟会举行这些年来最大的一次仪式。他们举起火把，一个一个，孤零零地，翻到那巨大的石门上，翻上了那狭窄的天梯的那一段，是那个曾经囚在地牢的发疯的建筑巨匠后来营建和雕刻的。他们一个一个爬上了天梯。天梯上方是一个石头的牢笼。里面笼罩着一个从大草原的北方捉来的一只巨大的狮子。一只双眼已瞎的巨大的狮子。这只母狮子是在为子女捕猎时被捕的。如今囚禁在这个刚能容得下她的石头的牢笼里。她三天三夜吼叫着。今夜是结束的时候了。时候到了。披着黑色斗篷的大草原上神秘的兄弟会会员们举着火把，爬上天梯，把火把投进他头顶上方那石头牢笼。一共扔进了十几只火把。把石门和兄弟会会员的斗篷照映得通红。那巨大的像一位神秘母亲的母狮子没有发出任何声音，伏在烈火中，烈火化成了跳舞的人形。草原尽头神圣母狮一声不响，任烈火笼罩，她像黑夜的女王又像黑夜自身，伏在烈火中，轻盈。天梯上大火熊熊。我在地牢里，感觉到头顶的果园、宫殿和我建造的一系列高耸入云的神秘的"红之舟"。

石门带有它们的痕迹。我在地窖中，把一张张羊皮和一块块牛粪饼或一根根劈柴扔向火中。我站在血儿面前，任火把高举到我的头颅前方，热烈的泪水在脸上变得寒冷。那些草原神秘的兄弟们把火把投进石头牢笼里母狮子的身体上。我在地牢，地窖，山顶洞，海边或大气吹拂的草原睁大我的双眼看着这个黑夜中唯一的狮子被那些火把烧成灰烬。被兄弟们的火把烧成灰烬。

9

这压迫大草原的流浪艺人的鼓声！

从这边望去，对面的山上只剩下了些折断的石头柱子，像一些惨遭天空刑罚的断肢残体。石头已经停止生长，永远地就这样残缺下去了。雨终于停了。血儿所喜爱的烟，青色的炊烟，或者是白色的烟，从那些已经定居下来的，在大草原边缘进行收割的人们，那些原先是游荡牧人的后代们所生的烟，用火烧在干牛粪上，这些烟升起来了。这些烟毕竟升起来了。有一些牛群已从山谷涌上山脊。不用眼睛我也能感到一道巨大的彩虹横跨天空。不用说，血儿又让泪水挂在她的脸上了。又想起山坡上那些羊群，在哪儿躲避雨雪呢？晚上，我让老板烧了些热水，用干牛粪生火在屋子里。房子里黑乎乎的。没有点灯。只有火光，照亮了我的裸体。我，将衣服扔在地上，坐在大木桶里。我像是脱下了因为某位藏在山间魔法师的诅咒法术而变成的某种动物的躯壳。鳞甲变成了光滑的皮肤。蹄子变成了脚。爪子回到了手。我只感到一颗人类的心在人类的肉体中跳动，那么新鲜那么雅嫩。血儿在隔壁。作为隔墙的木板只有半人高，也在用水沐浴. 过了一会儿，血儿穿了一身又宽又大的男装，头发上插了一把用兽骨制成的梳子，那梳子为什么用了那么久还是那么白，我不明白。她的头发还滴着水。

　　她默默走过来，从堆在地上的干牛粪堆中拿起两个圆圆的牛粪饼加入火中，又用铁钩子拨弄几下，火一下子旺起来。我坐在大桶中，尽量不弄出水响。我像是坐在海底，看着一个人类女儿的影子从海面上向我移来。血儿还是像天空上飘过来的云彩一样不说话。这是一朵远方的云，飘过了家乡火光的上方。我刚从海底归来，分不清家乡和远方。我没有回忆没有思想。过了一会儿，血儿又开始唱歌。那是歌唱泉水和一根用来担柴和盐和茶叶的扁担，和那被砍下的水边的桑树。我在这歌声里听到在故乡的水畔，一棵桑树和一排桑树像一位女儿苏醒了。她问，是谁把我叫醒了？血儿一定是在海中降生的，这我完全相信。血儿应该是在一只独木舟或一只木船船舱里降生的，或者是在海边柔和沙丘中降生人世的。一出母腹，就闻到了苦涩的大海的气味。海边的鸟仍然在空中飞行。但血儿降生了，像一位遥远的客人，云和闪电，钻进了海浪，这次从海浪中露出小脑袋。海浪把她推到人间。她降生时只听见海浪翻滚和鸥鸟长鸣。那里没有历史。没有渔村。一个男人和两姐妹。她是姐妹当中哪一个生下的呢？这故事又是谁讲给我听的呢?

血儿跳起种种名为"闪电""雨"等等这些没有开始没有结束只有高潮贯穿的舞蹈。不用任何乐器伴奏,只要是大风、大雨、大雪就能召唤这种舞蹈,配合这种舞蹈。五鸟的鼓能给"雨之舞""闪电之舞"戴上一种类似高山的顶子上石头滚动的节奏。我用内心看到和听见的我完全无法复述。

这舞蹈是带来献给谁的呢?沙漠部落和草原上的强盗把她养到十年以前。难道真是那些强壮的凶狠的用力量和残忍生活的人,把这种近乎抢掠和流浪的节奏,给了她的童年?她跳起闪电和雨水之舞,但为什么又叫"闪电"?为什么她在分别时要跳一种我从未见过的,她也从未跳过的"海浪"之舞?这已是多久以前的事?在高大的废墟内部,有一间秘密的用舞蹈来祈祷的场所。必须由一对双胞胎姐妹俩来跳。一为光明之舞,一为黑暗之舞。孪生姐妹的整个舞蹈都是由这种秘密教义规定的。在这个秘密场所的周围,四面都是宽广的大厅,这就是神秘合唱队所在地。现在也已残破。但石头柱子即使折断了也仍然很神秘地立着。上面雕着陷入狂乱的声音之神,歌唱之神。这些人头或兽头一个接一个地铺在这断残的石头上。他们只是头颅铺在一起,都没有身子。而且这些人头或兽头的眼睛是紧紧闭着的。像一些虚假的门扇,外面雕满了门扇的形状,里面垒满了石头。其实是此路不通。神秘合唱队的外在眼睛总是视而不见,仅仅是一种符号,像一种生硬的形式。他们这些人兽的眼睛都是没有内容的。内容向上,向一种更秘密的场所汇集。从那里歌声传来。歌唱之神和声音之神秘密地俯向下方，向着胸部，喉部，嘴部，发出了类似雷霆，大风，雨雪的声音。其中还有雨雪漫天飘落，海浪推动陆地。

这些合唱队的后裔们肯定还遗留在这又破烂又肮脏的小镇上。他们在山上放牧或在山谷间收割庄稼时会发出一种神秘的和声。人们说，翻过山梁在草原上都能听到。他们家中陈旧的柜子里有一些古代的羊皮，上面抄满了神秘的文字和歌声。但是，这一切，和血儿又有什么关系！和血儿用舞蹈召唤和安慰的精灵和大风大雨又有什么关系！和血儿用她的歌声来复仇又有什么关系！血儿第一次爆发出了她自己的歌声。两山退向后方，已成为废墟的城市像一把大斧没了斧柄，锈迹斑斑，躺倒在大草原边缘这个山谷和半山上。山坡上又有闪电又有牛羊又有雨雪。我几乎已经感到了幸福的来临。我感到了幸福的来临。在这个小镇上我们几乎安顿下来。

马车辗过我的夜色和曙光。和血儿在一起的日子是多么幸福而短暂。那映过草原两旁早霞和晚霞的车辙，老马和小马。我们简陋的行李和几张兽皮，还有我继承我那死去多年的父亲，那游牧部落唯一首领，他留给我的一个十分美丽的灯台，上面镶满了宝石，像一棵乐园的树，甚至像就像乐园自身。它映照过多少次血儿那美丽的脸。它比血儿自己更知道血儿的美丽。我在我的歌声中流逝的那些夜晚都同血儿一起流逝。血儿曾经骑过的那匹小马也许已葬骨在某个青翠的山谷中，那里也许有一个叫卓玛的小姑娘在放羊，挥动着她黝黑的胳膊和小小的羊鞭，不去抽羊，而抽打着小路两旁的青草和野花。她也许会在雨雪中唱歌，在大风中跳舞，而当闪电来临时，会躲到草棚里一声不响。她是多么不像我的血儿，虽然她的面容，她的姿态，舞蹈和隐约从远方传来的歌声，和血儿的依稀相似。但她太不是血儿了。这个燃烧着我心窝的血儿。还在雪山的部落间流浪、跳舞、歌唱吗？流浪的马车又上路了。我们又看见了两边飘忽的云影。我的心脏收缩。我的耳朵轰鸣。这个世界又开始漂泊。天地又被绑在马车的轮轴上。夜，像黑色的鸟，黑色深渊，填满了我的头颅。

夜已来临。

泉水周围的山坡隐藏了他和她的飞鸟。

夜来临。

天空收起了自己的舞蹈。

飞马也飞回了天堂的马厩。

我们的车轴和轮辐在夜色中显得十分孤单。

我们的马在夜色中更像它自己的影子。

夜，迅速来临。

在冬日的浪游的山上，思想，和一场大雪竟然会如此相似。在那个末日之前，在那次灾难之前，当我对你讲起大草原的时候。大草原和北方的海，冰河组成了兄弟姐妹。大草原深不见底。大草原漫无边际。以前，在山上，在那个大雪封山的日子里，在札多逃出了山口以后，我和你，我的血儿，我，觉得我已经得了雪盲症。我的眼瞎了。黑暗把光明和火焰囚禁在这两块岩石似的地方，那就是我的眼睛。

大雪封山。

我们又一次在那里遇见了那位猎人。

西北风刺入骨髓。

我们又一次在大本营遇见了："德尔干达西风旺"这位猎人。

和他的猎狗"堆火上天"。

大雪封山。

大本营成了冰雪世界。

早上起来，狼的足迹一直通往更深的山里。

后来连野兽的足迹也没有了。

血儿在这石头房子里像个精灵含着指头。身披着卖艺的衣服。还在裸露的脖子上挂着少年女巫时留下的几种骨制品。这个少女精灵衣服肮脏不堪。我们简直像是生活在一个地窖里。我常常怀疑自己已经盲目了。有那么一会儿我竟然视而不见一切。一瞬间我什么也看不见了。我不知道这是不是幻觉。在一个百年未遇的暴风雪中，在大雪封山的时候，是很容易盲目的。雪盲。我会像一个卖唱的老瞎子拉着琴唱着歌翻着白眼。世界对于我来说时时在悬崖上，在悬崖上更高的悬崖和下面更深的谷底。有时，世界是一个没有深度的二维世界。甚至整个世界只剩下一条直线。只有在最后，只剩下一个点，倾听的点，在深渊和悬崖上空飘荡。

如今我终于来到这里。

雪盲像一道光明照亮了高山的顶部。

如今我终于来到这里，伴着血儿，在大雪封山的日子里。如今，在这地窖一样的石头建筑内部，我们点着兽油，讲着死亡与恐怖的故事，为血儿编成一段舞蹈。取名为"石头内部的夜"或"石头内部的舞神"。石门，固定，坚强，像我们的骨骼和中心。但舞蹈是不能表达这巨大的石门，用流浪也不能表达这石门的坚定，永恒，它那超出人性的废墟般的品质。

血儿，你后来为我唱歌，你从此弃绝了舞蹈。全都怪我这双瞎眼睛。我们走过山口了吗？我们走到春天的村头了吗？有人递给我们粮食和奶茶吗？灾难之后，这世界还有别的什么吗？血儿，告诉我，告诉我已经忘了的一切。我再也想不起来的一切化成歌声。一个披着斗篷的人正在他的诗歌中用仇恨歌唱着你与我。血儿，在那个冬天，破冰船开来了。好几把冰斧在前面挥舞。那些人穿着野兽的皮在前面破冰开河。或许你早就已经觉得一个完全新鲜的陌生的类似女人的东西在你身上在你的内部长成了。一个稻草人在田野上跳舞，戴着农夫戴了好几代的破草帽。稻草在身上已由黑变黄。

在我的面前冰河蔓延着，像一个古老的誓言守着她自己的秘密。你的故乡在喜马拉雅的南面，在那个半岛上，靠近蓝色的海洋，印度洋上的风迎面吹来。血儿，在这个告别的时刻，我愿它给你再讲两个故事。我要给你讲一个在地窖中披斗篷的逃亡者的故事。我要给你讲一个草原母亲的故事。你初次感受到自己在内部成长为一个女人。血儿，是分手的时候了，我从那温暖的无风带漂流的没有淡水的船上，我从僧侣、武士和火刑堆上，我从印度，从那面临印度洋的盛着麦子和棉花，思想深刻而混乱复杂的热带花园和隐修树林，我从喜马拉雅山的南方把你带过了喜马拉雅。我在你身上倾注了我所爱的一切，倾注了我所有的爱情与灵感，我把你当成南方和南方大海的一声召唤，我把你当成理想的女伴。小小的女孩，如今你已长成人，要离我而去了，去吧，我的印度洋的少女，雪山的女儿，你几番在我梦中出现，变成了不同的模样。在我的这个故事，这本寂寞而痛苦的书中，你是唯一值得活下去的。你乘着这第一阵大雪，或第一阵春风，或第一片落叶，去吧，从我的呓语和文字中走出，在印度洋的和风下，长成一个真正女儿的身体。你具有一种异国他乡的容貌。你的美丽不是那种家乡的美丽而是那种远方的美丽，带着某种秘密，又隐藏了某种秘密。我流浪和歌唱中的女孩如今已经长成了一个女郎。她带着我的愿望，我赠予的名字和我的思想，带着对北方的荒凉的回忆，回到了印度洋的大船上。

我第一次见到血儿也是在一座山上。血儿当时正要被人当成小女巫来处死。我与也那，五鸟，还有札多是在前一天深夜来到那座山间小镇的。正是听说那里要处死一个小女巫，我们便匆匆赶往那里，多少也带着些看热闹的心理。我们赶着我们的马车就出发了。是在深夜到的。这一点我在今天还历历在目。这个披着头发的小巫女第一眼就给我留下了很深的印象。她就像闪电那样明亮，那样美丽。这种美丽带着一种突然的命定的色彩。人们的心理对这美丽没有得到任何事前的提示，没有任何开始的期待，正因为如此，人们对闪电和血儿的美丽感到致命和绝望。就连饱经患难，心理上面临死亡的我也免不了有一种巨大的震撼和波澜。一群僧侣蒙着面，只露出两只眼睛。如果距离不近，你会无法分辨那些眼睛是年老还是年轻。还有几个武士打扮的人，骑在马上，身披铠甲，头戴金属的头盔。我当时就知道。血儿必定是属于我的。她不会属于死神。她不会死亡。就像我必定活不多久一样。血儿非常平静地骑在马上，手被反绑在身后，眼睛明亮而闪烁着光辉。我一阵热血上涌。那些披着黑袍的僧侣像一群山梁上的老鸟簇拥着她。她全身雪白，头发披散着，但被两个僧侣剪短了，像一个英俊的男孩。那是两棵非常高大的树。在草原地带非常罕见。这两棵高大的枫树给游戏的儿童提供枫球。还有枫叶，红色的。映在雪地里。那是一个非常寒冷的冬天。风从大草原或者大草原的北方吹来。我们披着大斗篷。像四个来自神秘王国的使者。我们的名字，我，也那，五鸟和札多。我们站在路口中。看着冬天明亮的月光照亮雪地。一群僧侣簇拥着美丽的小女巫，无比沉默地，走向她的死亡。她被剪短的头发也感到北风吹拂。她轻轻地，像自语般地说："我想喝一口水。"围观的人群中有一人端着一只盛有热水的木碗递上来，还冒着热气，但她拒绝了。她这样说："给我泉水。"再也没有人理她。僧侣和死神仍簇拥她前进。我跨上马，飞奔向远处的树林，马飞快地踢着冰雪，我到了，在这儿，我昨夜就已知道，有一道不冻的泉水。我灌满了一羊皮袋子，又飞身上马，飞奔回来。已经有奇怪的音乐响了，死亡临近了。我看见她跌下马来，用嘴唇吮着用嘴唇吃着地上的雪，我一把冲上前去，把羊皮口袋递给她。僧侣们满怀敌意地看着我这个陌生人。她抬起头来，用鼻子闻着那羊皮口袋中的水，轻声说："对，这正是那不冻泉的泉水。"泪水滴落在羊皮口袋上，一滴一滴，打湿了本来就被冰雪、泉水和汗水浸湿的羊皮袋子。你对一个没落的世界还有什么要求呢？除了救出其中应该救出的部分。我感到在我灵魂的黑夜里出现了一线曙光。这就是我和血儿的第一次见面，后来血儿就跟着我们走了。这是一个冬天的夜晚。血儿后来就断断续续地告诉我她这十几年来的经历，可能是海边两姐妹所生，又在强盗窝中度过了艰难的童年时代；十年以后又在女巫家中和老巫女及其他几个同样被老巫女收养的几个巫女姐妹一块练习那种舞蹈，咒语和唱歌。然后又跟着我们几个流浪艺人踏上了没有故乡没有归宿的流浪漂泊的生涯。她在痛苦、闪电和流浪中学习到的东西是那些在幸福家庭和故乡长大的女孩子无法体会到的。她如此美丽，就像树林把自己举到山冈和自己的头顶上，把自己从树根和岩石举到树梢和云。一切少女都会被生活和生活中的民族举上自己的头顶，成为自己的生活和民族的象征。世界历史上的最后结局是一位少女。海伦和玛利亚。这就是人类生活的象征，血儿，她就像闪电那样把自己照亮，转瞬即逝，又像烟一样变幻、弥漫。那白色的从山梁上升起的烟和歌声，那遥远的路，一样属于流浪的人群和流落道路两旁暂时安顿和居住的部落和村镇。我必须说，十六岁的时候，那时候，父亲这个老部落首领还在人世，有一段时间，我天天看着那些抄着各种字母的羊皮子，那个石垒的冬天才居住的屋子里就是这股子羊皮子味。我连续看了两三年，十六岁的有一天，大概是黄昏，也许是夜晚，我突然发现了一种关于"超越"的真理。那一天我获得了极大的喜悦。以后，在我人生的旅程中，有那么几次类似这次的狂喜袭击了我。我那时竟会处于神魂颠倒的状态，口中念念有词，逢人便要述说我的思想。那思想就像道路两旁红色的鲜血般的花朵。烈火就要冲出地面。我是多么珍惜那些羊皮子和字母给我带来的狂喜和高烧。如今，在部落高大教堂的后面，在高大教堂的石头废墟和书卷废墟的后面，在那些高山的山巅，在暮色中，在埋葬尸骨的山上，山顶之上，在用"光明之火"的名义垒起来的露天尸骨的上下四方左右的石头围子上，仍然保持着那些狂喜。我们把马车停了下来，观看这些栖息或飞起的雪白的鸟，这些高飞的精神，它们竟然也有自己的繁殖习惯和繁殖地，多愿这些飞起来的飞走了就一去不再回头。它们的确不是这样的。它们以这绿宝石颜色的湖水中游动的另外的肉体为食物，一个猛子扎到水里，用喙叼起它们。在这里，很快，连这马车也成了飞鸟暂时的栖息之地。血儿张开双臂，两只小胳膊微微向上升起。然后模仿飞鸟的姿势旋转起来。她怎能从地上飞起？血儿在地上跳跃，扑打着双臂，终于惊散了四周雪白的鸟儿。

太阳·弑

（三幕三十场）

1988

（非情节剧，程式和祭祀歌舞剧，为几支童谣而写，为一个皇帝和一场革命而写，为两个浪子而写）

人物　巴比伦王

　　　宝剑

　　　吉卜赛

　　　青草

　　　红

　　　猛兽

　　　十二反王

　　　疯子头人

　　　女巫

　　　老女奴

　　　两只小鸟、两匹马、两车夫

　　　四位抬棺人

　　　小瞎子、稻草人、无名人

　　　魔

　　　大司祭

　　　老人和小女孩

　　　造剑师和几柄剑

公主的众影子

众兵器幻象

众流浪儿

众纵火者

饮酒诗人和酒鬼

众兵

众回声

廷臣若干

收尸的农奴们

（以上角色，演员可重复表演）

（演员的行为动作和言语特征带有恍惚、错乱和幻象特征。不应太注重情节）

（背景是太阳神庙——红色、血腥、粗糙——是大沙漠中一个废墟）

（音乐用鼓、锣、钹、佛号、喇叭、鸟鸣、雷鸣和人声）

（基调是红色）

序幕

第一场

（疯子头人，二小鸟）

疯：你好，小鸟，你们今天起得格外早啊，是有什么喜事，还是有什么祸事，请告诉我，告诉我这疯子老头。从沙漠搬到这有着两条滔滔大河的国家，搬到巴比伦，这古老而没落的国家，我还没有听到一件真正有意思的事，今天你们小姐妹俩起得格外早，一定有什么话要对我说，一定有什么惊人的消息要告诉我，是不是啊，小姐妹？这几年在巴比伦的旷野上我们同甘共苦，我为你们俩捡树枝和碎小的石子，为你们垒窝，那可是一个温暖的小窝啊，你们俩从西边大沙漠中逃出来，从那个瞎子老头严酷的管教下逃出来，从那个瞎子先知那个沙窝窝的家中逃出来，第一次有了这样像样的巢，你们当时就许下了心愿，你们当时就答应我，要利用先知赋予你们姐妹俩的本领，好好报答我，要把这整个巴比伦王国的一切即将发生的大事告诉我，把大事提前告诉我，把一切吉和凶的预兆告诉我这疯子老头。我在这两条大河畔，在这荒芜的旷野上，已经生活了几千年，我曾是这两条大河畔百姓的祖先和头人，我已经十分衰老了，我衰老得忘记了自己的姓名和年月，我只知道太阳每天早上升起，又在每天黄昏落下，我只看见春天来了，南风来了，红花绿叶铺满我所在的旷野，结了果实，接着就是秋天和寒冷的冬天。我曾目睹巴比伦的多少兴衰，就像巴比伦河水的涨落，我看见多少王国的兴盛和衰亡，有游牧的骑马的王朝，有种地浇灌的农业王国，还有多少英雄多少诗人多少故事我都见过，如今我是老了，但我的心仍然渴望一次变化，渴望一次挣扎、流血和牺牲，只有流血在这没落而古老的土地上，也在我这没落而古老的老人心上才是新鲜的。告诉我吧，告诉我，亲爱的小姐妹，是不是那永远年轻的神魔又给这没落的巴比伦河带来了血腥而新鲜的风，是不是这永远年轻的神魔又来到巴比伦，披散他的长发，赤着他的双脚，行走在这没落的河水之上，是不是，又在巴比伦黑暗的午夜，圆睁着他邪恶而又新鲜的双眼。

（于是，两个头戴鸟类面具的演员开始在舞台上做击剑决斗的舞蹈，仿佛向疯子头人做一种预兆。用鼓、喇叭与佛号）

（一开始舞台全黑。

暗中一片寂静。持续的时间较长。

有一束光。打在一个舞剑者身上。

一个疯狂舞剑的人做红色打扮。

没有声音。五分钟或十分钟。舞台又沉入黑暗。另有一束光打在另一个舞剑者身上。一身黑色。舞台又沉入黑暗，继而两束光照着这舞台上两剑客。两柄剑移向对方。两束光变成一束大光。他们是在拼命、决斗。舞台又沉入黑暗。空中隐约传来兵器相交声。可同时从空中、从舞台、观众席背后传出。杀气腾腾然后剑声停歇。沉闷的鼓声、撕人心脏的佛号、喇叭呜咽。血红的光，照见，两个倒地的人。这时候，疯子头人在舞台上再次出现。舞台背景可用滔滔的巴比伦河）

疯：大约在几千年前

在几千年前的东方。

有一个巴比伦王国。

里面发生了这样一个故事。

是关于几个年轻的诗人

一个公主和一个老巴比伦王。

现在就开始讲这个故事。

第二场

（女巫的岩石。中间有一堆火。远处空中传来海浪的声音。岩石红色。后壁上挂满了兵器。女巫坐在一辆小型战车上，身边有一纺车）

（猛兽、吉卜赛、青草、女巫）

猛兽：大娘，我们来了。我们要干一件惊天动地的大事。我们向你讨教来了。大娘，全巴比伦都知道你是未卜先知的巫女，是全巴比伦都引以自豪的人中神仙，我们今天来到你的岩石上，来到你的洞中，是为了请求你的指点。我们想要知道我们行动的时间，和最合适的地点。给我们一些劝告、一些线索吧，大娘。

女巫：这事情必定成就在一个人身上。你们不可集体行动。你们必须分开。你们必须一个人一个人地干。这样才会有希望。这人他还没有来到你们中间。如果很多年前的另一件事已经发生，如果该降生的婴儿已经降生，如果有一个人回到了自己的祖国。这事情必定成就，我手中的纺车、纺轮和纺线，这一纺锤，以及这一魔法都告诉我，这次你们所要询问的事，必定成功。这次是关于巴比伦王的生死。既然你们找到了我，我一定说出一切真实。我曾经多年生活在沙漠深处。在一万里沙漠中守着一口井、几面破锅、一堆火、几株棕榈。当然不是这海边的棕榈。我当时宁愿孤独。直到最近，我才从西部大沙漠移居到这东方大河的河畔、东方之海的海岸，在这个幽静的海湾中，在这个幽静的海水浸润的岩洞，我是有所为而来的，我不是白白从西方移到东方，从沙漠移往海岸——我知道东方大巴比伦即将发生变故。

我的纺车在拼命地转。事情在成就

囚禁在东方最深的牢狱里

你们是我的孩子也是她的孩子

我愿意向你们讲述我的魔法所看到的

我的纺车我的魔法心明眼亮

孩子们，诗人们

我搬到海岸上这个潮湿的岩洞里

就为了等候你们

从今日起三兄弟已不复存在

你们要分开，你们都是孤独的

要珍惜自己的孤独。

三人：再见，女巫。再见，大娘。

第一幕

第三场

（疯子头人，宝剑）

疯：你从哪里来？陌生的客人，你为何如此忧伤而疲倦？你身上
为何有这许多远行的尘土？你那目光表明你漂洋过海，不远
万里来到这个国家，这又是为了什么？

剑：老人，我从一个遥远的地方来，为了寻找一个人，不，也许
是两个人，也许，我还到另一个更为遥远的远方去，没有人
问过我，即使问过我，也从来没有人得到过回答。

疯：孩子，可你来到这条大河边，来到这个古老而没落的国家，
孩子——你要知道，来的时间错了，而且你的的确确是来错
了地方。躲开这个地方，躲开这个时间吧，孩子，听从一个
老得不知道自己年纪的老人的劝告，也许，在别的地方，你
能完全忘了这忧伤，你能克服你的痛苦，也许，在别的地方，
你能找到你的亲人和你的幸福。孩子，要知道，在今天的巴
比伦，无论你要寻找的是谁，无论你要寻找的是亲人或者是
仇人，你找到的都是痛苦。听我的话吧，孩子，离开这条大
河，离开这个国家，离开这个时间。你既然是从远方来，为

什么不回到远方去呢？

剑：有人告诉我，我要寻找的人很可能就在这个国家，就在这条
大河边，喝着这条大河的河水，在这条大河中沐浴。我要寻
找的人很可能就在巴比伦。还有人告诉我，不，是暗示过我，
我就是出生在这个国家，出生在这条大河畔。我和我所要寻
找的人，都曾在这条大河畔出生。我的胞衣依然埋在这条大
河的河岸上，一只用这里的黏土和河水制造的陶罐装着我的
胎衣，就埋在这里的河岸上，也许早已变做泥土了。找到的
是痛苦还是幸福，我并不是十分关心，只要找到了我要寻找
的人。

疯：孩子，愿你愿望实现。

剑：（独白）我终于回到了我的家园，我的祖国。为了寻找我心爱
的妻子——也许她已经生了吧，啊，孩子，你是儿还是女——
我终于回到了我的家乡。我看到的一切和我想象的和梦中的景
色完全一样。这样的大河，这样的四季，这样的长满粮食的田
野，这样的房屋和人们，我都在我最美的梦中梦过。我和我的
爱人，不是在这样的地方出生还能在什么地方出生呢？这样的
故乡的风啊！吹在故乡的大河上！让我忘却了这两条劳累和
疲惫的腿。我觉得我肯定会在这儿找到我的妻子，还有我从未
见面的孩子。

第四场

（青草，宝剑，吉卜赛）

青草：草原还那样吧？

宝剑：还那样。

吉卜赛：沙漠还那样吧？

宝剑：一点没变。

青草：给我们说说吧。

宝剑：一直是那个样子。柔和的沙丘。落日。干涸的井。开满碎小野花的草原。黄的，紫红的，甚至还有不少白的，如果你采来一大抱，闻一闻，大多是朴素而没有香味。

（停顿了好长时间，三人回忆草原和沙漠）

青草：再讲讲吧。

宝剑：没有了。

青草：没有了？

宝剑：没有了。

（又停顿了好长时间）

宝剑：哦，对了，还有，还有那些变幻不定的风，推着云朵，吹在脸上的风。草原上的风，跟平原上不一样。直接的，完全的风，只有在沙漠上才有那样粗暴。

青草：对，风。

宝剑：自由的风。

青草:（近乎呓语）自由的风。

宝剑: 随意飘浮的风。

青草: 随意飘浮的风。

宝剑: 任意变幻。

青草: 任意变幻。

宝剑: 空荡荡的。

青草: 空荡荡的。

宝剑: 风。

青草: 风。

青草:（突然地）家里的人好吧？

宝剑: 好，一切都好。

吉卜赛: 妈妈呢？

宝剑: 还好。只是更老了。走不动远路了。你走了。青草又走了。

　　哭了好多回。总是偷偷地哭。从来不让我们看见。

　　（又是很长时间的沉默。三人低头）

第五场

（红、宝剑、众影子）

（红——公主，已经疯了，打扮成一个斯拉夫或新疆的少女
挤奶员，头上有一块花头巾，身上系着白围裙。朴素而美丽。又
有某种悲惨的气氛）

（用鼓，配合公主的说话）

剑：这些日子你上哪儿去了？找得我好苦啊。

红：我哪儿也没去。我待在我女儿的家里。她前些日子刚生下我。她累了。我也累了。我们都在家里休息。我待在我女儿家里。她生下我来，又坐在那里，不，是躺在那里慢慢长大。我不想长大，就再没有长大。我待在我女儿的家里。

剑：（旁白）真的。真想不到这竟然是真的。真想不到巴比伦百姓们传说的，大街小巷都在议论的事是真的。我该怎么办？我应该把她从这种状态下救出，还是和她一起沉入疯狂。我就是抱住她，她也不会认出我是谁，我真的快疯了。

剑：（对红）看看我是谁，看看我是谁，看看我是谁，还认得我是谁吗？

红：你是沙漠来的人。你是从大沙漠上来的人。你是从大沙漠来到巴比伦的一位先生。看你的样子，不像是商人，也不像是学生，也不像是军人。那么，你那么疲惫，那么忧伤，你也许是一个在大沙漠上牵骆驼找水的人。你找到你的水井了吗？你到巴比伦来干什么。这儿巴比伦城全是全套自动化现代化的自来水设备和管道。有洗菜的水，有饮用的水，有洗马的水，有洗婴儿的水，有灌顶的水，有淋浴的水。这些水都是从地下暗河中抽出来的，已分不清是雨水，还是雪水。在这儿看不见寒冷而灿烂的雪山。没有大雪封山时人类心底的暖意。没有雪在沙漠飘落的壮观景色。你到巴比伦来干什么。这儿没有一口水井。我想不起来我是在哪儿见过那些棕榈树下的美丽的井。也许是在大沙漠上。你真是从大沙漠来的吗？

剑：是的。巴比伦的公主。

红：我不是公主。我是公主的影子。你看（用手向前向后向四周指引）你看她走到哪儿我就走到哪儿。她在前面走，我就在后面跟着。她在左边站着行走，我就在右边的地上躺着行走。我恨死她了。我是身不由己（舞台上沉闷的鼓声响起）。我不是公主，我是公主的影子。她走到哪儿我就跟到哪儿。我是身不由己。我是她的证人。我是她的沉睡的证人。你看见。我们影子总爱在地上躺着睡着，不管那儿是小溪，是山冈，是草坡，是挤满牛的栅栏，我们可以没有身体地睡在那儿。风，天上静静地吹过的风，从四方地上静静吹起的风，是我们淡淡的血液。是我们淡淡的绿颜色的血液。但是在秋天的时候，我们田野里影子们的血液也会变成红色或黄色。那要看那儿是一片片什么样的树林。我们是影子。我们是树林里和草坡上的影子。我们是一些酷似灵魂的影子。在主人沉睡的时候，万物的影子都出来自由地飘荡。风，把我们送到四面八方。风把我们送到我们这些影子的内心十分向往的地方。但我们不会在一个地方待得太久。我们都有自己的主人。沙漠上来的客人，你想见见我的那些美丽的姐妹们吧。我知道，你一定是想见见她们。因为她们是那么纯洁而美丽，又善良。从不伤害别人。姐妹们，让风把你吹送到我这里吧。有一位沙漠上来的客人十分想见见你们。

（舞台灯暗。十个左右与红一样装束但颜色各不相同的影子走出。就像烛火一样在风吹下飘动。这里有一段影子的舞蹈。《女儿公主影子云舞》时间较长，美丽而悲惨。红和宝剑隐去）

第一支歌：山楂树

落满火焰的山楂树
今夜我不会遇见你
今夜我遇见了世上的一切
但我不会遇见你，流血的山楂树

不知风起何处，又将吹往何方
连村庄也睡意沉沉
我是传说中那公主的影子
但是我孤单一人，流血的山楂树

我并未爱过
也不曾许诺
在公主的镜中筑起坟墓
一棵流血的山楂树

第二支歌：石头（男声）

在你沉默的时候我却要滔滔不绝

我就是石头，我无法从石头上跳下

我没有一条道路可以从石头上走下

我就是石头，我无法打开我自己

我没有一扇门通向石头的外面

我就是石头，我就是我自己的孤独

第三支歌：千年（男声）

在这一千年我只热爱我自己

在这一千年我只热爱亲人和你

在我这一千年在这一千年在这一千年

我也曾拼着性命抬着棺材进行斗争

我也曾装疯卖傻一路乞讨做一个疯狂的先知

我也曾流尽泪水屈辱地活着做一个好人

我也偷抢也杀人我的自由是两手空空

我所憎恨的生活我日日在过

我留下的只有苦难和悔恨

我热爱的生命离我千年，火种埋入灰烬

在这一千年我只热爱我自己的痛苦

在这一千年我只热爱亲人和你

我所在的地方空无一人

那里水土全失　寸草不生

大地是空空的坟场

死去的全是好人

天空像倒塌的殿堂

支撑天空的是我弯曲的脊梁

我把天空还给天空

死亡是一种幸福

（众影子散去）

红：我很可能是中国的公主的影子，但我不是生活在巴比伦。也好像不是生活在中国。我好像生活在纽约。或者是在罗马。对，是在纽约。那么，你呢？你是王子吗？你是沙漠上的王子还是巴比伦的王子？对了，你是一个牵骆驼的王子。

剑：不，我不是王子。我不是沙漠上的王子，也不是巴比伦的王子。也许。可能。对，我是一个牵骆驼的王子。我漫游世界，是想找到我唯一的亲人。不，也许是两个，还有一个是女儿。

红：难道你也是你女儿生下的？

剑：我是母亲所生。但我从未见过母亲。我从未见过我的亲生父母。是沙漠的母亲把我抚养大的。沙漠上那位无名的国王也对我很好。我是在沙漠上长大的。我不是女儿生的。

红：你也许会认得我的女儿的。你们也许是熟人。很熟的熟人。是亲人。很可能是亲人。你为什么不承认呢。你，沙漠上来的牵骆驼的王子，也许跟我一样，是和我一起，是女儿生下的，牵骆驼的王子？

我不是公主。我是公主的影子。我的姐妹们刚才你都看见了。在太阳出来的时候，我们就睡去了，就在睡着了还要跟着主人东跑西跑。只有在夜里，在黑漆漆的子夜，在主人沉睡之时我们才随风而来随风而去，唱歌跳舞过上一些自由的时光。我不是公主。我是公主的影子。我的公主也不是巴比伦的公主，不是巴比伦王的女儿。我是我女儿的影子。我是公主是女儿的女儿。是纽约的公主，是耶路撒冷的公主。是阿拉伯的公主。是波斯的公主。是印度的公主。是埃及的公主。是希腊的公主。是非洲的公主。是亚洲的公主。是欧罗巴的公主。是美丽的公主。是沙漠的公主。是吉卜赛的公主。是爱斯基摩的公主。是澳大利亚的公主。是岛屿的公主。是春天的公主。是大雪的公主。是风的公主。是鸟的公主。是红色印第安的公主。是毛利的公主。甚至我是中国的公主。

红：（向台下高喊）

车夫！

车夫！

上来！

（两位老车夫上场）

红：（对宝剑介绍）这是我的两位车夫。

一个叫老子。

一个叫孔子。

一个叫乌鸦。

一个叫喜鹊。

在家里叫乌鸦。

在家外叫老子。

在家外叫孔子。

在家里叫喜鹊。

他们是我的两位车夫！

他们在道路上

在东方的道路上

在太阳经过的道路上

为我——一位疯公主

拼命拉车子。

我知道我已疯狂。

老子！

乌鸦！

快叫唤一声！

给沙漠上的王子听一听！

（那老人哇哇呜呜叫了一阵）

孔子！

喜鹊！

快叫唤一声！

给沙漠上的王子听听！

（那另一老人哇哇呜呜也叫了一阵）

沙漠上的王子！

你听见了吗！我看见你头骨向两边长出了两枝花！

一点也不谦虚，

一点也不鲜红，

在那儿偷听，

我这两位车夫，

老子和孔子的对话，

乌鸦和喜鹊的对话。

沙漠上的王子，

你倒是说一说，

那到底是花，

还是犄角？

剑：是耳朵。

他听见了使他心碎的一切。

红：难道你的心碎了吗？

　　心碎了是什么样子？

　　像栀子花，

　　还是像梅花？

　　难道你的心碎了吗？

　　你的几根肋骨下面

　　难道冒出香气了吗？

剑：没有什么香气

　　只是在流血。

红：还是流血好。

　　血的香气更重更浓。

　　在栀子花的日子里梅花开放。

　　一样的芳香。

　　一样的幸福。

　　这究竟是谁的时光？

　　在巴比伦的日子中沙漠无边。

　　一样的白天。

　　一样的黑夜。

　　一样的流血。

　　一样的疯狂。

　　这究竟是谁的地点？

　　这究竟是谁？

这、究、竟、是、谁？

这究竟是谁？

现在坐在我坐的车上。

剑： 你一点都想不起来了吗？

你就是红。你就是你自己啊！

红： 背后传来歌声。

背后美丽无比。

鸟儿的话。鸟儿说。

我的什么我不说。

你的什么我不说。

你的话我不说。

我的话我不说。

你说什么我不说。

你想什么我不说。

你做什么我不说。

你有什么我不说。

你是什么我不说。

第六场

（疯子头人，鸟）

疯： 一半是黑暗的时间。当时在大海边。海浪翻滚。在悬崖尽头沙滩尽头我们相遇。我与他相遇了。也许他并没有看见我。但是我看见他了。大概是两三年后，我又零星看了这位暴君的一些诗。这是一个黑暗的人写的。这是一个空虚之手暴君之手写下的。但是里面有一个梦。大同梦。正如同他即使宰了骨肉兄弟十二人，得罪全天下的老百姓，也要建造一座巨大无比的太阳神宫殿。如果说他在世纪面前还有一个证人的话，那个证人就是我。如果对他在巴比伦的罪行还有一个人辩护的话，那个辩护人就是我。我当时坐在沙漠的边缘，对这场大梦，对这场大同之梦，感到一种内在的寒冷。这些年我一直在研究天空的数学。那里有爆炸，但没有屠杀；有物质和光，但没有尸体。那里有最短的轨道……我看过一本真正的书。我记得里面的几句话。其中有一句是：圆形内最长的直线是直径。多么简单。多么明确。这是数学，而不是魔法和咒语。可是，看了他的那些诗，我感到一种内在的寒冷。因为这位沉浸于大地的魔法的最深和最黑暗的巴比伦王，那些咒语式的诗行中竟会有一两句是描述天空的数学，是描述飞行的。你知道，飞行是天空的数学的根本问题。后来那一次，我翻开我的天体物理之书。预感到这个黑暗而空虚的王有可能会乘坐这道上的车。终于在我的宝剑上染上了猩红的血。终于在这一柄锋利的宝剑上染上了猩红的血。宝剑宝剑。听说，巴比伦王要举行一次全国性的诗歌竞赛，以人头为代价。我是计算天空上轨道和星辰的人。我的父亲也是用一辈子计算星空。那是几千年前。天空。几千年过去了。我不光计算黄道，还要计算黄道对赤道的影响。我用天空来做大地的预言，大地的秘密已经囤积太多。此刻我只想天空的数学，它们的感应和生命的过程。我只想这许多的星辰，它们从哪儿来，又往何方去，活了多长。这许多的星辰怎样生活。这天空的数学可能是一首诗。天空的舞蹈。我甚至已经预见了他们的结局。他们镇定心神，走向自己的牺牲。吉卜赛和青草是牺牲。红是牺牲。十二反王是牺牲。巴比伦王和宝剑则是毁灭。好兄弟终究要分手。在一场伟大的行动中，好兄弟终究会有分手的那一天。必须一个人孤独地行动，必须以一个人的孤独来面临所有人类的孤独。以一个人的盲目来面临所有人类的盲目。

第七场

（酒馆。巨大的酒柜。黑红相间。音乐亲切、抒情，或，断断续续的海鸥叫声）

（青草、吉卜赛、猛兽）

青草: 我们俩没有按女巫的话去做。

吉卜赛: 我们不可能一个一个地单独干。

青草: 因为我们俩是不可分的。

吉卜赛: 我们是孪生兄弟。

青草: 亲密的，

吉卜赛：双胞胎。

青草：亲密得就像

吉卜赛：一个人。

青草：我们血液流动的速度都一样。

吉卜赛：我们是两个身子一颗心。

青草：两颗头颅一个念头。

吉卜赛：两个人只有一条命。

青草：我们曾在沙漠上并肩漫游，

吉卜赛：我们在夜里背靠背互相用身子取暖，

青草：还写下了许多漂泊的谣曲，

吉卜赛：那是多么美好的日子！

青草：只有草原，

吉卜赛：和这里不一样；

青草：还有白云，

吉卜赛：还有变换的营地，

青草：夜晚的火，

吉卜赛：马和骆驼，

青草：还有姑娘，

吉卜赛：黝黑而健康，

青草：乳房丰满，

吉卜赛：弯腰的时候能从脖子上偷偷看一眼，

青草：啊，故乡的姑娘，

吉卜赛：仍然在流浪，

青草：仍然在流浪的道路上歌唱。

吉卜赛：我们为她们写了多少歌啊，

青草：想数也数不清。

吉卜赛：唱一点吧，

青草：对，唱一点。

两人合唱

远方除了遥远一无所有

更远的地方更加孤独　更加自由

我是天空上飞过的

天空黑下来，让我来到草原

我想打搅你。

又想让你安静。

我把你当姐妹。

又当心上人。

你是那样熟悉。

又是那样陌生。

谁也无能为力

为什么雷声隆隆?

为什么无处躲避?

就是双手捧住

也不知是雨是泪

还顺着手指流下

该发生的没有发生。

该来临的没有来临。

一切梦已做尽。

想做的梦却没有成。

这几天我像是生活在梦中

伸出双手

双手在拒绝　又在乞求

又在沉默　又在声明

又有火种又有灰烬

我就这样在远方生活

我从黎明就倾听——

一直到另一个黎明也没有对你关门

吉卜赛: 再唱一支短的吧。

青草: 好。

两人合唱

八月的日子就要来到
我的镰刀斜插在腰上
我抱起了庄稼的尸体
许多闪光的豹头在稻草秆上……

青草：再唱一首写给最后的草原的吧。
吉卜赛：这一首叫《草原之夜》。

草原之夜

那是一片冬季的草场
草长得不高，但很兴旺
我的头颅就埋在这里
搂抱着夜色中的山冈

山冈上这些草长得和去年一样
似乎没有经历死亡
短暂的夏天，美好的草原
是两场暴风雪争夺中喘息的新娘

今年的暴风雪会来得更凶猛

暴风雪，五十年未遇

我的头颅变得比岩石还要寒冷

似乎在预感到天空许给草原的末日

草原的末日也就是我的末日

所有的牛羊都被抛弃，都逃不过死亡

只有一个跛男孩跑到草原尽头

抱住马脖子失声痛哭

那时候天已大亮

太阳落满天空　更为荒芜

只有一个跛男孩

抱住马脖子失声痛哭

他就是我的儿子，他已成为孤儿

他的母亲已成为草原的寡妇，这个女人将会顺从命运

我那远嫁他方的小妹妹

会在收割青稞时为我痛哭一场

别的牧人去了夏天的草场

他们和妹妹或新娘生活在一起

这都是热爱生活的年轻人，青稞酒在草原之夜流淌

他们都不能理解我此刻的悲痛

青草：这些歌写得很不错。

吉卜赛：词也好，

青草：调子也好。

吉卜赛：可我们俩为何跑到巴比伦？

青草：我也不知道。大概因为这是父母的故乡。

吉卜赛：可我们也没有在这儿出生，

青草：我们出生在远方。

吉卜赛：我们到这儿来是为了……

青草：唱谣曲的也要杀人。

吉卜赛：杀一个暴君。

青草：两个牵骆驼的孪生兄弟，

吉卜赛：两个沙漠部落的歌手，

青草：来到巴比伦，

吉卜赛：杀一个暴君。

青草：为了沙漠部落，

吉卜赛：为了远方，

青草：为了草原，

吉卜赛：为了大河，

青草：为了百姓，

吉卜赛：为了内心的憎恨，

青草：为了庄稼，

吉卜赛：也为了巴比伦。

青草：两个牵骆驼的，

吉卜赛：唱谣曲的，

青草：要杀一个暴君。

吉卜赛：咱们，

青草：兄弟俩，

吉卜赛：活要活在一块，

青草：死也死在一块，

吉卜赛：有个依靠，

青草：有种依恋。

（门被猛烈撞开。猛兽冲进来。这一段在猛兽回忆十三反王时，三人都戴红色面具坐在角落）

（三人无言地围着小酒柜喝酒）

猛兽：我给你们讲讲十三反王的事情吧

二人：好。

（回忆）

（十三反王，刽子手）

魔王：我是十三反王中最大的反王，我是被押上刑场的十三反王中最大的反王。我是魔王。弟兄们都爱喊我的绰号。我的绰号叫"老羊皮"。

天王：我是第二位反王。我是天王。在另一个时间在另一个地点。我是天王洪秀全。

地王：我是第三位反王。我是地王。我的绰号叫"一条山一条河"。

雷王：我是第四位反王。我是雷王。兄弟们又叫我"打铁匠"。

血王：我是第五位反王。我是血王。兄弟们和敌人，还有百姓都爱叫我"刽子手"。但决不是这位刽子手。（用手指指身后押送他们十三反王的刽子手）

黑铁之王：我是第六位反王。我是黑铁之王。兄弟们爱叫我"岩石的儿子"和"枪手"。

酒王：我是第七位反王。我是酒王。

乞丐王：我是第九位反王。我是乞丐王。我的外号叫"一大帮"或"花子王"。

霸王：我是第十位反王。我是霸王。在别的时间，在另外一个地点我是霸王项羽。

闯王：我是第十一位反王。我是闯王。在另外一个时间另外一个地点我是闯王李自成。

吉卜赛王：我是第十二位反王。我是吉卜赛王。我被兄弟们称为"歌手"。

无名的国王：我是最小的反王。我是第十三位反王。我是无名的国王。我的外号非常非常多。我头一个外号叫"断头台"。我的传说在十三反王中是最多的，一时半会儿说不清。以后有机会再说吧。我的外号可以捡几个主要的来说说。我叫河南王，又叫河北王。我叫山东王，又叫山西王。我叫旧石器，又叫新石器。最主要的一个传说就是我是不会死的。但今天我总算被押上了刑场，押上了断头台。谁知道，这里也许不是我呢？我也许不是无名的国王呢？我也许不是我呢？

魔王： 我们是十三反王，天不怕，地不怕。在数十年之中，我们过的是刀尖上舔血的日子。我们终于推翻了一个非常古老的统治了几千年的老王朝。我们终于夺得了天下。我们是十三反王，天不怕，地不怕，我们终于夺得了天下。我们推举我们之中的老八，也就是我们之中的第八个反王，第八个兄弟，第八个头领来当新的国王。我们以河流来为我们这个新的王朝命名。我们就把我们新的王国取名为巴比伦。老八就当上了巴比伦王。他不顾我们十二个兄弟和天下百姓的劝告，为了扬名万世，要修造一座从来没有人敢建造的巨大的宫殿。那就是太阳神宫殿和太阳神神庙。使得民不聊生。

（舞台后景显示一座十分宏伟壮丽的宫殿神庙群）

神庙终于造成了，宫殿也造成了。巴比伦的百姓死了将近一半，国库也空了。我们兄弟十二人只好重新起来造反。我们兄弟十二人只好重新取用自己以前给自己的封号。魔王。天王。地王。雷王。血王。黑铁之王。酒王。乞丐王。霸王。闯王。吉卜赛王。无名的国王。我们兄弟十二人只好重新起来造反。

我们兄弟十二人只好重新成为十二反王。又过上快乐、冒险、自由和鲜血的日子。但我们终于失败了。我们全都被巴比伦王抓起来。该死的巴比伦王，该死的老八，我诅咒你，你的大哥诅咒你。兄弟们，今天是最高的日子，今天是断头的日子，今天是上断头台的日子，今天是受刑的日子，为了表明反王的意志，为了表示高兴，为了庆祝，让我们唱起"十三反王"歌吧。

（歌唱时有流浪儿合唱队上来伴唱）

十三反王打进京
你有份，我有份
十三反王掠进城
你高兴，我高兴

十三反王骑快马
你也怕，我也怕
十三反王回到家
你的家，我的家

十三反王不要命
你的命，我的命
十三反王一身金
山头金，海底金

十三反王进了京

不要金，只要命

人头杯子人血酒

白骨佩戴响叮叮

猛兽： 要知道。我们都是反王的儿子。

二人： 我们在沙漠上就知道了。

猛兽： 兄弟，你们聊吧。我下去练一会儿靶子。

　　（猛兽奔下。两兄弟恐怖而沉默地盯着他。然后又恐怖而沉默地互相对视着。像是被什么魔法镇住。都不敢说话。也没有动作。舞台声音必须中止。这时台下传来一声很闷的枪响）

两人： 他终于干了。虽然他干掉的是自己。可他还是一条好汉子。

　　硬汉子。铁汉子。

青草： 我要为他写一首诗。

吉卜赛： 我也要为我的兄弟写一首诗。

青草： 你的题目？

吉卜赛： 你的题目？

两人： （异口同声）弑。弑君。杀人。这一次不是羊皮纸上的诗也不是口中歌唱的诗。而是干活。手中的诗。兵器的诗。

　　弑！！弑君！！！

幕间过场一场

第八场

（此场为两幕之间过场）

（幻象。两个头戴面具的人蹿过舞台）

绿马：我是身在其外的马。

红马：我是身在其中的马。

绿马：我是绿枝青叶的马。

红马：我是烈火焚烧的马。

绿马：我是生育之马。

红马：我是死亡之马。

绿马：我很快就要衰老。

红马：我很快就要从火焰和灰烬中再生。

绿马：我是生命之马。

红马：我是超越生命之马。

绿马：我甩开四蹄，飞上舞台。

红马：我飞开四蹄，一直跃入生命。

绿马：我多像春天，多像生命，多像万物之灵。

红马：我多像国王，多像世界，多像太阳中心。

绿马：我不会超出我的季节我就会腐烂。

红马：我早已就在我的生命中心开始燃烧。

绿马：我开花。

红马：我流血。

绿马：我结果。

红马：我杀人。

绿马：我开始在大地上繁衍。

红马，你听我唱一支歌：

在月光下，

在荒凉的高原，

在山顶，

繁殖，该是多么幸福的一件事！

红马：我的图腾不是你的图腾。

你的禁忌不是我的禁忌。

我从黎明开始飞翔。到黄昏还在飞翔。到第二个黎明还在飞翔。到第二个黄昏也还在飞翔。心在飞翔。头颅在飞翔。四肢在飞翔。一切都在燃烧，绿马，绿色的马，你难道没有看见吗？一个人扑向另一个人，他是要屠杀还是要拥抱？他是要屠杀吗？不是。他是要拥抱吗？更不是。绝对不是要屠杀和拥抱，而是要燃烧。那么，就容许我把你的歌词改一两个字，

让我再唱一遍给你听

在太阳下，

在荒凉的人类，

做国王，

燃烧，该是多么幸福的一件事！

第二幕

说明：这是巴比伦诗歌竞赛

①舞台四周有许多穿着红色盔甲的兵——小剧场则布满剧场周围——注视着，拿着古代兵器——舞台上总有兵押着五花大绑的年轻人上场，或在剧场走动，默默穿过舞台、下场。

②所有人物都被蒙上眼睛。

③有一种幻觉、错乱、恍惚，类似宗教大法会的气氛。

第九场

（一条大河的渡口，背景阴森幽暗巨浪滔天。魔，巴比伦王，众幻象，抬棺人）

王：我为何来到这幽魂横渡的荒凉的渡口

是在什么时间，是在哪一个世纪

我感到：是谁，是什么东西曾指引着我

这种指引又为了什么？

这是谁，他为什么又突然脱离了我

脱离了我。像铁脱离了一把斧子

他离开了我。我又变成了个生病老人

孤独坐在一堆寒冷的石头堆砌的王座上。

他是谁？没有了他王座又有什么用

魔：是我，魔。魔王魔鬼恶魔的魔

万物之中所隐藏的含而不露的力量

万物咒语的主人和丈夫

众魔的父亲和丈夫。众巫官的首领

我以恶抗恶，以暴力反对暴力

以理想反对理想，以爱抗爱。

我来临，伴随着诸种杀伐的声音，兵器相交

王：在这个阴暗的死亡的渡口

我自身的魔已经消失

却出现了这许多熟悉的幽灵

这么多死去的同志们，同志们，你们好！

矛！盾！戟！弓箭，枪，斧，锤，镰刀！

（众兵器上台，众兵器以人物的形式上台，伴随着咒语和合唱队。他们是矛、盾，弓箭，剑，枪，斧……犁则作为一个众兵器的附属者和侍从出现）

（可演一段或两段小故事：矛和盾的故事。射十日的故事。其他人暂时隐去）

众兵器：我们又一次冲出了武器库

我们又一次漫天飞舞

插上同伴和对手的肋骨

我们要把命革掉！人类的鲜血

擦去我们身上的灰尘

蒙受了时间和厌倦的和平

魔：召唤众兵器，跳起了兵器之舞

我在这一瞬间离开了你

我又回到了我自己的山顶

手舞着斧子在石头上革命

这就是在死亡渡口出现的革命和景色。

仗是山上打，人在病中死

或死于毒药或死于兵器

但最终会在死亡渡口齐集

（众兵器之舞）

第十场

（无名人，舞台寂静，舞台幽暗。正中有一辆战车。四个轮子。中央可以坐人。演员茫然地站在那里，戴上了面具。外面还扎上了红布条。面具用中国殷商时代的钺——兵器——是粗笨的人形。

朗诵要尽可能缓慢）

钺形无名人：我败了。败得真惨。我是首领。我有一股无穷的杀
气。但我败了。败得真惨。我一点预感都没有。我既没有成
功的预感。也没有失败的预感。可这辆空空荡荡的战车使我
脑子凝固。变成了月球上寒冷的岩石。我的血液变成了北
极的冰块。我当时才感觉到什么是真正的恐惧。和内心的寒
冷。但我在内心却感到无比幸福。虽然我败了。但我在内心
却感到无比幸福。从南方到北方，全国都在进行热火朝天的
诗歌大竞赛。我是一位年轻的诗人。我是一件古代的兵器。
我叫钺。我的诗歌竞赛的对手就是这辆坦克，这辆战车，这
堆什么也不是的十分现代化的钢铁。我的真正的对手呢？那
位举世闻名的诗人——坦克和战车设计人呢？甚至我用望远
镜亲眼目睹了他上这辆战车。我也变成了现在这个样子（指
指自己脸上的面具）。我当时只有一个念头。参加这场全国
诗歌大竞赛。打败他。可是你们看。战车中空空荡荡的。连
一个人影。连一根人毛。连一个鬼影子也没有。既然我不能
战胜和杀死他。我就要战胜和杀死这空白。坦克中的空白。
战车中的空白。我在这战车或坦克周围拼命写了许多诗，搞
了许多声音。但我还是掩盖不住这空白。但是，什么也没
有。没有人在等我。没有人与我进行诗歌竞赛。只有一片空
白。在无情地嘲弄我。这辆战车这堆钢铁中的空白在无情地
嘲弄我。我连刺死自己的理由和杀死别人的理由都没有找

海子诗文选

到。这条路是从南方到北方。这条路是巴比伦青年诗人诗歌大竞赛。但是我们伟大的皇帝，我们伟大的巴比伦王，却把空白和空虚——无穷的滚滚的道路上的空白和空虚——战车、钢铁和坦克中的空白和空虚赐予了我。我怎样完成这件事。我只剩下绝望的诗歌。

第十一场

（背景中，一些年轻人拿着长矛，有的拿着书在舞台上追上追下，都用红布条蒙上眼睛。老女奴是一个盲目的老女人，被小瞎子牵上舞台，用黑布条蒙上眼睛）

小瞎子：（面朝观众）

我是小瞎子，我是老瞎子生下的小瞎子

我的触须和眼睛在火焰中焦黑了，灰烬了

我的眼睛在光明的中心彻底黑起来

我是盲目的老诗人生下的小瞎子

众人让我来参加巴比伦诗歌大竞赛

我就来了。我用已瞎的双眼来看

这巴比伦的屋顶越看越像棺材

我带上帐篷　足够的食物和水

带上我小瞎子已瞎的双眼

我牵上骆驼　驮我双目失明的老母亲

独自一人走上沙漠，寻找我那梦中稻草人

风吹雨打中金黄又褪色

的稻草人。稻！草！人！

人们让我来参加诗歌大竞赛

都说这儿有棕榈、大沙漠

还有骆驼和稻草人，我就来了

我就牵着我的瞎母亲来了

（小瞎子把老女奴牵到舞台中央，一架类似王座的大椅子上
坐下）

（有数人举着火把，加入那些举着长矛和书的年轻人队伍冲
上冲下。其中有一人用火把点燃了一座火堆。小瞎子看着这景象，
突然双膝向老女奴跪下）

小瞎子：妈妈，我双膝跪下

向着你，生身之母

盲目的乳房和火把

妈妈，你何日来到这柴房中

你生下我后经受了多少磨难多少苦

你在这柴房中身为女奴

劈柴做饭干了多少年

多少哺乳多少星光

多少饥饿多少欺凌

柴房生涯又是怎样漫长

这二十多年小瞎子的生长

就是五千年的重量

（稻草人上场，也是蒙眼）

（朗诵时舞台可根据诗另有哑剧情节）

稻草人：我是稻草人

我为人们看护粮食，我站在田野中

我是老女奴的另一个儿子

刚才小瞎子念的诗歌使我非常感动

我从河南的麦田中央

飞到这巴比伦诗歌竞赛的舞台

我给大家念一念我写的诗歌

我是稻草人

我记得我的故乡，我记得那个小镇

周围百里还有三个小村

山头只有松树

杨树和槐树

五月槐花盛开花香满镇

一到荒年

人们就用一个长竹竿

绑上一个铁钩子

把高处的槐花弄下来

放到地上的大篮子或小筐子

回去当成粮食吃

人类在饥饿时

不仅吃过槐花

还吃过草根

还吃过牛粪

不仅吃过牛粪

还吃过人肉

大人肉娃娃肉

吃过死人的肉

我是巴比伦的稻草人

几千年站在田野中

一年四季站在田野中

我是一首饥饿的诗

我为人类看护粮食

我是一首饥饿的诗

我为人类看护粮食

第十二场

（流浪儿

可用成年演员戴上大头娃娃面具扮演）

（一大一小两个女孩出场，唱或哼着）

摘棉花谣

小河流水哗啦啦

我和姐姐摘棉花

姐姐摘了一筐半

我才只摘一朵花

（重复一遍或多遍）

（以下是童谣《看守瓜田谣》——几个小流浪儿的游戏。一个小女孩坐在中间——蹲下，其他小儿坐在周围，有一儿从远处而来，这个流浪儿让人一看就是巴比伦王）

众儿问：干什么的？

王：走大路的。

众儿：大路有水。

王：走小路。

众儿：小路有鬼，

王：走刺窝里。

众儿：刺窝有刺，

王：走瓜田里。

众儿：瓜田有瓜，

王：那我就摘一瓜，

　　　抱了就走。

　　　（王牵"瓜"手，众儿追他下，又追上）

流浪儿：（合唱）

　　　老怪物，上了场

　　　没有枪的也有了枪

　　　老怪物，上了场

　　　不是王的做了王

　　　老怪物，上了场

　　　我们一起上战场

　　　老怪物，上了场

　　　兴风作浪的不是浪

　　　老怪物，上了场

　　　挖了洞，种了粮

　　　老怪物，上了场

　　　众流浪儿有爷娘

第十三场

（众纵火者举火把上，点燃一些火堆，朗诵或唱，冲下）

白色的火焰

我告诉你

我祈求你

我双膝跪在泥里

我两眼红肿

我是火焰

我没有出路

我没有锁链

我一身通红

我没有粮食

我没有家园

我不当强盗

我不识文字

我没有历史

也没有心肝

白色的火焰，我告诉你，祈求你

我不能歌唱我没有棕榈

没有铁锅没有草原没有三块岩石

没有大理石没有葡萄园

我不能哭泣没有鸽子没有山楂

我只有你，白色的火红的你

我没有死亡我没有生命我空无一人

我没有伴侣没有仇恨也没有交谈

我头也大了脚也肿了身子也垮了胃也坏了

牙齿也掉了头发也落了我没有脑袋

纵火犯一大帮，纵火犯好快活

我的头颅埋在暗无天日的地牢

我的手足斩断在刑台左右

我的内脏活在高飞的猛禽的内脏

我的躯体漂浮在死亡之河沉下又浮起

我的心抛出早已供奉太阳

我没有形体没有真理没有定律

我没有伤疤没有财富

我没有盘缠没有路程

没有车轮滚滚没有大刀长矛

我没有回忆也没有仇恨

我甚至没有心情

白色的火焰，我告诉你，祈求你，双膝跪下

我两眼红肿，我只有你

你快在山坡上烧起

快在宫殿和诗歌上烧起

这是诗歌竞赛场上我的一首诗，一首诗！

第十四场

（音乐只用喇叭。呜咽之声。一饮酒诗人醉态踉跄，冲过舞台，高喊）

我再也不想当诗人啦！

我再也不当诗人啦！

我不是诗人啦！我是烈士啦！

我永垂不朽啦！

万岁，我再不当诗人！

万岁，我再不是诗人！

万岁！非诗人万岁万万岁！万岁！

（一个人抱着大酒桶在舞台上狂饮，然后像受伤的狼一样，

披散着毛发对着背景的沙漠狂吼嚎叫。叫嚷的词同上，重复一遍）

（几个酒鬼手挽手醉态万状上。朗诵）

山上有水

水中有鬼

此鬼叫酒鬼

山东有酒王

山西有酒狂

河南有酒仙

河北有酒山

全世界都有酒鬼

随着年龄的增长

酒就是兄弟

酒借人说话

酒为人说话

他自己要说出

他必然要说的

他要吃的

他必然吃

　　　　就是酒吃人

　　　　你也没办法

先让酒吃一遍血肉

再让法律吃一遍骨头

再让火吃一遍

再让鬼吃一遍

我已是纯粹的粮食

粮食，

已认不出自己

饥饿的腹部

第十五场

（有一个兵拿着大斧子站在身后，一直站在身后。舞台在整个一场中每隔一会儿就有另一个兵押着五花大绑的年轻人上场、默默地穿过舞台，下场）

（舞台上一点声音也没有。在上场下场时有一些隐约而激烈的鼓声）

第十六场

（大沙漠巴比伦河）

（戴着大司祭面具扮成大司祭的巴比伦王）

大司祭: 今天的黄昏格外惨烈。我看见巨大的、浑圆的、燃烧的落日把巴比伦河水染得血红。大海的海鸥开始了尖厉凄惨的叫唤。在大地王国的边缘。更为尖厉凄惨的叫声是夜晚之枭不祥的啼鸣。在大地王国的中央,在痛苦的山上,我觉得那不祥的啼鸣发自王座和王冠。

巴比伦王在这个日子中要择定一个接班人。在这一大群年轻人,在这一大群热血沸腾的诗人中,择定一位巴比伦王自己王位的继承人。还有那顶戴上国王颅骨的王冠——她曾骑在多少国王的颅骨上,又目睹这些颅骨愤怒或幸福、残暴或英明地生活过,并一一在一个不能预知的时刻死于非命。于是那些颅骨似乎是兴高采烈地被兵器——被另一只手碰一下,颅骨自己兴高采烈地跳到地上,再也回不到原来的地方,再也回不到原来的脖子上。我这年高德劭的大司祭曾经几次目睹这条河流上这些王国的兴衰。早在十三反王起事之前的几个朝代,我就经常看着王位的更替,继承王位时的激烈行动。血腥的日子一到来,那巴比伦河水就会被落日映照得血红。似乎一个断头台放在了巴比伦河上——那血流成这条巴比伦河,又像是一个伟大女人的生产。这个日子的河水血红,把这个日子和千万个别的日子分开。变故已经来临。事变已经来到。我甚至还记得以前的朝代几个先王的名字和事迹。先王举办祭典、选择牺牲。有的王用处女,有的王用纯洁青年,更有的残暴的王用一对童男童女作为献祭,作为牺牲,有时王也用海豚、牦牛或骆驼作为牺牲。但当今伟大的巴比伦王一改往日。他要实现一个梦想，他要在年轻的热血沸腾的诗人中，选择牺牲品同时选择接班人。成功的被立为王子，失败的就要人头落地。牺牲者的头颅头盖骨也将供奉在太阳神庙中，作为人民朝拜的永久神器。

（以下叙述时将以转换的太阳神庙的布景配合）

太阳神庙是在朝东的一块圣地上建造起来的。整个神庙是由平坦而巨大的石板砌成。当初，巴比伦王为了修建这座神庙，花费了全国一半的劳力。他们费尽血汗，用巨大的石板砌成庙宇的围墙和正门。有多少举世闻名惊天地泣鬼神的天才巨匠和建筑师的尸骨就砌在这些巨大石头的墙和门中。建造神庙过程中，他们用精心修凿的直角石块彼此衔接，结合得相当紧密而不用任何黏合物质，以至它们之间的缝隙连一把巴比伦最薄最锋利的刀都插不进去。

太阳神庙还有一个很优美的祭台。大殿的四周墙壁上下全部是金子。所以这座神庙又名叫"黄金宫殿"。在正墙上绘有太阳神偶像。他全身黄金，周围环绕火焰。他面朝东方，接受着初升的太阳光芒的直接照射，就放出万丈金光。大殿中央放着一个华丽的御椅，远远地放在中心。举行典礼时，巴比伦王就坐在这上面。巴比伦王知道自己年纪已老，尚无接班人。那位唯一的王子自小就失踪。这些年少有消息。有的说他去了沙漠死在沙漠上了。近日有所传闻。民间的小道消息很多。山坡上种了许多消息树。风吹草动，但又有所平息。所以巴比伦王横下一条心，决定在青年诗人中选定王子，让他来继承王位。以诗歌大竞赛来选择王子和接班人，这是历史上少有的行动。这是少有的慷慨也是少有的残酷。像这位巴比伦王其他的行动一样，充满了着魔的东西。充满了火焰和灰烬的品质。充满了力量与魅惑。这就是大地的魔法。

这就是大地的魔法。地母的咒语。大地母亲啊，等会儿我用最纯洁的年轻人的血——那年轻的诗人之血，献给你。

在这个日子里只剩下两个年轻人，诗人。

在全巴比伦境内，各部族各地方最优秀的诗人举行全巴比伦诗歌大竞赛后，只剩下两个年轻的诗人。

一个是青草。一个是吉卜赛。这两人名字很好。他们的诗歌更好。诗中也都有王者之声。他们的面貌英俊，彼此酷似，简直像一对孪生兄弟。

但是，伟大的巴比伦王让他俩今日在此王宫大厅里举行他们最后的诗歌竞赛。其他的诗人，像那些诗人，已上场的无名人、小瞎子、稻草人、流浪儿、纵火犯、酒鬼等等早已退场，或赴刑死去了。

伟大的巴比伦王让他俩今日在此王宫大厅里举行他们最后的诗歌竞赛，也就是要进行巴比伦王自己的选择。因为他在旁边要静静观看这一竞赛，让长老们秘密投票，然后由他决定，那被决定为王子的必须充当一次刽子手！杀死那被充当今日祭典中牺牲的一人！这个时刻令人不寒而栗，因为被选择作为牺牲的，总是头生子、最美丽的处女、最优秀的青年和最纯洁的儿童。我既然曾经献身于大地之母的魔法，我就必须进行到底。我现在是神魔附体。我是这儿的大司祭。我这条命已完全着了魔。甚至渴望那恐怖的事情早一点发生，好让我早一点目睹，早一点体会到恐怖。巴比伦王干了好多恐怖的事情，但从没有今日干的事情这样恐怖。

用牺牲供奉一个日子

坐在这大神庙的台阶上

多少人头铺垫而成

我坐在大沙漠上一个断头台

是多少人血流了干净

我是苍老而空虚的剑。这就是

寂寞的剑，在绝望孤独的日子

时刻说的话：我要宰人

我要让鲜血从大沙漠上经过而流过、流光

太阳大神你知道

让兄弟俩在我面前互相残杀

让一个人踏着另一个的头颅走向王座

用理想和诗这心中之剑互相屠杀

老巴比伦王啊，你这一招是想绝了。真是空前绝后。算得上巴比伦王国史上的一大笔。也就是这土地上的一大笔。是给血腥的太阳大神的丰厚的牺牲之礼。我要抖擞精神，举行这次献祭。

看！他们上来了！

（青草、吉卜赛、巴比伦王上

巴比伦王是公主红装扮的，头戴王冠巨大，面戴面具。大家沉默地、严肃地走上，没有谁说一句话）

（另外有五位长老白发苍苍排列一旁）

（众人仍然被红色布条蒙上眼睛）

第十七场

（一群台下红色盔甲的兵拥上舞台。一兵押青草穿过人群上舞台中央）

（荒芜的山上。断头台）

青草：青草被秋天和冬天处死在荒芜的山上。

那时，我仿佛躺在一辆残破的骷髅上。

骷髅是一辆车子和四只轮子。

车子叫生命也叫死亡。车夫叫思想也叫灭亡。

四只轮子是手是脚是内脏是营养是草根是土壤。

身上盖着一堆杂乱的黄草秆。

青草变黄。人成白骨。

吉星闪耀。黎明就要来到

在荒芜的山上处死青草

秋天的刑法！秋天的刑罚！

降临无辜的和灭不绝的青草

我告诉你。我知道自己是谁。我的命是什么。我的女人是谁。我的事物是什么，但是在我的诗歌中不能告诉你这些。

在我的诗歌中，我的名字叫青草。山冈上牧羊人和羊群叫我青草。太阳叫我青草。月亮叫我青草。风叫我青草。黎明和黄昏叫我

青草。

在我的诗歌中，春天流血，夏季繁衍，大雪中的火在狂舞，还有无穷无尽地翻滚而来的，从天上飞来的秋天。白云，死亡和问候。还有寂寞的尸体上的星光、草原，草原上死去的新娘，以及牧羊人在山峰上的问候。

在我的诗歌中，你知道我叫青草，但不知道我是谁。你知道我的诞辰、我的一生、我的死亡，但不知道我的命。你知道我的爱情，但不知道我的女人。你知道我歌颂的自我和景色，但不知道我的天空和太阳以及太阳中的事物。

但是在我的诗歌中我不能告诉你我的事物。这不是蔑视你们。我的皇帝。我的司仪。我的对手我的兄弟。我们一母所生，但

你死我活。诗歌是我们的内容，是杀害我们的内容。

一个灵魂迎面而来

肉体长出青草，梦变成真实

事实的法律和酒的法律——是两扇日夜的

大门。青草借我肉体说话

青草借我这暂时的肉体，和他的声音说

青草他开口说

我是青草的王，星系的王

我投向人类之外，生死隔开

人类和青草再不会是同胞兄弟

我要投入种子、河流或一只独放的花

居住在花朵的蕊，我和她一起另外地开放

另一次男女　受孕

青草杀死了青草

（女巫，在荒芜的山顶出现，旁白）

我为什么要让你们一个一个上路，一个一个地去干，去行动，
而不能集体行动。这一下你该明白了吧。如果你们之中谁想两
个人一起去干，他们一定会互相残杀。老家来人了。前后没有
人。左右没有人。但老家来人了。

劫难之中老家来人了。

青草： 让我们一道飞离这荒无人烟的山梁

（舞台黑暗。很长很长时间的鼓声）

第十八场

（吉卜赛神思恍惚，已被摧毁，上）

吉卜赛： 十个太阳同时出现在大海的天空上。

大海中央有一棵树。

根在太阳枝叶花朵盛开在大地上。

那一日天地裂开无以为继。

树上跳下一个遍体通红的女婴。

一座血红的山在天上飞。

村庄在天上飞。

所有的人马和东西在天上飞。

所有的水火中都长出了人形。

似乎有一个红色燃烧的人在拔苗助长。

（在舞台深处有一人着红衣拔苗助长）

人类粮食喂养胃和眼睛。

水火中长出了无毛的，在地上爬行、行走。

固体的鲜血从天空深处飞来。

小仙女歌队

甲：谁爱过人类？

乙：人类爱过人类？

丙：美丽的女儿爱过人类？

丁：人类真的爱过人类自己？

歌队长：剑带着鲜血和霞——

捧住渐渐溶化的女神

女孩和少年，这都是

你们自己铸造而用来灭亡的

一柄剑如今捧在我手上。

吉卜赛：青草已把他的头颅送给我做武器。我的同胞兄弟。让我

抱着他的头颅做武器。我一定要坚持到最后。完成这个工

作。我以诗歌为武器，杀死了我的同胞兄弟。我现在已成了

王子。（疯狂大笑）这是暴君的王子。现在都是没头的王子。

我一定要完成无头王子的使命。

（红，扮成巴比伦王。上。巴比伦王，扮成大司祭。上。红

在此场一直沉默）

大司祭：恭喜你，吉卜赛。巴比伦王今日通过诗歌竞赛，选了你

作为王子。让你继承王位。你高兴吧，我看你都流泪了。

现在你走近我们伟大的巴比伦王，吉卜赛。让他授予你一柄宝

剑。把王子的身份和象征传授于你。你今后就是巴比伦王国的当然继承人。

吉卜赛：对，就在今天。

（接过红默默递过的宝剑。红的手臂在微微发抖）对，就在今天！今天！

（把剑刺入红）我终于成功了。巴比伦王，暴君，我终于让你的血染红了宝剑。两位哥哥，你们安息吧。

红：（慢慢倒下）吉卜赛，哥哥，摘下我的面具，好好看看我是谁。早在草原和沙漠上，我就认识你。你也认识我。你爱我，可我只爱宝剑。我为什么没有爱上你呢。在这生命的最后时刻。我似乎清醒了。我的疯狂的理智又回来了。我是自己要求扮演巴比伦王的。想一想，不要悲哀，没有什么好悲哀的。人类的事只有很少几件。不就是在这彩色的布景——沙漠、草原、河流和王国宫殿——前面的一些谈话吗？我们大家不都是在这彩色布景前讲几句话，做几个动作？有时，我们的时间错了——就像私人的钟比公共的钟快了一点或慢了一点，地点错了，也许我们扮演的角色也错了，这不是你我的过错。你不要悲哀。就像在沙漠上我拒绝你的爱一样，你刺了我，这都没什么错。我们都是彩色布景前的角色。我就是红，我就是你在无数诗歌中歌唱或倾诉的红，我爱你的诗。

（吉卜赛把剑插入胸膛）

红：（转向大司祭）我知道你是谁。我不怪你。我只想让你把宝剑

在我死前找来。我想看一看他，最后。（鼓，沉闷激烈）

第十九场

（红，宝剑）

剑： 我一定要替你报仇。

红： 天上的白云多么美丽。每当季节转换的时候，我多么爱这一切，爱被新的季节换下的旧季节。我爱一切旧日子，爱一切过去的幸福。爱那消逝了的白云。天上的白云多么美丽。每当天上的白云飘过，当你仰望万里晴空，那朵朵白云使你觉得已到初秋——却还只是初夏的时候，每当你暴雨的黑夜里孤灯守剑的时候，每当青草麦儿变黄而穗儿垂得更低，青青豆角盛在篮筐里的时候……每当找出去年的花裙、去年的凉鞋和扇子的时候，我多想留住这即将逝去的春天和花朵的红色……你不要忘了天上的白云。忘掉我吧，不要忘了季节转换的那一瞬，不要忘了眼泪一样的雨滴抹在窗子上，不要忘了一棵灯和北方的九棵树，也不要忘了大河上涨，更不要忘了雪山、草原和我们流浪的日子。忘了我吧。如果有可能，也不要忘了我。不要勉强你自己。不该忘记的就不要忘记。

剑： 我一定要为你报仇。

红： 不要用我的眼泪和言语去擦亮你的宝剑。不要把你的宝剑磨得格外锋利。它刺入的每一人都会是我，你最爱的人。磨亮它的每一滴鲜血都是我的鲜血。不要在午夜时分把你的宝剑磨得格外锋利。它会在它锋利时突然要走我。我就要走了。来，抬起我的头，让我枕你的双膝休息片刻。一片白光的天空把我背在它的背上，又空又轻，无边无际。会带到一个你我从来都不知道的地方。那儿比天空更高、比大地和远方更远、比子夜更黑、比北方的冬天更冷、比南方的沙漠更热、这宝剑会把我带走，也会把一切人带走

（死去）

剑：我一定要报仇！

剑：（独白）在你们找到归宿的时候，我却要上路了。不要忘记这一点。闭紧你们的眼睛吧。你们放心地睡去吧。我就要背着一只很破很旧的袋子上路了。

这只破旧的袋子就是我。

曾经在大沙漠上长大。

多少人用手撕破了他。

多少豹子用爪子撕了他。

但这只破旧的袋子

就是我和我的心啊。

会感到什么

有没有心情

是什么样的心情

我不知道前面等待我的

是什么?

我要独自前行

幕间过场一场

第二十场

（此场为两幕之间过场）

（舞台沉默三分钟。黑暗，灯光大亮

（宝剑他仍坐在那儿。又上来一位老头——由疯子头人扮演者扮演——和一位小女孩——由红的扮演者扮演）

（幕间戏：演鲁迅的《过客》小剧）

第三幕

第二十一场

（疯子老头，绿色小鸟）

疯：你知道吗？

鸟：我知道什么？

疯：那位最小的反王逃走了。

鸟：逃到哪儿去了？

疯：逃到沙漠上去了。

鸟：那么，被押上刑场的是谁？

疯：是魔王的兄弟。

鸟：他为什么替小反王去死

疯：他自己愿意。这样，最小的反王，也就是天下经常传说的那
　　位不死的无名的国王，可以逃脱了，逃走了，他当然有自己
　　的使命。

鸟：是不是天下传说他从来不会死？

疯：对。从不死亡。像我一样。不过，我是超出死亡之外，而他
　　是屡屡逃脱死亡的拥抱。我真想见见他，见见他，是一个什
　　么样的人？！

鸟：那位无名的国王总算从死亡和刽子手、断头台的手中逃脱了，他有什么使命？那位魔王的弟弟竟心甘情愿地为他去死。他有什么使命？

疯：他要到沙漠上去建立一个新的王国。他还有一个次要的使命，就是要为兄弟——也就是为那些反王报仇，杀死巴比伦王，也就是要杀掉他的八哥。

鸟：他完成自己的使命了吗？

疯：十五年前，或者说世纪交替之时就完成了。他在沙漠上建立了一个十分强大十分完美的王国。他自己当上了国王。另外，为了完成较小的使命，这次，四个诗人杀巴比伦王，就是他的安排。

鸟：但是，巴比伦王到现在还没死啊。

疯：他离他自己的死亡不远了。你一定会看到的。绿色的小鸟，你一定会看到巴比伦王的死亡，绿色的生命的小鸟。

鸟：这四个年轻的诗人和他又是什么关系？

疯：他在逃亡沙漠的时候，其实并不是逃亡。因为实在的说来，他——这位最小的反王，这位人称无名的国王的人，并不是我们巴比伦的人。他也不是喝巴比伦河的河水长大的。他是沙漠上的人。他在沙漠上出生。他在沙漠上长大。连沙漠上的人都不知道他的父母是谁。

鸟：他自己知道他的父母是谁吗？

疯：这一点我也不清楚，但我见过他写下的一些杀父的诗。天下人传说，他认为他的父母是巴比伦人。所以他少年时代就回到巴比伦。他一身是胆，虽然年纪最轻，可仍然是反王中最勇敢的一个。他还是个诗人，他是世纪交替之际最伟大的诗人。这四个年轻的诗人——就是要杀巴比伦王的这四个年轻的诗人，猛兽，吉卜赛，青草，宝剑，甚至还有我们的公主，为什么都是诗人，就是受这位无名的国王的影响。他不光是无名的国王，不光是无名的伟大的国王；还是一位无名的伟大的诗人。据说——不，其实是返回他的沙漠故乡，之后，尤其是他当上沙漠上的王以后，那诗歌更是数代以来无人能望其项背。

鸟：有这么严重吗？

疯：因为我读过他在沙漠上写的几首诗，还有几首是沙漠上的王者之诗，而且因为我好歹也算是个诗人。不是夸口，在几百年前的巴比伦，到处都流传着我的诗歌。再让我们继续回到谈话上来。他去沙漠时带走了魔王的儿子，猛兽，还偷走了巴比伦王的小婴儿，宝剑，远走高飞，在沙漠奋斗了多年，在他的故乡终于当上了国王。终于成了全世界唯一的沙漠之王，我还要说，他是全世界唯一的诗歌之王，诗歌皇帝。

第二十二场

（疯子头人，宝剑）

疯：我知道你就会再来的。

剑：我来了。

疯：是谁让你来的？

剑：青草和吉卜赛。

疯：他们都已经死了。

剑：是的。

疯：你要找的人也死了。

剑：是的。

疯：你要找的是个女人。

剑：对。

疯：是个公主。

剑：对。

疯：她是你妻子。

剑：对。

疯：你来找我有什么事？

剑：我有好多话要问你。

疯：问吧。

剑：吉卜赛和青草为什么在几年前突然离开了自己的父母和部落，

　　来到巴比伦？

疯：因为巴比伦不光是你的故乡，也是他们的故乡，还因为他们

　　俩同时爱上了一个妇女，那个妇人又美丽又高贵，又是他们

　　好朋友的妻子。那个好朋友就是你。

（停顿片刻）

剑：好。这我早就猜出一些。

疯：所以他们抛弃父母，远走他方，寻找另外的生活。他们也知道你会把他们的父母当成自己的一样。

剑：因为我从小就和他们一块长大。他们的妈妈也是我的妈妈。我是喝这个妈妈乳汁长大的。我后来才知道，我是一个孤儿，被人抛弃，是他们将我收养的。

疯：后来你又离开这位母亲了。

剑：我是万不得已。把她托付给部落里的人了。我们的族人都非常好。比巴比伦的人好千万倍。我的妻子有一天突然离开了我，那时她已经怀孕。我离开妈妈出来找她，千辛万苦来到巴比伦。

疯：见到了吧。

剑：见到了。

已经死了。

刚才说过了。

第二十三场

（巴比伦王在疯狂地奔跑——背景通红闪动不熄。巴比伦王在奔跑。众回声——几个与巴比伦王一样的人在后面紧追不舍。众回声的声音比巴比伦王的声音更响）

王：我怎么啦

回声：我怎么啦

王：难道我疯啦

回声：难道我疯啦

王：我要干什么

回声：我要干什么

王：你们这些鬼魂要干什么

回声：你们这些鬼魂要干什么

王：为什么总纠缠着我

回声：为什么总纠缠着我

王：我受不了啦

回声：我受不了啦

王：你们是沙漠上的鬼

回声：你们是沙漠上的鬼

王：你们是海底的鬼

回声：你们是海底的鬼

王：你们是火焰中逃出的鬼

回声：你们是火焰中逃出的鬼

王：你们是屈死鬼

回声：你们是屈死鬼

王：我受不了啦

回声：我受不了啦

王：我真的受不了啦

回声：我真的受不了啦

王：我的头盖骨都碎了

回声：我的头盖骨都碎了

王：我崩溃了

回声：我崩溃了

王：我完蛋了

回声：我完蛋了

王：滚开

回声：滚开

王：饶了我吧

回声：饶了我吧

第二十四场

廷臣甲：巴比伦一片混乱。

廷臣乙：诗歌竞赛不了了之。

廷臣丙：被立为王子的死了。

廷臣丁：公主死了。

廷臣甲：巴比伦一片混乱。

廷臣乙：眼看大厦将倾。

廷臣丙：王国后继无人。

廷臣丁：一切人都死光。

廷臣甲：巴比伦的末日就要来临

（巴比伦王上）

王：你们在巴比伦河畔找到了那个老疯子吗？

你们在巴比伦河畔找到了那个自称活了几千岁，自称疯子头人

的老疯子吗？

廷臣甲：找到了，万岁。

王：带他上来。每当巴比伦一片混乱，尤其是王位混乱的时候，

百姓们就会在王宫前示威游行，绝食斗争，要求巴比伦的王

去请疯子头人，听从疯子头人的劝告。这已是巴比伦几千年

历史上不成文的法律。还没有人违犯过这条法律。这条法律

是专为巴比伦世代诸王而立的。乱世的巴比伦的王都曾派人

去巴比伦河畔请求疯子头人，以免王国的混乱和灾祸，也不

知这几千年来，疯子头人是不是就这一个。

廷臣：看，他来了，怎么还带着一个年轻人。

（疯子头人和宝剑上。都戴着面具。

四个抬棺人抬着棺材同时上）

疯：他们都在说

那高高的山上

就是我这一副

怪模样。

疯子头人我

怒容满面

把一切撕碎

在国王面前。

请听四个抬棺人

唱的一支歌

（四个抬棺人。合唱或朗诵）

甲：什么日子将过去？

乙：什么日子将来到？

丙：法官的日子将过去。

丁：犯人的日子将来到。

甲：什么日子将过去？

乙：什么日子将来到？

丙：你的日子将过去。

丁：他的日子将来到。

甲：什么日子将过去？

乙：什么日子将来到？

丙：男人的日子将过去。

丁：女人的日子将来到。

甲：什么日子将过去？

乙：什么日子将来到？

丙：在天的日子将过去。

丁：在田的日子将来到。

甲：什么日子将过去？

乙：什么日子将来到？

丙：穷人的日子将过去。

丁：富人的日子将来到。

甲：什么日子将过去？

乙：什么日子将来到？

丙：喝酒的日子将过去。

丁：流鼻血的日子将来到。

甲：什么日子将过去？

乙：什么日子将来到？

丙：绿色的日子将过去。

丁：红色的日子将来到。

甲：什么日子将过去？

乙：什么日子将来到？

丙：纽约的日子将过去。

丁：巴比伦的日子将来到。

甲：什么日子将过去？

乙：什么日子将来到？

丙：美元的日子将过去。

丁：血液的日子将来到。

甲：什么日子将过去？

乙：什么日子将来到？

丙：富人的日子将过去。

丁：穷人的日子将来到。

甲：什么日子将过去？

乙：什么日子将来到？

丙：巴比伦的日子将过去。

丁：太阳的日子将来到。

甲：什么日子将过去？

乙：什么日子将来到。

丙：美女的日子将过去。

丁：坐牢的日子将来到。

甲：什么日子将过去？

乙：什么日子将来到？

丙：庸俗的日子将过去。

丁：自由的日子将来到。

甲：什么日子将过去？

乙：什么日子将来到？

丙：美元的日子将过去。

丁：斧子的日子将来到。

甲：什么日子将过去？

乙：什么日子将来到？

丙: 皇帝的日子将过去。

丁: 断头台的日子将来到。

甲: 什么日子将过去？

乙: 什么日子将来到。

丙: 在田的日子将过去。

丁: 在天的日子将来到。

疯子头人:（对宝剑，大声吆喝，如劳动号子）

（和四个抬棺人一起吆喝。这些人在打夯）

孩子！

儿童！

为了数学！

为了数学！

大家前进！

大家抬着棺材！

棺材太沉太沉！

棺材里不止一人！

为了数学！

大家前进！

大家往一块儿走！

大家往前走！

排成一行！

抬着棺材！

鲜血染红！

谁要问我！

走火入魔！

谁要问我！

牵肠挂肚！

为了数学！

抬着棺材！前进！

（众人抬着红色棺材下）

第二十五场

（山上，宝剑似乎抱剑坐在山顶

老女奴，女巫）

奴：我的儿子披着黑色的斗篷，在黑夜里抱着宝剑哭泣。

巫：就让他哭吧，就让他哭个够吧。

奴：巴比伦河在巴比伦深夜的肉体上像血液静静地流。

巫：就让它流吧，既然它愿意。几千年来不就是一直这样流着。

奴：我的儿子又裹紧了身上黑色的斗篷，止住了哭泣。

巫：但仍然在对着鬼魂讲话。

奴：不，他是在独自歌唱。

巫：宝剑闪着寒光，

奴：今夜更加昏暗，

巫：河水还在上涨，

奴：月亮已经发红。

巫：这不是河水上涨的季节。

奴：宝剑闪着寒光。

巫：下面是腐败的山河，

奴：宝剑照着腐败的山河。

巫：下面是无知无觉的黏土。

奴：白花花的石头，

巫：红惨惨的地火，

奴：黑铁和青铜，

巫：还有更少的黄金，

奴：铸成他手中宝剑，

巫：寒光闪闪，

奴：似乎比黑夜本身更深；

巫：剑叶上浸透鲜血。

奴：恨不得跳起来，

巫：刺穿谁的喉咙。

奴：手不能发抖，

巫：心不能脆弱，

奴：当心……

巫：当心……

奴：不要独自一人待在山上。

巫：不要独自在夜深歌唱。

奴：不要歌唱失去的一切。

巫：更不要哭泣。

奴：鼓起你勇气。

巫：剑在人在。

奴：剑亡人亡。

（沉默）

奴：我们走吧。

巫：已讲过一切劝告。

奴：我们走吧。

巫：还要在今夜。

奴：爬上山顶。

巫：我把剩下的粮食堆在一块，

奴：还要竖起一块高大的石头作为仓门。

第二十六场

（造剑的场所。造剑师与几柄剑的对话。

都戴面具。几柄剑似乎在饮血吃饭）

剑甲：食物放在这一切上面。

剑乙：血放在食物上面。

剑丙：剑放在血上面。

剑丁：即使这样，我也不后悔。

剑甲：魔，所不能达到的东西，我已经达到了。

剑乙：他是皇帝还是戏子?!

剑丙：什么叫脱胎换骨?!

剑丁：一只碗放在一只碗中。

剑甲：水

剑乙：冲下来

剑丙：是血

剑丁：两只勺子，两马

剑甲：还在我另一只碗中!

铸剑师：（面向观众，大声）我是铸剑人。

　　我不说的事情。在这之后我不说

　　我不说就是不说

　　我要。水变成大水

　　冲开了缺口。完成普通人早已完成的

　　是多么难——还要和

　　命运之诗连锁在一起

　　这就是铸剑人的命。

　　长过大火。

　　长过他们。

　　（这都是不太重要的。）

（一柄红色宝剑的独白。演员着红色盔甲，其他人是白色盔甲）：

三道门下

我一身红色盔甲。

我一定是一位年轻的皇帝。

我是大革命的儿子。

这是什么日子？

我为什么俯伏在肮脏的酒柜上

我是大革命中谁的宝剑

——被扔在这肮脏的酒柜上。

我在哪些日子中闪闪发亮。

又在哪些日子里暗淡无光，蒙上了灰尘

宝剑之母你在何方？

众剑之母，我问你

我为何一无所有地走在大街上。

第二十七场

（这一场是一次秘密谈话，给人的感觉要是一个人在自言自语。好像从山腹中传出了一些片言只语，给那些山上的人。这一场舞台的幕布紧合。或者，舞台一片黑暗，看不见任何东西。或者，舞台上空空荡荡，像挖空的山的肚子，只有两把空空的椅子，在舞台中央，面对面放着，像是两个人坐在山肚子里进行秘密的谈话。舞台上有时而清晰时而模糊混乱巨大嘈杂的声音。用省略号的地方表示混杂用一面巨大的鼓）

你亲手杀死了我的两个兄弟。他们几乎还是像儿童一样纯洁……她是我女儿，她自己愿意……互相残杀，因为他们要杀我……孩子，你一定要我说出真相吗？你是她的兄弟。她是我的女儿。你是我的儿子……我就把你的脖子拧断去喂每一条过路的巴比伦的狗……我只想让你一人继承王位，如果我不杀死他们……我干了一切可以干的事。我喝下毒药。我只有一个时辰可活。我活不到黎明了。我活不到下一个黎明了。我把手诏和王印留给你。……那么，让这铁打的江山黄金的土地变成这同一个黑夜……你被遗弃后，在沙漠部落中长大。而她长大后就出门寻找哥哥，没想到遇见了你，更没想到你就是她哥哥……有人告诉了她……思念家乡，还发了疯……我把——手诏——和——王——印——留——给——你。（以下声音变得清晰）今夜是你我的日子。今夜是黑暗之夜，空虚之夜。今夜只适合死亡不适合出生。我们已没有明天。明天是别人的日子。巴比伦河上又涌起无边的朝霞的大浪。我的兄弟和爱人又会复苏在他们之间，在曙光中间。只有你我不会复活。你我的生存只有一次。你我的关系，你我一切仇恨和血决定了你我的这一次。那就是今夜。那就是这个子夜。那就是这个最后的日子，夜的语言和宝剑。你我都必须满身肮脏地死去，在这个纯洁得像空气和水的黑夜里，父王，让你和我一起肮脏地死去吧。你我都必须在这个子夜，夜深人静的时辰死去。子夜……这个回忆的黏土层……比王冠和王座还要漫长。巴比伦，这个几乎一直被魔法统治的国土，好几千年了，天空的数学，人类之梦大同之梦，你为全巴比伦制定的法律只是咒语。

（鼓声）

第二十八场

（酒店。众人饮酒。幽灵重现的场景，

两个人抬着红色棺木上）

抬棺人甲：瞧，一个灵魂迎面走来。

抬棺人乙：死人的事是经常发生的。

你头发散乱，简直像一个鬼魂。

甲：不管这次他是谁，反正他胜了。

乙：一切听天由命，必须达到一个高度。

甲：我们两个抬着的棺材就是这个高度。

乙：我们在谈话。

乙：我们要达到的难道不是同一个东西?!

（疯王子宝剑上）

剑：（指着红色棺木问二抬棺人）

这难道是车子?!

人车各行其道。

人就是人，车就是车。

是众神之车。本来是不同的道路。

人车各行其道。

这难道是车子？！

车子把我和她抱在一起，

车子把我和公主抱在一起，

我们都是女儿所生。女儿是谁？

车头是谁？鸟要叫，

鸟在叫。鸟是谁？

鸟说应该提醒你，

疯狂中我是谁？

（两个抬棺人面具和服装做鸟类）

甲： 这是一个让人生锈的夏天，

乙： 连夏天之鸟，连燕子，连空中飞过的鸟都生锈。

甲： 这是一个连松鼠和豌豆都生锈的夏天

乙： 连露珠都生锈，更何况沾满血迹的兵器？

剑： 在我的记忆里

这是狮子和老鼠生下的六小时，子夜住在

太阳子宫，生下的小野兽

两只小鸟变作抬棺人

拉着棺材和车子

小鸟奔跑在路上

又痛哭又是幸福

感到了人类空虚

每日抬棺磨剑不止

激发了我的疯病。

两个抬棺人：（唱歌）

空白一段时间

空出一段时间

做一会儿石头

做一会抬棺人

小鸟，抬着红色的棺材，飞在天空

用酒补好了棺材

用酒做一个补丁

用酒补好了石头

用酒补好了傻子

用酒补好了乞丐、白痴、贫穷

和疾病。用酒补好了粮食

用酒做一个补丁

多好的大补丁

棺材像一棵火红的巨大的枫树

内心发空，其实并没有死人

用酒补好了乌鸦和喜鹊

酒鬼像一棵小型枫木劈成的战车

内心发空，两眼发直，这棵酒精之树无疆万寿。

内心发空，收缩

无一人端坐其中

巨大的冠盖火红

如血涌向头脑

我不知道。

我确实不知道

我自己说了些什么

我拼命想。可我再也想不起

怎么办？皇帝在陵墓中哭泣？内心发空

抬棺人啊抬棺人是我们

我怎样消化一次皇帝的死亡？

这是一个咒语。

剑：大鸟又叫了。又叫了

　　不祥的大鸟又叫了

　　是南方还是北方的大鸟又叫了

　　如果我的欢乐不在天堂

大鸟又叫了。小鸟两只

你不能口吐人言

你难以说清

你一时难以说清。你又叫一声

……我也染上人类恶习

（倾听）占卜！鸟骨！飞翔呜呼！

鸟类的公主，鸟类的抬棺人

大鸟在叫什么？乌鸦，她怎样了？

然后又怎样？

甲乙：血越浓

剑：剑越快

甲乙：爬上的山越高

剑：造成的错误越大

甲乙：忘了更多。

剑：死得更快。

甲乙：活得也更多。

剑：死得也更快。

（三人抬棺而下，出酒店，穿过巴比伦城门）

第二十九场

廷臣：王子，你上哪儿去？

宝剑：出去！

出去！

到王国之外去！

出去！

（以下舞台空空荡荡，只有一个演员朗诵）

宝剑：不管这一次他是谁，他肯定胜利了。我承认他的胜利。我承认自己的失败。我像金黄脆弱的麦秸在同样颜色的火中化为灰烬。就好像火焰走出了灰烬，向天空伸出绝望的吐不出任何语言的红色舌头。我和生命就这样一次次走向空中，走向虚空。

不管这一次他是谁，他肯定胜利了。还有一个时辰就要天亮！那儿有清凉的风，常年不断地吹，有一片光秃的山坡，周围还有野花缠绕我。叫了一遍。又叫了一遍。这是篇诗歌中的鸟，这是第二遍，她用叫声把我送上天空。送上白风和红霞，送上南来北往的风。大雁在飞过时匆匆一掠，我的简陋的墓地像一只黏土的花篮。毒药，数学之神的绳索，我会在天亮时死去。那时黎明刚过，而北方冬天的朝霞散开、蔓延。太阳也刚刚升起。还没有像火球一样，飞快升起，也许我和太阳一起飞到天上。我热爱这壮丽的景色，我坐在太阳火红的马车上，我热爱这坐在太阳上的另一个自我。在明天早上，我就要升起，我就要死去。可现在仍然是黑夜。一会儿就是白天。一个人，从流浪到部落，从大沙漠，回到故乡的大河，找到了妻儿和妹妹、女儿、父亲，自己却用身子做成了一只杯子，灌满了毒药。这肉体的杯子！我就是爬也要爬到她的坟头。快到冬天了吧，我还不曾栽下过一棵山楂树。还有一场大雨。可现在什么也没有了。一场大雨过去了，在我身上留下了泥泞。

（布景转换很快。幻觉中，宝剑在开满野花的道路上奔跑）

剑：这一路上全是花朵

我踏上了她们

踏上了她们的眼睛和睫毛

以及在夜间张开倾听风雨的耳朵

我踏上了她们

全是迫不得已。

为什么这路上全是花朵

（宝剑拔剑自刎，鼓声）

（鼓手一边操鼓，一边朗诵

（鼓手就是扮演公主红的）

鼓手：等到那一天来到

海水淹没了巴比伦

巴比伦没有一个幸存的人

海水淹没了巴比伦的每一寸土地

除了九根红色的茅草，

那是我们今日沾满鲜血的宝剑。

大地呈现在你的面前——

是茫茫无际的苦难的海水

你是唯一的。

公主活在九位公主之中

你们是九根红色的草根承受阳光雨露

繁衍了那海水灭绝的巴比伦。

第三十场

（巴比伦农奴合唱队，服装简朴而褴褛，裤管为了种田满不在乎地卷起，两个农奴，上来收尸）

甲：庄稼熟了。

乙：有人死在山上。

甲：有人死在地里。

乙：王子，你不是庄稼，你是酒瓶。

甲：你不是黏土，你是宝剑。

乙：你不是亲人，你自称为兄弟们。

甲：庄稼熟了。

乙：你不是庄稼，你是酒馆中的酒精。

甲：你不是四季，你是四季中空荡荡的风。

乙：你不是劳动，你是牺牲。

甲：我们劳动，出一身臭汗。

乙：替你们收尸。

甲：我们要享受。

乙：你们却要牺牲。

甲：你们为谁牺牲？

乙：我们是种田人，

甲：我们是辛辛苦苦的种田人。

乙：我们是要活命。

甲：你们是要拼命。

乙：你们是为谁拼命？

甲：是为自己，还是为别人？

乙：你们一定说——一定是为别人。

甲：别人就是愚昧的我们。

乙：可我们不需要拼命，

甲：我们只要活命。

乙：我们不要酒瓶，

甲：我们要丰收。

乙：庄稼熟了。

甲：喝酒第二天。

乙：顶好喝一碗稀粥，

甲：几粒臭咸菜，

乙：这烂萝卜烂白菜叶白菜根。

甲：喝酒之后，顶好是粮食。

乙：我们要丰收。

甲：庄稼熟了。

乙：庄稼是最好的。

甲：我要告诉你们。

乙：宝剑是其次的。

甲：庄稼是最好的。

乙：酒精是其次的。

甲：四季是最好的。

乙：风雨是其次的。

甲：活命是最好的。

乙：拼命是其次的。

甲：庄稼熟了。

乙：庄稼让石头从身上滚过去

甲：然后脱落下来。

乙：那是麦子和稻子。

甲：稻子又要让铁把自己的皮扒下来。

乙：那就是米。

甲：那就是我们的庄稼。

乙：那就是我们。

甲：我们庄稼人。

乙：庄稼合唱的声音。

甲：庄稼熟了。

乙：庄稼自己熟了。

甲：庄稼自己叫嚣熟了。

乙：也就是高粱红了。

甲：也就是玉米黄了。

乙：也就是黄瓜绿了。

甲：也就是麦粒红了。

乙：麦秆黄了。

甲：马上就要被我们抱到石头或铁器下，

乙：抱到打谷场，

甲：或道路上，

乙：打碎。打破头。打死。

甲：道路从庄稼尸体上走过。

1988.6.13—1988.9.22

太阳·诗剧（存目）

1988.6

太阳·弥赛亚（节选）

（《太阳》中天堂大合唱）

1988

　　但是这并不意味着它是一首"诗"——它不是。

——斯宾格勒

献诗

谨用此太阳献给新的纪元！献给真理！

谨用这首长诗献给他的即将诞生的新的诗神

献给新时代的曙光

献给青春

献诗

天空在海水上

奉献出自己真理的面容

这是曙光和黎明

这是新的一日

阳光从天而降穿透了海水。太阳！

在我的诗中，暂时停住你的脚步

让我用回忆和歌声撒上你金光闪闪的车轮

让我用生命铺在你的脚下，为一切阳光开路

献给你，我的这首用尽了天空和海水的长诗

让我再回到昨天

诗神降临的夜晚

雨雪下在大海上

从天而降，1982

我年刚十八，胸怀憧憬

背着一个受伤的陌生人

去寻找天堂，去寻找生命

却来到这里，来到这个夜晚

1988 年 11 月 21 日诗神降临

这个陌生人是我们的世界

是我们的父兄，停在我们的血肉中

这个陌生人是个老人

奄奄一息，双目失明

几乎没有任何体温

他身上空无一人

我只能用血喂养

他这神奇的老骨头

世界的鲜血变成了马和琴

雨雪下在大海上

1988 年 11 月 21 日

我背着这个年老盲目的陌生人

来到这里，来到这个

世界的夜晚和中心，空无一人

一座山上通天堂，下抵地府

坐落在大沙漠的一片废墟

1985 年，我和他和太阳

三人遇见并参加了宇宙的诞生。

宇宙的诞生也就是我的诞生

雨雪下在黑夜的大海上

在路上，他变成许多人，与我相识，擦肩而过

甚至变成了我，但他还是他。

他一边唱着，我同时也在经历

这全是我们三人的经历

在世界和我的身上，已分不清

哪儿是言语哪儿是经历

我现在还仍然置身其中。

在岩石的腹中

岩石的内脏

忽然空了，忽然不翼而飞

加重了四周岩石的质量

碎石纷飞，我的手稿

更深地埋葬，火的内心充满回忆

把语言更深地埋葬

没有意义的声音

传自岩石的内脏。

天空

巨石围成

中间的空虚

中间飞走的部分

不可追回的

也不能后悔的部分

似乎我们刚从那里

逃离，安顿在

附近的岩石

1985，有一天，是在秋冬交替

岩石的内脏忽然没有了

那就是天空　　天空　　天空

突然的　不期而来的

不能明了的，交给你的

砍断你自己的

用尽你一生的海水上的天空

天空，没有获得

它自己的内容

我召唤

中间的沉默　和逃走的大神

我这满怀悲痛的世界

中间空虚的逃走的是天空

巨石围在了四周

我尽情地召唤：1988，抛下了弓箭

拾起了那颗头颅

放在天空上滚动

太阳！你可听见天空上秘密的灭绝人类的对话

我召唤：1985！巨石自动前来

堆砌一片，围住了天空上

千万道爆炸的火流　火狂舞着飞向天空

死去的　死去的　死去的

是那些阻止他的人。1988

突然像一颗头颅升出地面

大地裂开了一个口子

天空突然□了岩石　化身为人

血液说话，烈火说话：1988，1988

升出大海

在一片大水

高声叫喊"我自己"！

　　　　　"世界和我自己"！

他就醒来了。

喊　喊着"我自己"

召唤那秘密的

沉寂的，内在的

世界和我！召唤，召唤

半岛和岛屿上十七位国王，听着

从回声长出了原先主人的声音

主人在召唤，开始只是一片混乱的回声

一只号角内部漆黑，是全部世界

号角的主人召唤世界和自己

大海苍茫，群山四起，地狱幽暗，天堂遥远

阳光从天而降，一片混乱的回声

所有的人类似乎只有一个人

那就是主人，坐在太阳孤独的公社里。

黎明时分

　　　"我自己"

新的"我自己"

石头也不能分享

在可说的这一切

在说话的内部

石头也不能分享

这是新的一日。

这是曙光降临时的歌声

"我原是一个喝醉了酒的农奴

被接上了天空，我原是混沌的父亲"

是原始的天空上第一滴宰杀的血液

自我逃避，自我沉醉，自我辩护

我不应该背上这个流泪的老盲人

补锅，磨刀，卖马，偷马，卖马

我不应该抱着整夜抱着枪和竖琴

成为诗人和首领。阳光从天而降穿透了海水

献给你，我的这首用尽了生命和世界的长诗

回忆女神尖叫着

生下了什么

生下了我

相遇在上帝的群山

相遇在曙光中

太阳出来之前

这么多

这么多

　　　晨曦从天而降

我接受我自己

这天空

这世界的金火

破碎　凌乱　金光已尽

接受这本肮脏之书

杀人之书世界之书

接受这世界最后的金光

我虚心接受我自己

任太阳驱散黎明

太阳驱散黎明

移动我的诗

　　号角召唤

无头的人

从铁匠铺

抱走了头颅

无头的人怀抱他粗笨的头颅

几乎不能掩盖

在曙光中一切显示出来。

世界和我

快歌唱吧！

"在曙光中

抱头上天

太阳砍下自己的刀剑

太阳听见自己的歌声"

昔日大火照耀

火光中心　雨雪纷纷

曙光中心　曙光抱头上天

肮脏的书中杀人的书中

此刻剩下的只有奉献和歌声

移动我的诗　登上天梯

那无头的黎明　怀抱十日一齐上天

登上艰难的　这个世纪

这新的天空

这新的天空回首望去：
旧世界雨雪下在大海上。
此刻曙光中，岩石抬起头来一起向上看去。
火光中心雨雪纷纷我无头来其中
人们叫我黎明：我只带来了奉献和歌声

火光中心雨雪纷纷我无头来其中
通向天空的火光中心雨雪纷纷。
肮脏的书杀人的书戴上了我的头骨
因为血液稠密而看不清别的

这是新的世界和我，此刻也只有奉献和歌声
在此之前我写下了这几十个世纪最后的一首诗
并从此出发将它抛弃，就是太阳抛下了黎明
曙光会知道我和太阳的目的地，太阳和我！
献给你，我的这首用尽了天空和海水的长诗

1988.12.1

太阳

（第一合唱部分：秘密谈话）

———（"世界起源于一场秘密谈话"）

放置在　献诗　前面的　一次秘密谈话

人物：铁匠、石匠、打柴人、猎人、火

（正文略）

原始史诗片断（节选）

（作为《太阳》这段经文的补充部分）

（此处略去若干片断）

石匠

金字塔

献给维特根斯坦

红色高原

荒无人烟

而金字塔指天而立

"如果这块巨石

此时纹丝不动

被牢牢楔入

那首先就移动

别的石头

放在它的周围"

世界是这样的

人类

在褐色高原

被火用尽

　　之后

就是这个样子。

公式　石头

四面围起

几何形式

简洁而笨重

没有表面的灰尘

没有复杂的抒情

没有美好的自我

没有软弱的部分

黑色的火　沉默的　过去的　业已消逝的

不可说的

住在正中

消灭了阶级的、性别的、生物的

逻辑的大门五十吨石头没有僧侣

一切进入石头变得结实而坚硬。

一切都存在。

世界是这样的。

一切存在的都是他的事实的主人公。

风中突然飞入

太阳强大的车轮

是尖锐的 石头的 向天说话的 是本能的

世界是这样的。

黏土固然消失。

存在尚未到来。

石头 发生

在数学中

一线光明

人类的本能是石头的本能

消灭自我后尽可能牢固地抱在一起

没有繁殖。

也没有磨损。

没有兄弟和子孙。

也没有灰烬。

事物巨大。

事实简单。

事件纯粹而精确。

事情稳定。

而石头以此为生。

四肢全无

坐在大地

面朝天空

埃及的猎人

在高山上

什么也没有了

什么也没找到

世界之上

是天空

万有的天空

一阵沉默

又一阵

沉默。

埃及的猎人

在高山上

什么也没有了

什么也没找到

　　是石头和数学

把他找到

把他变成了

我认不出的

他坐在那里

一动不动

饥饿的石头、愤怒的石头

流进了他。成为他。

天空万有　天空以万有高喊万有　召唤

人类的本能是石头的本能

人类的数学成为石头内部的人

四条底边正向东南西北，坐地朝天

天空在世界之上　一线光明

公式　石头与光

圈在一起　中央是沉默的

金光闪烁的

逃走的大神

一堆石头和公式故步自封

一座无人的　火与逻辑的城

数学和石头是他的感情

世界是这样的。

总是这样的。

火是相同的。

不管这次是为谁　吐出大火

不管烧毁的是谁

火总是相同的。

火总是他自己。

一卷经书

吐火

吐火后

一卷经书疲倦了　坐下来

成为石头

好像自己坐下自己离去

自己成了自己的座位

一卷经书如此疲倦

自己成了自己的石头大座

吐火的是我吗　一卷经书自问

一卷经书自问又繁殖·是我吗

骤然变成了七卷　经书不辨真伪

吐火的　逃往天上

地上荒无人居，石头疲倦

七卷经书不辨真伪

那从天空跌落的

第三编　太阳七部书　太阳·弥赛亚（节选）

人类的数学和书

成为石头内部的人

铁匠

打铁

"汉族的铁匠打出的铁柜中装满不能呼喊的语言"

我走进火中

　　陈述：

1. 世界只有天空和石头。

2. 世界是我们这个世界。

3. 世界是唯一的。

附属的陈述：

1. a. 世界的中央是天空，四周是石头。

　　b. 天空是封闭的，但可以进入。

　　c. 这种进入只能是从天空之外进入天空。

　　d. 从石头不可能飞越天空到另一块石。

　　e. 天空行走者不可能到达天空中央。

　　f. 在天空上行走是没有速度的行走。

　　g. 在天空上行走越走越快，最后的速度最快是静止。

　　h. 但不可能到达那种速度。

i. 那就是天空中央。

j. 天空中央是静止的。

k. 天空中央的周围是飞行的。

l. 天空的边缘是封闭的。

m. 天空中间是没有内容的。

n. 在天空上行走是没有方向的行走。

o. 没有前没有后。

p. 没有前进没有后退。

q. 人类有飞在天空的愿望。

r. 但不能实现。

2. a. 人类保持在某种脆弱性之上。

b. 人类基本上是一个野蛮的结构。

c. "野蛮的石头集团的语言"。

d. 天空越出人类正是由于它的浑然一体。

e. 它与世界的浑然一体。

f. 它的虚无性。

g. 它都知道。

h. 它能忍受。

i. 我们感不到它的内容。

j. 它有一根固定的轴。

k. 它在旋转。

l. 轴心是实体。

m. 其他是元素。

n. 它的内容是生长。

o. 也就是变化。

关于火的陈述：

1. 没有形式又是一切的形式。

2. 没有居所又是一切的居所。

3. 没有属性又是一切的属性。

4. 没有内容又是一切的内容。

5. 互相产生。

6. 互相替代。

7. 火总是同样的火。

8. 从好到好。

9. 好上加好。

10. 不好也好。

11. 对于火只能忍受。

化身为人

——献给赫拉克利特

和释迦牟尼

献给我自己

献给火

一

1. 这是献给我自己的某种觉悟的诗歌。

2. 我觉悟我是火。（被划掉）

3. 在火中心恰恰是盲目的　也就是黑暗。

4. 火只照亮别人。火是一切的形式。是自己的形式。

5. 火是找不到形式的一份痛苦的赠礼和惩罚。

6. 火没有形式，只有生命，或者说只有某种内在的秘密。

7. 火是一切的形式。（被划掉）

8. 火是自己的形式。（被划掉）

9. 火使石头围着天空，

10. 我们的宇宙是球形。表面是石头　中间是天空。

11. 我们身边和身上的火来自别的地方。

12. 来自球的中心。

13. 那空荡荡的地方。

（一）

1. 这是注定的。

2. 真理首先是一种忍受。

3. 真理是对真理的忍受。

4. 真理有时是形式，有时是众神。

5. 真理是形式和众神自己的某种觉悟的诗歌。

6. 诗歌是它自己。

7. 诗歌不是真理在说话时的诗歌。

8. 诗歌必须是在诗歌内部说话。

9. 诗歌不是故乡。

10. 也不是艺术。

11. 诗歌是某种陌生的力量。

12. 带着我们从石头飞向天空。

13. 进入球的内部。

（二）

1. 真理是一次解放。

2. 是形式和众神的自我解放。

二

形式 A，形式 B，形式 C，形式 D

1. 形式 A 是没有形式。

2. 宗教和真理是形式 A。

3. 形式 B 是纯粹形式。

4. 形式 C 是巨大形式。

5. 巨大形式是指我们宇宙和我们自己的边界。

6. 就是球的表面。和石头与天空的分界线。

7. 形式 D 是人。

（三）形式 B 是纯粹形式

1. 形式 B 只能通过形式 D 才能经历。

2. 这就是化身为人。

3. 我们人类的纯粹形式是天空的方向。

4. 是在大地上感受到的天空的方向。

5. 这种方向就是时间。

6. 是通过轮回进入元素。

7. 是节奏。

8. 节奏。

（四）形式 C 是巨大的形式

1. 这就是大自然。

2. 是他背后的元素。

3. 人类不能选择形式 C。

4. 人类是偶然的。

5. 人类来自球的内部。

6. 也去往球的内部。

7. 经过大自然。

8. 光明照在石头上。

9. 化身为人。

10. 大自然与人类互相流动。

11. 大自然与人类没有内外。

（五）形式 D 是人

1. 真理是从形式 D 逃向其他形式（形式 ABC）。

疯公主

背后是雪白的光

这儿非常热

它站在那儿，一动不动

光不断从它背后照射出来

光束越来越粗

啊……我快要支持不住了

把我救出去！

让我离开这里！

把我救出去！啊……我的双手

没有任何知觉了。啊

呀！我的手，我的脚，我的腿呀！

……我的手颤抖得厉害

我的脚也颤抖……哎哟……

啊，我开始感到有些凉快了。

哎哟……我的手啊，啊！我的手真……

我的面前出现了一堆火。

像是一小堆火在燃烧。

我不知道那是什么。

我的双手感到很疼痛

……好像烧着了

（大鸟不见了！

在它原先站立的地方

有一小堆火。火光逐渐变暗

发出红色的光亮，最后

变成了一堆带有红色余火的灰

那堆火渐渐地灭了，只剩下一些

现在，我感到冷了。

我感到冷了。

发着红光的炭块般的东西……

暗红——灰白——带有暗红色斑点的

（一堆火

……火渐渐地熄灭下去——

灰烬变成了一条粗大的

灰褐色的、陶土似的虫子）

呀！看上去像一条虫子，

又粗又大的虫子！

这一夜

天堂在下雪

整整一夜天堂在下雪

相当于我们一个世纪天堂在下雪

这就是我们的冰川纪

冰河时期多么漫长而荒凉

多么绝望

而天堂降下了比雨水还温暖的大雪

天梯上也积满了白雪

那是幸福的大雪

天堂的大雪

天堂的大雪纷纷

充满了节日气氛

这是诞生的日子

天堂有谁在诞生

天堂的大雪一直降到盲人的眼里

这是天堂里的合唱队

由九个盲人组成

两个国王　七个歌手

这九个盲人坐在天堂

变成了合唱队九长老

两个希腊人

两个中国人

两个德国人

一个英国人

一个拉美人

一个印度人

天堂的大雪一直降到盲人的眼里

充满了光明

充满了诞生的光明

高声地唱起来，长老们

长老们

　　　　合唱队的歌声、在天堂的大雪

　　　（盲目的颂歌

　　　在盲目中见到光明的颂歌）

（名称为"视而不见"的合唱队由以下这些人组成：持国、俄狄浦斯、荷马、老子、阿炳、韩德尔、巴赫、弥尔顿、博尔赫斯）

第四编

文 论

（1983—1988）

寻找对实体的接触（《河流》原序）
——直接面对实体

我喜欢塞尚的画。他的画是一种实体的画。他给这个世界带来了质量和体积。这就足够了。

诗，说到底，就是寻找对实体的接触。这种对实体的意识和感觉，是史诗的最基本特质。当前，有一小批年轻的诗人开始走向我们民族的心灵深处，揭开黄色的皮肤，看一看古老的沉积着流水和暗红色血块的心脏，看一看河流的含沙量和冲击力。他们提出了警告，也提出了希望。虽然他们的诗带有比较文化的痕迹，但我们这个民族毕竟站起来歌唱自身了。我决心用自己的诗的方式加入这支队伍。我希望能找到对土地和河流——这些巨大物质实体的触摸方式。我开始时写过神话诗，《诗经》和《楚辞》像两条大河哺育了我。但神话的把握缺乏一种强烈的穿透性。

诗应是一种主体和实体间面对面的解体和重新诞生。诗应是实体强烈的呼唤和一种微微的颤抖。我写了北方，土地的冷酷和繁殖力，种子穿透一切在民族宽厚的手掌上生长。我写了河流。

我想触到真正的粗糙的土地。

其实，实体就是主体，是谓语诞生前的主体状态，是主体的沉默的核心。我们应该沉默地接近这个核心。实体永远只是被表达，不能被创造。它是真正的诗的基石。才能是次要的，诗人的任务仅仅是用自己的敏感力和生命之光把这黑乎乎的实体照亮，使它裸露于此。这是一个辉煌的瞬间。诗提醒你，这是实体——你在实体中生活——你应回到自身。

诗不是诗人的陈述。更多的时候诗是实体在倾诉。你也许会在自己的诗里听到另外一种声音，这就是"他"的声音。这是一种突然的、处于高度亢奋之中的状态，是一种使人目瞪口呆的自发性。诗的超现实平面上的暗示力和穿透力能够传递表达这种状态。这时，生命力的原初面孔显现了。它是无节制的、扭曲的（不如说是正常的），像黑夜里月亮、水、情欲和丧歌的沉痛的声音。这个时候，诗就是在不停地走动着和歌唱的语言。生命的火舌和舞蹈俯身于每一个躯体之上。火，呼地一下烧了起来。

源头和鸟（《河流》原代后记）

河流的上游，通往山顶的小径上开满了鲜血一样红灼的花朵。树叶腐烂得像漫上了一层水，渴望着火光与抚爱。树洞和石窟里爬出粗大的人形。湖泊淹去了一半山地和丛林。愿望和祝福来到人间。枣红色马群像流体一样在周围飞逝。一队说不清来向和去处的流浪民族在迁徙。隐约的雪峰和草坡衬托着人群的丑陋。男性用粗硬的睫毛挡住眼睛后面的雨季。他们鼓乐齐天的生活背后透过一种巨大的隐隐作痛的回忆。贫瘠的山梁。我们从哪儿来？我们往何处去？我们是谁？一只红色的月亮和一两件被手掌嘴唇磨得油亮的乐器，伴随着我们横过夜晚。那只红月亮就像一块巨大的抹不掉的胎记。在一个七月的夜里我不再沉默，痛苦地给每一堆篝火送来了故事。关于母亲深夜被肚里孩子的双脚踢醒，关于脐带。关于情人的头发被我灼热的呼吸烧得卷曲，披下来盖住柔嫩的胸脯。关于雪里的种子和北方的忧伤。关于友谊和血腥的盾牌。关于落下来又飞上去的流星。关于铃兰和佩兰，关于新娘的哭泣。关于含有敌意的一双血污的手掌，关于公正、祷告和复仇，关于正义的太阳之光像鞭子一样抽在罪人的光脊梁上。关于牧歌和月亮神女。许多人醒来又睡去。许多人睡去又醒来。火堆边人影构成一块巨大的实体。最后我讲了鸟。充满了灵性。飞是不可超越的。飞行不是体力和智力所能解决的。它是一次奇迹。如果跨入鸟的行列，你会感到寂寞的。你的心脏在温乎乎的羽毛下伸缩着。你的心脏不是为防范而是为飞行所生。地上的枪口很容易对准你。在那蓝得伤心的天幕上，你飞着，胸脯里装着吞下去的种子，飞着，寂寞，酸楚，甚至带着对凡俗的仇恨。

1983.3.13 生辰

民间主题（《传说》原序）

> 月亮还需要在夜里积累
> 月亮还需要在东方积累

　　在隐隐约约的远方，有我们的源头、大鹏鸟和腥日白光。西方和南方的风上一只只明亮的眼睛瞩望着我们。回忆和遗忘都是久远的。对着这块千百年来始终沉默的天空，我们不回答，只生活。这是老老实实的、悠长的生活。磨难中句子变得简洁而短促。那些平静淡泊的山林在绢纸上闪烁出灯火与古道。西望长安，我们一起活过了这么长的年头，有时真想问一声：亲人啊，你们是怎么过来的，甚至甘愿陪着你们一起陷入深深的沉默。但现在我不能。那些民间主题无数次在梦中凸现，为你们的生存作证，是他的义务，是诗的良心。时光与日子各各不同，而诗则提供一个瞬间，让一切人成为一切人的同时代人，无论是生者还是死者。

　　老辈人坐在一棵桑树下。只有早起的人，彻夜未眠的人，死去的星星和花的头颅才知道下一个时辰是什么。

　　在老人与复活之间，是一段漫长的民间主题，那是些辛苦的，拥挤的，甚至是些平庸的日子，是少数人受难而多数人也并不幸福的日子，是故乡、壮士、坟场陌桑与洞窟金身的日子，是鸟和人挣扎的日子。当然也有宁静的夜晚，沉思，与山顶之悟。清风披发，白鸟如歌，地面上掠过一群低低的喃语和叹息。老树倒下的回声，月光下无数生灵的不眠之夜，醉酒与穷人的诗思，白云下难忘的和钟情的，红豆和鱼雁、雨、牛与奶……反正我怎么也叙述不尽这一切。遥远了，远了——

克利说："在最远的地方，我最虔诚。"是啊，这世界需要的不是反复倒伏的芦苇、旗帜和鹅毛，而是一种从最深的根基中长出来的东西。真东西。应该向上生长出来。或许我们已见到了部分肢体，他像星星一样戴着王冠秘密前进。在高原和高原之间，在兄弟和兄弟之间，情谊正在生长。夏季的植物像河流一样流过我的胸脯，甚至日子也将走出传说之门。

灵性必定要在人群中复活。复活的那一天必定是用火的日子。胚芽上必定会留下创世的黑灰。一层肥沃的黑灰。我向田野深处走去，又遇见那么多母亲、爱人和钟声。

当然，这样一只铜的或金的胳膊一定已经在传说与现实之间铸造着。可能有一种新的血液早就在呼唤着我们。种子和河流都需要这样一种大风。这风也许是从夜里来的，就像血液是从夜里来的一样。这是一个胚胎中秘密的过程。母亲微笑着感受新生者的力量。这是一个辉煌的瞬间。我和我的伙伴们守候着。有些句子肯定早就存在于我们之间；有些则刚刚痛苦地诞生——他们硬是从胸膛中抠出这些血红的东西；还有些仅仅是一片留给明天的空白。那支给朋友们的歌已这样唱出"月亮还需要在夜里积累／月亮还需要在东方积累"。

对于血液来说，激动和澄清会不会是同一个过程呢？

最后一个问题，就是如何从心灵中走出来。走出心灵要比走进心灵更难。史诗是一种明澈的客观。在他身上，心灵矫揉夸张的翅膀已蜕去，只剩下肩胛骨上的结疤和一双大脚。走向他，走向地层和实体，这是一项艰难的任务。就像通常所说的那样——就从这里开始吧。

寂静（《但是水、水》原代后记）

那个人她叫母亲，她疼痛地生下了我。她生下我是有目的的。可能她很早以前就梦见了我。我是她的第一个儿子。另一个人……她给我带来了更多的孤独。我以前在大河上旅行时梦见过她和她的美丽。我的痛苦也就是我的幸福。又深又长。比生命更深更长的是水。水的寂静。

门前总是有水。开始我只是以为自己是追求一种素朴和一块实体。我可以在其中赤足歌唱。后来我觉得：大地如水，是包含的。全身充满大的感激和大的喜悦。土地是一种总体关系，魔力四溢，相互唤起，草木人兽并同苦难，无不深情，无不美丽。它像女人的身体，像水一样不可思议。因为它能包含，它能生产。而生产不像博尔赫斯所认为的那样，是循环而污秽的。它是一种血洗的痛快，是一种慷慨和诗人的节日。生命与文明一样，一为延寿，一为传种。就像北方的玄武是龟蛇合体。古人真想得好，龟蛇都是水兽呀！

但是，河流本身，和男人的本质一样，是孤独而寂寞的，需要上天入地、需要祈水、需要打井、需要诗人生命的抒发……水呀……水。

高原上，一位又黑又瘦的老女人坐在高高的梁上，望着下面黄昏中的村子。

女性的全面覆盖……就是水。

大地和生命并不仅仅是体积，而且是对自身无限的由一到多的包含。包含就是生命，洞的生命……云冈石窟中就通过重复、复调、对位、变调、反向流动和相互装饰形成了一种生命力的包含……摩尔为什么要在结实的体积上打洞呢……女人就是寂静又包含的洞呀……生命、水……人处于自身形象的不同源流不同版本之中，被它淹没。人的呼吸在自然中，也就在自己身上得到神秘的回声。东方佛的真理不是新鲜而痛苦的征服，而是一种对话，一种人与万物的永恒的包容与交流。人是自然的肢体。或许，或许菩提树下我偶有所得。但是水、水，整座山谷被它充满、洗涤。自然是巨大的。它母性的身体不会无声无息。但它寂静。寂静是因为它不愿诉说。有什么可以要诉说的，你抬头一看……天空……土地……如不动又不祥的水……有什么需要诉说呢？但我还是要说，写了这《水》，因为你的身体立在地上、坐于河畔，也是美丽的，浸透更多的苦难，虽不如自然巨大、寂静。我想唱唱反调。对男子精神的追求唱唱反调。男子精神只是寂静的大地的一部分。我只把它纳入本诗第二部分。我追求的是水……也是大地……母性的寂静和包含。东方属阴。

这一次，我以水维系了鱼、女性和诗人的生命，把它们汇入自己生生灭灭的命运中，作出自己的抗争。

这一次，我想借水之波，契入寂静而内含的东方精神，同时随河流曲折前行，寻找自己的形式：其中不同支流穿串其间不同种子互相谈话，女人们开放如花，使孤独的男人雄辩，奔跑进爱情。

1985.8 雨夜

可能诗仍然是尘世。我依然要为善良的生活的灵魂唱歌，这些灵魂不需要地狱。太阳照亮了成家立业的人们。即使离去了，这一次生命和爱依然是我们温暖的时光。到善良的人们中用心去生活一次吧。那浸泡人体的水，即使是洪水也是温暖的，伴随着我们的水罐和脚。诗是情感的，不是智力的。我们当然不会拜倒在一只哑哑的太阳下，也不会乞求于自己严密无情的智力。我们在地上找水，建设家园，流浪，拖儿带女。我是说，我们不屑于在永恒面前停留。实体是有的，仍是这活命的土地与水！我们寻求互相庇护的灵魂。我仍然要在温暖的尘世建造自己就像建造一座房子。我是一个拖儿带女的东方人，手提水罐如诗稿，那么，永恒于我，又有什么价值。

日记

1986 年 8 月

从哪儿写起呢？这是一个夜里，我想写我身后的，或者说，我房子后边的一片树林子。我常常在黄昏时分，盘桓其中，得到无数昏暗的乐趣，寂寞的乐趣。有一队鸟，在那县城的屋顶上面，被阳光逼近，久久不忍离去。

（1）我是说，我是诗，我是肉，抒情就是血。歌德、叶芝，还有俄国的诗人们、英国的诗人们，都是古典抒情的代表。抒情，质言之，就是一种自发的举动。它是人的消极能力：你随时准备歌唱，也就是说，像一枚金币，一面是人，另一面是诗人。不如说你主要是人，完成你人生的动作，这动作一面映在清澈的歌唱的泉水中——诗。不，我还没有说出我的意思，我是说，你首先是恋人，其次是诗人；你首先是裁缝，是叛徒，是同情别人的人，是目击者，是击剑的人，其次才是诗人。因为，诗是被动的，是消极的，也就是在行为的深层下悄悄流动的。与其说它是水，不如说它是水中的鱼；与其说它是阳光，不如说它是阳光下的影子。

别的人走向行动，我走向歌唱；就像别的人是渔夫，我是鱼。

抒情，比如说云，自发地涌在高原上。太阳晒暖了手指、木片和琵琶，最主要的是，湖泊深处的王冠和后冠。湖泊深处，抒情就是，王的座位。其实，抒情的一切，无非是为了那个唯一的人，心中的人，B，劳拉或别人，或贝亚德丽丝。她无比美丽，尤其纯洁，够得上诗的称呼。

就连我这些话也处在阴影之中。

（2）古典：当我从当代、现代走向古典时，我是遵循泉水的原理或真理的。在那里，抒情还处于一种清澈的状态，处于水中王冠的自我审视。在萨福那里，水中王位不会倾斜。你的牧羊人斜靠门厅而立。岩间陶瓶牵下水来。

（3）语言层次：是的，中国当前的诗，大都处于实验阶段，基本上还没有进入语言。我觉得，当前中国现代诗歌对意象的关注，损害甚至危及了她的语言要求。

夜空很高，月亮还没有升起来。

而月亮的意象，即某种关联自身与外物的象征物，或文字上美丽的呈现，不能代表诗歌中吟咏的本身。它只是活在文字的山坡上，对于流动的语言的小溪则是阻障。

但是，旧语言旧诗歌中的平滑起伏的节拍和歌唱性差不多已经死去了。死尸是不能出土的，问题在于坟墓上的花枝和青草。新的美学和新语言新诗的诞生不仅取决于感性的再造，还取决于意象与咏唱的合一。意象平民必须高攀上咏唱贵族。语言的姻亲定在这个青月亮的夜里。即，人们应当关注和审视语言自身，那宝石，水中的王，唯一的人。劳拉哦劳拉。

（4）黎明。黎明并不是一种开始，她应当是最后来到的，收抬黑夜尸体的人。我想，这古典是一种黎明，当彼岸的鹿、水中的鹿和心上的鹿，合而为一时，这古典是一种黎明。

1986 年 11 月 18 日

我觉得今天非得写点儿什么。

这些天，我觉得全身骨骼格格格响，全身的全副的锁链一下挣脱了，非常像《克利斯朵夫》上的一些描写。

我一直就预感到今天是一个很大的难关。一生中最艰难、最凶险的关头。我差一点被毁了。两年来的情感和烦闷的枷锁，在这两个星期（尤其是前一个星期）以充分显露的死神的面貌出现。我差一点自杀了：我的尸体或许已经沉下海水，或许已经焚化；父母兄弟仍在痛苦，别人仍在惊异，鄙视……但那是另一个我——另一具尸体。那不是我。我坦然地写下这句话：他死了。我曾以多种方式结束了他的生命。但我活下来了，我——一个更坚强的他活下来了，我第一次体会到了强者的尊严、幸福和神圣。我又生活在圣洁之中。过去蜕下了，如一张皮。我对过去的一张面孔，尤其是其中一张大扁脸充满了鄙视……我永远摆脱了，我将大踏步前进。

我体会到了生与死的两副面孔，似乎是多赚了一条生命。这生命是谁重新赋予的？我将永远珍惜生命——保护她，强化她，使她放出美丽光华。今年是我生命中水火烈撞、龙虎相斗的一年。在我的诗歌艺术上也同样呈现出来。这种绝境。这种边缘。

在我的身上在我的诗中我被多次撕裂。目前我坚强地行进，像一个年轻而美丽的神在行进。《太阳》的第一篇越来越清晰了。我在她里面看见了我自己美丽的雕像：再不是一些爆炸中的碎片。日子宁静——像高原上的神的日子。

我现在可以对着自己的痛苦放声大笑！

而突然之间，克利斯朵夫好像看到自己就躺在死者的地位，那可怕的话就在自己的嘴里喊出来，而虚度了一生，无可挽回地虚度了一生的痛苦，就压在自己的心上。于是他不胜惊骇地想着："宁可受尽世界上的痛苦，受尽世界上的灾难，可千万不能到这个地步！"……他不是险些到了这一地步吗？他不是想毁灭自己的生命，毫无血气地逃避他的痛苦吗？以死来鄙薄自己，出卖自己，否定自己的信仰……但世界上最大的刑罚，最大的罪过，跟这个罪过相比，所有的痛苦，所有的欺骗，还不等于小孩子的悲伤？

他看到人生是一场无休、无歇、无情的战斗。凡是要做个够得上称为人的人，都得时时刻刻向无形的敌人作战：本能中那些致人死命的力量、乱人心意的欲望、暧昧的念头、使你堕落使你自行毁灭的念头，都是这一类的顽敌。他看到自己差一点儿坠入深渊，也看到幸福与爱情只是一时的欺罔，为的是叫你精神解体，自暴自弃。于是这十五岁的清教徒听见了他的上帝的声音。

1987 年 11 月 4 日

仿佛是很久以前的一支笔，她放在那里，今夜我又重新握起。头绪很多，我简直不知从何写起。而且，因为全身心沉浸在诗歌创作里，任何别的创作或活动都简直被我自己认为是浪费时间。我一直想写一种经历或小说，总有一天它会脱离阵痛而顺利产出。但如今，我实在是全身心沉浸在我的诗歌创造中，这样的日子是可以称之为高原的日子、神的日子、黄金的日子、王冠的日子。我打算明年去南方，去遥远的南国之岛，去海南。在那里，在热带的景色里，我想继续完成我那包孕黑暗和光明的太阳。真的以全部的生命之火和青春之火投身于太阳的创造。以全身的血、土与灵魂来创造永恒而又常新的太阳，这就是我现在的日子。

应该说，现在和这两年，我在向歌德学习精神和诗艺，但首先是学习生活。但是，对于生活是什么？生活的现象又包孕着什么意义？人类又该怎样地生活？我确实也是茫然而混沌，但我确实是一往直前地拥抱生活，充分地生活。我挚烈地活着，亲吻，毁灭和重造，犹如一团大火，我就在大火中心。那只火焰的大鸟："燃烧"——这个诗歌的词，正像我的名字，正像我自己向着我

第四编 文论

自己疯狂的微笑。这生活与生活的疯狂，我应该感激吗？我的燃烧似乎是盲目的，燃烧仿佛心中青春的祭典。燃烧指向一切，拥抱一切，又放弃一切，劫夺一切。生活也越来越像劫夺和战斗，像"烈"。随着生命之火、青春之火越烧越旺，内在的生命越来越旺盛，也越来越盲目。因此燃烧也就是黑暗——甚至是黑暗的中心、地狱的中心。我和但丁不一样，我在这样早早的青春中就已步入地狱的大门，开启生活和火焰的大门。我仿佛种种现象，怀抱各自本质的火焰，在黑暗中冲杀与砍伐。我的诗歌之马大汗淋漓，甚至像在流血——仿佛那落日和朝霞是我从耶稣诞生的马厩里牵出的两匹燃烧的马、流血的马——但是它越来越壮丽，美丽得令人不敢逼视。

我要把粮食和水、大地和爱情这汇集一切的青春统统投入太阳和火，让它们冲突、战斗、燃烧、混沌、盲目、残忍甚至黑暗。我和群龙一起在旷荒的大野闪动着亮如白昼的明亮眼睛，在飞翔，在黑暗中舞蹈、扭动和厮杀。我要首先成为群龙之首，然后我要杀死这群龙之首，让它进入更高的生命形式。生命在荒野不可阻挡地溢出，舞蹈。我和黑夜，同母。

但黑暗总是永恒，总是充斥我骚乱的内心。它比日子本身更加美丽，是日子的诗歌。创造太阳的人不得不永与黑暗为兄弟，为自己。

魔——这是我的母亲、我的侍从、我的形式的生命。它以醉为马，飞翔在黑暗之中，以黑暗为粮食，也以黑暗为战场。我与欲望也互通心声，互相壮大生命的凯旋，互为节奏，为夜半的鼓声和急促的屠杀。我透过大火封闭的牢门像一个魔。对我自己困在烈焰的牢中即将被烧死——我放声大笑。我不会笑得比这个更加畅快了！我要加速生命与死亡的步伐。我挥霍生命也挥霍死亡。我同是天堂和地狱的大笑之火的主人。

想起八年前冬天的夜行列车，想起最初对女性和美丽的温暖感觉——那时的夜晚几乎像白天，而现在的白天则更接近或等于真正的子夜或那劳动的作坊和子宫。我处于狂乱与风暴中心，不希求任何的安慰和岛屿，我旋转犹如疯狂的日。我是如此的重视黑暗，以至我要以《黑夜》为题写诗。这应该是一首真正伟大的诗。伟大的抒情的诗。在《黑夜》中我将回顾一个飞逝而去的过去之夜、夜行的货车和列车、旅程的劳累和不安的辗转迁徙、不安的奔驰于旷野同样迷乱的心，渴望一种夜晚的无家状态。我还要写到我结识的一个个女性、少女和女人。她们在童年似姐妹和母亲，似遥远的滚动而退却远方的黑色的地平线。她们是白天的边界之外的异境，是异国的群山，是别的民族的山河，是天堂的美丽灯盏一般挂下的果实，那样的可望而不可即。这样她们就悸动如地平线和阴影，吸引着我那近乎自恋的童年时代。接下来就是爆炸和暴乱，那革命的少年时代——这疯狂的少年时代的盲目和黑暗里的黑夜至今也未在我的内心平息和结束。少年时代他迷恋超越和辞句，迷恋一切又打碎一切，但又总是那么透明，那么一往情深，犹如清晨带露的花朵和战士手中带露的枪支。那是没有诗而其实就是盲目之诗的岁月，执着于过眼烟云的一切，忧郁感伤仿佛上一个世纪的少年，为每一张匆匆闪过的脸孔而欣悦。每一年的每一天都会爱上一个新的女性，犹如露珠日日破裂日日重生，对于生命的本体和大地没有损害，只是增添了大地诗意的缤纷、朦胧和空幻。一切如此美好，每一天都有一个新的异常美丽的面孔等着我去爱上。每一个日子我都早早起床，我迷恋于清晨，投身于一个又一个日子，那日子并不是生活——那日子他只是梦，少年的梦。这段时间在我是较为漫长的，因为我的童年时代是结束得太早太快了！

动作（《太阳·断头篇》代后记）

如果说我以前写的是"她"，人类之母，诗经中的"伊人"，一种北方的土地和水，寂静的劳作，那么，现在，我要写"他"，一个大男人，人类之父，我要写楚辞中的"东皇太一"，甚至奥义书中的"大梵"，但归根到底，他只是一个失败的英雄，和我一样。

这是一幅人类个体完整的图像，也是他的生长史。我从爪子下开始，那是一对曾经舞在空中斫天取火的爪子，但这仅仅是人类精神苏醒的序幕，于是我破鱼而出，但似乎又回到鱼，回到我所能感觉到的脐，那个与大地母亲与地下冥府与永恒死亡紧紧缠在一起的脐。这是关于轮回的大地之歌，是劳作与舞蹈的颂歌，也是破坏和毁灭的颂歌。然后我们一起上升到心，那是质朴的静止的人类生存状态。人们用火用粮食用歌曲用诗人的生命来长久地活下去，在心上活下去。心，就是静止的人民，是一朵不灭的火焰，纯洁的源泉。然后我们就通过诗人找到了老歌巫的嘴唇，它代表着祭礼、婚礼和葬礼。踏破这轮回的歌曲的则是头颅，这位大男人的头颅，但这头颅是用来作一种绝对失败的反抗的，这只头颅将被砍离整个躯体，成长为一个血红的太阳。整个人类，无头之躯的地面，永远绕着这太阳旋转。好比说是舞。

这首诗，是血淋淋的，但同样是温情脉脉的，是黑暗无边的，但同样是光芒四射的，是无头战士的是英雄主义的但同样是人民的是诗人心上人的，是夜晚和地狱的，是破碎天空和血腥大地的，但归根到底是太阳的。

所以他就叫太阳

太阳就是我，一个舞动宇宙的劳作者，一个诗人和注定失败的战士。总而言之，我反抗过生命以外的一切，甚至反抗过死亡，因此就在这上天入地的路途上，听见了这样一句话：地狱之火烧伤他的面颊，就像烧伤但丁一样。

但这一次是在中国，伟大诗篇的阵痛中！

而太阳一直轰轰烈烈地活在葬礼上！

之一：自然实体和集体仪式的死

这一次，我的诗，出自死亡的本源，和死里求生的本能，并且拒绝了一切救命之术和别的精神与诗艺的诱惑。这是唯一的一次轰轰烈烈的死亡。断头的时候正是日出。这是唯一一场使我们血泉如注并且成为英雄的战争。在一个衰竭实利的时代，我要为英雄主义作证。这是我的本分。我当然不是讲一次几千年前的战争。我还要写下去，写正午的太阳：天地双方的厮杀，英雄世纪，王，写日落，众神的黄昏，唯一的王的劫难。我的心，情感的心，已被历史行动的血泊浸润。我的史诗形体正在血腥的荒野上向我走来。只是那两位主人公迟迟没有出现。奇怪，为什么我总是觉得是两位主人公呢？而太阳，这一次是死里求生的集体仪式。是人，都必须在太阳面前找到自己存在的依据。

之二：是天空，还是大地？

归根到底，我是倾心于阴沉，寒冷艰涩，深不到底。但催人生长，保存四季、仪式、诞生与死亡的大地艺术。是它给了我结实的心。我不会被打垮是因为它。如果说海是希腊的，那么天空是中国的。任何人都不像中国人对于天空有那么深的感知。当然，一切伟大的作品都是在通向天空的道路上消失，但我说的是另一个天空。那个天空是中国人固有的，是中国文人的人格所保存的，虽然现在只能从形式的趣味上才能隐隐看去。这当然不是形成宇宙和血缘时那一团团血腥预言的天空。中国人用漫长的正史把核心包起来了，所以文人最终由山林、酒杯和月亮导向反射灵魂的天空。它是深知时间秘密的，因而是淡泊的，最终是和解的。唐诗中有许多精粹的时刻，中国是伟大抒情诗篇的国度。那么，我的天空就与此不同，它不仅是抒情诗篇的天空，苦难艺术家的天空，也是歌巫和武人，老祖母和死婴的天空，更是民族集体行动的天空。因此，我的天空往往是血腥的大地。我要说，千万年来，不仅仅是先知们在各自的散文中沉睡……

之三：几种诗

诗有两种：纯诗（小诗）和唯一的真诗（大诗），还有一些诗意状态。

诗人必须有力量把自己从大众中救出来，从散文中救出来，因为写诗并不是简单的喝水，望月亮，谈情说爱，寻死觅活。重要的是意识到地层的断裂和移动，人的一致和隔离。诗人必须有孤军奋战的力量和勇气。

诗人必须有力量把自己从自我中救出来，因为人民的生存和天、地是歌唱的源泉，是唯一的真诗。"人民的心"是唯一的诗人。

在写大诗时，这是同一个死里求生的过程。

诗学：一份提纲

一、辩解

我写长诗总是迫不得已。出于某种巨大的元素对我的召唤，也是因为我有太多的话要说，这些元素和伟大材料的东西总会胀破我的诗歌外壳。为了诗歌本身——和现代世界艺术对精神的垄断和优势——我得舍弃我大部分的精神材料，直到它们成为诗歌。

在这一首诗（《土地》）里，我要说的是，由于丧失了土地，这些现代的漂泊无依的灵魂必须寻找一种代替品——那就是欲望，肤浅的欲望。大地本身恢宏的生命力只能用欲望来代替和指称，可见我们已经丧失了多少东西。

在这一首诗里，与危机的意识并存，我写下了四季循环。对于我来说，四季循环不仅是一种外界景色，土地景色和故乡景色。更主要的是一种内心冲突、对话与和解。在我看来，四季就是火在土中生存、呼吸、血液循环、生殖化为灰烬和再生的节奏。我用了许多自然界的生命来描绘（模仿和象征）他们的冲突，对话与和解。这些生命之兽构成四季循环，土火争斗的血液字母和词汇——一句话，语言是诗中的元素。它们带着各自粗糙的感情生命和表情出现在这首诗中。豹子的粗糙的感情生命是一种原生的欲望和蜕化的欲望杂陈。狮子是诗。骆驼是穿越内心地狱和沙漠的负重的天才现象。公牛是虚假和饥饿的外壳。马是人类、女人和大地的基本表情。玫瑰与羔羊是赤子、赤子之心和天堂的选民——是救赎和感情的导师。鹰是一种原始生动的诗——诗人与鹰合一时代的诗。王就是王。石就是石。酒就是酒。家园依然是家园。这些全是原始粗糙的感性生命和表情。

还有一层是古典理性主义给我的诗歌带来的语言。他们代表了作为形式文明和思辨对生命的指称，围绕着"道"出现了飞速旋转的先知、实体的车子、法官和他的车子、囚禁、乘客与盲目的宿命的诗人。古典理性主义携带一把盲目的斧子，在失明状态下斫砍生命之树。天堂和地狱会越来越远。我们被排斥在天堂和地狱之外。我们作为形式的文明是建立在这些砍伐生命者的语言之上的——从老子、孔子和苏格拉底开始。从那时开始，原始的海退去大地裸露——我们从生命之海的底部一跃，占据大地：这生命深渊之上脆弱的外壳和桥；我们睁开眼睛——其实是险入失明状态。原生的生命涌动蜕化为文明形式和文明类型。我们开始抱住外壳。拼命地镌刻诗歌——而内心明亮外壳盲目的荷马只好抱琴远去。荷马——你何日能归？！

二、上帝的七日

在上帝的七日里一定有原始力量的焦虑、和解、对话，他对我命令、指责和期望。

伟大的立法者……

"我从原始的王中涌现　涌现。"

在上帝的七日里一定有幻想、伟大诗歌、流放与囚禁。

让我们先来看看上帝的第六日。

创造亚当实际上是亚当从大地和上帝手中挣脱出来。主体从实体中挣脱出来。男人从女人中挣脱出来。父从母、生从死挣脱出来，使亚当沉睡于实体和万物中的绳索有两条：大地束缚力（死亡意识）与上帝束缚力（奴隶的因素）。好像一个王子，母与父（王与后）是一个先他存在的势力。让我们从米开朗琪罗来看看上帝或王子的束缚力（也就是父亲势力）。

米开朗琪罗塑造了一系列奴隶——从天顶画到塑像，伴随主体（亚当、摩西、统治者）的总是奴隶——除裸体外身无一物的人——这裸体用以象征艺术家和人类自身。主体与奴隶实际上是合二为一的：这就是创造亚当的进程（所以巨匠＝上帝＋奴隶）。

另外，母亲势力：实际上也就是亚当和夏娃的关系。指的是亚当从夏娃中挣脱出来（母亲就是夏娃），从母体的挣脱（这"母亲"就是《浮士德》中使人恐怖的万物之母），从大地和"无"中的挣脱，意识从生命的本原的幽暗中苏醒——从虚无的生命气息中苏醒（古典理性主义哲学苏格拉底和老子探讨的起点——当然他们还是以直观的逻辑为起点），这也是上升时期的精神，在但丁、米开朗琪罗中明确显示。

而相反，创造夏娃是从亚当的挣脱，这是变乱世纪和世纪末的精神：以母为本，彻底意味着人追求母体、追求爱与死的宗教气质。母性原则体现在本世纪造型艺术上十分充分。追求精神、生命与抽象永恒，把形式、装饰和心情作为目标。不是塑造，无视主体形象的完满，而追求沉睡的生命自由。追求瓦解与元素的冥冥心情。这也是敦煌石窟壁画的精神——对于伟大的精神与死的心情的渴望。

本世纪艺术带有母体的一切特点：缺乏完整性、缺乏纪念碑的力量，但并不缺乏复杂和深刻，并不缺乏可能性，并不缺乏死亡和深渊。从卢梭和歌德开始了这场"伟大的自由的片段"——伟大的母体深渊的苏醒（很奇怪，歌德本人却是一个例外：后面会简略谈到）：夏娃苏醒在亚当肋骨的自白。

从希腊文化和文艺复兴那些巨匠的理想和力量中成长起来的却是心情、情感、瓦解、碎片和一次性行动意志的根本缺乏。

浪漫主义王子型诗人们是夏娃涌出亚当，跃出亚当的瞬间（人或是亚当的再次沉睡和疼痛？）卢梭是夏娃最早的咿呀之声……她的自恋与诉说……自然的母体在周围轰响，伸展的立方主义，抽象表现，超现实主义……本世纪这些现代倾向的抽象、矫饰或者元素的造型艺术更是初生女儿和人母夏娃眼神中初次映象：精神本原和心情零乱现象零乱元素的合冶。

……而巨匠和行动创造性的、人格性的、奴隶和上帝的复合体亚当开始沉睡。

父亲迷恋于创造和纪念碑、行动雕刻和教堂神殿造型的壮丽人格。王子是旷野无边的孩子。母性和母体迷恋于战争舞蹈、性爱舞蹈与抽象舞蹈的深渊和心情，环绕人母和深渊之母（在泰西文明是圣母）。先是浪漫主义王子（详见"太阳神之子"），后来又出现了一系列环绕母亲的圣徒：卡夫卡、陀思妥耶夫斯基、凡·高、梭罗、尼采等，近乎一个歌唱母亲和深渊的合唱队，神秘合唱队。

现代主义精神（世纪精神）的合唱队中圣徒有两类：一类用抽象理智、用智性对自我的流放，来造建理智的沙漠之城，这些深渊或小国寡民至极的土地测量员（卡夫卡、梭罗、乔伊斯）；这些抽象和脆弱的语言或视觉的桥的建筑师（维特根施坦、塞尚）；这些近视的数据科学家或临床大夫（达尔文、卡尔、弗洛伊德），他们合在一起，对"抽象之道"和"深层阴影"的向往，对大同和深渊的摸索，象征"主体与壮丽人格建筑"的完全贫乏，应该承认，我们是一个贫乏的时代——主体贫乏的时代。他们逆天而行，是一群奇特的众神，他们活在我们的近旁，困惑着我们。

另一类深渊圣徒和一些早夭的浪漫主义王子一起，他们符合"大地的支配"，这些人像是我们的血肉兄弟，甚至就是我的血。

"我来说说我的血"。

人　活在原始力量的周围。

凡·高、陀思妥耶夫斯基、雪莱、韩波、坡、荷尔德林、叶赛宁、克兰和马洛（甚至在另一种意义上还有阴郁的叔伯兄弟卡夫卡、理想的悲剧诗人席勒、疯狂的预言家尼采）都活在这种原始力量的中心，或靠近中心的地方，他们的诗歌即是和这个原始力量的战斗、和解、不间断的对话与同一。他们的对话、指责和辩白。这种对话主要是一种抒发、抒发的舞，我们大多数的人类民众们都活在原始力量的表层和周围。

在亚当型巨匠那里（米开朗琪罗、但丁、莎士比亚、歌德）又是另外一种情况，原始力量成为主体力量，他们与原始力量之间的关系是正常的、造型的和史诗的，他们可以利用由自身潜伏的巨大的原发性的原始力量（悲剧性的生涯和生存、天才和魔鬼、地狱深渊、疯狂的创造与毁灭、欲望与死亡、血、性与宿命，整个代表性民族的潜伏性）来为主体（雕塑和建筑）服务。歌德是一个代表，他在这种原始力量的洪水猛兽面前感到无限的恐惧（如他听贝多芬的某些音乐感到释放了身上的妖魔），歌德通过秩序和拘束使这些凶猛的元素、地狱深渊和魔法的大地分担在多重自我形象中（他分别隐身于浮士德、梅非斯特——恶魔、瓦格纳——机械理性、荷蒙库阿斯——人造人、海伦、欧福里翁、福尔库阿斯、守塔人林叩斯和女巫的厨房中），这些人对于歌德来说都是他原始力量的分担者，同时又借他们完成了悲剧主体的造型。歌德通过秩序和训练，米开朗琪罗通过巨匠的手艺，莎士比亚通过力量和天然接受力以及表演天才，但丁通过中世纪神学大全的全部体系和罗马复兴的一缕晨曦（所有人都利用了文明中基本的粗暴感性、粗鄙和忧患——这些伟大的诗歌力量和材料），这"父亲势力"可与"母亲势力"（原始力量）平衡。产生了人格，产生了一次性行动的诗歌，产生了秩序的教堂、文明类型的万神殿和代表性诗歌——伟大的诗歌：造型性的史诗、悲剧和建筑，"这就是父亲主体"。

但凡·高他们活在原始力量中心或附近，他们无法像那些伟大的诗人有幸也有力量活在文明和诗歌类型的边缘，他们诗歌中的天堂或地狱的力量无限伸展，因而不能容纳他们自身。也不会产生伟大的诗歌和诗歌人格——任何诗歌体系或类型。他们只能不懈而近乎单调地抒发。他们无力成为父亲，无力把女儿、母亲变成妻子——无力战胜这种母亲，只留下父本与母本的战争、和解，短暂的和平与对话的诗歌。诗歌终于被原始力量压垮，并席卷而去。

当然，后面我们将要谈到的人类集体创造的更高一层，超越父与母的人类形象记录。他们代表一种人类庄严存在，是人类形象与天地并生。

关于地狱……我将会在以后的岁月里向你们一一叙述……底层的神的灵感和灵魂的深层涌泉，代表着被覆盖的秘密的泉源。

在上帝的七日中，我看出第六日已是如此复杂与循环，所以历史始终在这两种互为材料（原始的养料）的主体中滑动：守教与行动；母本与父本；大地与教堂。在这种滑动中我们可以找到多种艺术的根源，如现代艺术根源中对元素的追挖和"变形"倾向即是父本瓦解的必然结果。

创造亚当是人本的——具体的，造型的，是一种劳作，是一次性诗歌行动。创造夏娃是神本的、母本的、抽象的、元素的和多种可能性同时存在的——这是一种疯狂与疲倦至极的泥土呻吟和抒情。是文明末端必然的流放和耻辱，是一种受难。集体受难导致宗教。神。从亚当到夏娃也就是从众神向一神的进程。

而从母走向父：亚当的创造，不仅回荡滚动着大地的花香，欲情和感性，作为挣脱母体（实体和材料）的一种劳作，极富有战斗、挣扎和艰苦色彩——雕像的未完成倾向。希腊悲剧和意大利文艺复兴是两个典型的创造亚当的过程。带有鲜明的三点精神：主体明朗、奴隶色彩（命运）和挣扎的悲剧性姿态。而且在希腊悲剧和意大利文艺复兴各有巨匠辈出。

从夏娃到亚当的转变和挣扎——在我们祖国的当代尤其应值得重视——是从心情和感性到意志，从抒发情感到力量的显示，无尽混沌中人类和神浑厚质朴、气魄巨大的姿势、飞腾和舞蹈。亚当：之一，荷马的行动力和质朴未凿、他的黎明；之二，但丁的深刻与光辉；之三，莎士比亚的丰厚的人性和力量；之四，歌德，他的从不间断的人生学习和努力造型；之五，米开朗琪罗的上帝般的创造力和巨人——奴隶的体力；之六，埃斯库罗斯的人类对命运的巨大挣扎和努力——当然，这仅仅是一些典型。

三、王子·太阳神之子

我要写下这样一篇序言，或者说寓言。我更珍惜的是那些没有成为王的王子。代表了人类的悲剧命运。命运是有的。它不管你承认不承认。自从人类摆脱了集体回忆的创作（如印度史诗、旧约、荷马史诗）之后，就一直由自由的个体为诗的王位而进行血的角逐。可惜的是，这场场角逐并不仅仅以才华为尺度。命运它加手其中。正如悲剧中，最优秀最高贵最有才华的王子往往最先身亡。我所敬佩的王子行列可以列出长长的一串：雪莱、叶赛宁、荷尔德林、坡、马洛、韩波、克兰、狄兰……席勒甚至普希金。马洛、韩波从才华上，雪莱从纯洁的气质上堪称他们的代表。他们的疯狂才华、力气、纯洁气质和悲剧性的命运完全是一致的。他们是同一个王子的不同化身、不同肉体、不同文字的呈现、不同的面目而已。他们是同一个王子，诗歌王子，太阳王子。对于这一点，我深信不疑。他们悲剧性的抗争和抒情，本身就是人类存在最为壮丽的诗篇。他们悲剧性的存在是诗中之诗。他们美好的毁灭就是人类的象征。我想了好久，这个诗歌王子的存在，是继人类集体宗教创作时代之后，更为辉煌的天才存在，我坚信，这就是人类的命运，是个体生命和才华的命运，它不同于人类早期的第一种命运，集体祭司的命运。

从祭司到王子，是人的意识的一次苏醒，也是命运的一次胜利，在这里，人类个体的脆弱性暴露无遗。他们来临，诞生，经历悲剧性生命充盈才华焕发的一生，就匆匆退场，都没有等到谢幕，我常常为此产生痛不欲生的感觉。但片刻悲痛过去，即显世界本来辉煌的面目，这个诗歌王子，命定般地站立于我面前，安详微笑，饱含了天才辛酸。人类啊，此刻我是多么爱你。

当然，还有一些终于为王的少数。但丁、莎士比亚、歌德就是。命运为他们安排了流放，勤奋或别的命运，他们是幸运的。我敬佩他们。他们是伟大的峰顶，是我们这些诗歌王子角逐的王座。对，是王座，可望而不可即。在雪莱这些诗歌王子的诗篇中，我们都会感到亲近。因为他们悲壮而抒情，带着人性中纯洁而又才华的微笑，这微笑的火焰，已经被命运之手熄灭，有时，我甚至在一刹那间，觉得雪莱和叶赛宁的某些诗是我写的。我与这些抒情主体的王子们已经融为一体，而在我读《神曲》时，中间矗立着伟大的但丁，用的是但丁的眼。他一直在我和他的作品之间。他的目光注视着你。他领着你在他王座周围盘桓。但丁啊，总有一天，我要像你抛开维吉尔那样抛开你的陪伴，由我心中的诗神或女神陪伴升上诗歌的天堂，但现在你仍然是王和我的老师。

这一次全然涉于西方的诗歌王国。因为我恨东方诗人的文人气质。他们苍白孱弱，自以为是。他们隐藏和陶醉于自己的趣味之中。他们把一切都变成趣味，这是最令我难以忍受的。比如说，陶渊明和梭罗同时归隐山水，但陶重趣味，梭罗却要对自己的生命和存在本身表示极大的珍惜和关注。这就是我的诗歌的理想，应抛弃文人趣味，直接关注生命存在本身。这是中国诗歌的自新之路。我坚信这一点，所以我要写他们。泰西的王或王子，在《太阳》第一篇中我用祭司的集体黑暗中创作来爆炸太阳。这一篇我用泰西王子的才华和生命来进行爆炸太阳。我不敢说我已成功。我只想呈现生命。我珍惜王子一样青春的悲剧和生命。我通过太阳王子来进入生命。因为天才是生命的最辉煌的现象之一。我写下了这些冗长琐屑的诗行（参见《土地》），愿你们能理解我，朋友们。

1987.5.30　8点半多

四、伟大的诗歌

伟大的诗歌，不是感性的诗歌，也不是抒情的诗歌，不是原始材料的片断流动，而是主体人类在某一瞬间突入自身的宏伟——是主体人类在原始力量中的一次性诗歌行动。这里涉及到原始力量的材料（母力、天才）与诗歌本身的关系，涉及到创造力化为诗歌的问题。但丁将中世纪经院体系和民间信仰、传说和文献、祖国与个人的忧患以及新时代的曙光——将这些原始材料化为诗歌；歌德将个人自传类型上升到一种文明类型，与神话宏观背景的原始材料化为诗歌，都在于有一种伟大的创造性人格和伟大的一次性诗歌行动。

这一世纪和下一世纪的交替，在中国，必有一次伟大的诗歌行动和一首伟大的诗篇。这是我，一个中国当代诗人的梦想和愿望。因此必须清算、扫清一下。对从浪漫主义以来丧失诗歌意志力与诗歌一次性行动的清算，尤其要对现代主义酷爱"元素与变形"这些一大堆原始材料的清算。

我们首先必须认清在人类诗歌史上创造伟大诗歌的两次失败。

第一次失败是一些民族诗人的失败。他们没有将自己和民族的材料和诗歌上升到整个人类的形象。虽然他们的天才是有力的，也是均衡的（材料和诗歌均衡），他们在民族语言范围内创造出了优秀诗篇。但都没能完成全人类的伟大诗篇。他们的成功是个别的和较小的。他们的代表人物有普希金、雨果、惠特曼、叶芝、维加，还有易卜生等。我们试着比较一下歌德与普希金、雨果。他们可以说处在同一时代。歌德的《浮士德》就是我们前面提到的创造性人格的一次性诗歌行动——《浮士德》的第一部与第二部终于结合起来，浪漫世界的抒情主体与古典世界的宏观背景终于结合在一个形象中。原始形象的阴影（即青春的阴暗和抒情诗人的被动性阴影感知）终于转变并壮大成为创造行动。伟大的材料成为诗歌，而且完整。而在普希金和雨果那里则表现为一种分离：诗歌与散文材料的分离；主体世界与宏观背景（小宇宙与大宇宙）的分离；抒情与创造的分离。这些分离实际上都是一个分离。表现在作品上，普希金的《奥涅金》与《上尉的女儿》，体现了分离和一次性诗歌行动的失败；雨果则是《历代传说》与《悲惨世界》，体现了同样的分离和失败。这是第一次失败，一些非常伟大的民族诗人创造人类伟大的诗歌的失败。

第二次失败离我们的距离更近，我们可以把它分为两种倾向的失败：碎片与盲目。

碎片：如本世纪英语诗中庞德和艾略特就没能将原始材料（片断）化为伟大的诗歌：只有材料、信仰与生涯、智性与悟性创造的碎片。本世纪的多数艺术家（创造性的艺术家）都属于这种元素性诗人（碎片与材料的诗人：如卡夫卡的寓言性元素和启示录幻景的未完成性；乔伊斯的极端语言实验倾向与内容文体的卑微；美国文人庞德与艾略特的断片；音乐家瓦格纳的神话翻版），还有一大批"元素与变形"一格的造型艺术家（塞尚、毕加索、康定斯基、克利、马蒂斯、蒙德里安、波洛克与摩尔）。还有哲学诗人和哲学戏剧家加缪和萨特。这些人与现代主义精神的第一类圣徒（奇特的众神）是等同或十分接近的。

第二种失败里还有一种是通过散文表达那些发自变乱时期本能与血的呼声的人。从材料和深度来说，他们更接近史诗这一伟大的诗歌本身，可惜他们自身根本就不是诗歌。我们可以将这些史诗性散文称之为盲目的诗或独眼巨人——这盲目的诗体现了某些文明的深刻变乱，尤其是早些时候的俄罗斯和今日的拉美。斯拉夫的俄罗斯、变乱中的农民创造出了这样一批独眼巨人：《卡

拉玛佐夫兄弟》(陀思妥耶夫斯基)、《战争与和平》(托尔斯泰)
与《静静的顿河》(肖洛霍夫)等。他们没有也不可能把这些伟
大的原始材料化成伟大诗歌。他们凭着盲目的史诗和悲剧的本能，
暗中摸索与血的呼声进行巨型散文的创造。另外就是今日的拉美
文坛。他们也是处在某种边缘和动乱混血的交结点上，再加上优
秀的西班牙语言之血《堂吉诃德》。但是他们的成就似乎是复杂
多于深厚，(或因为疯狂的西班牙语言，他们喜剧色彩较重，缺
乏隆重严肃的史诗和悲剧)，而且确实有待深化。另外还有一些
别的民族的诗人，如美国的麦尔维尔(《白鲸》)和福克纳，英
语的悲剧诗人哈代(但染上了那个时代的感伤)和康拉德(不知
为什么他的成就没有更大)。这都源于文明之下生命深处血的肇
始和变乱。本质上，他们是盲目的大地诗人，接近于那些活在原
始力量中心的第二类众神。

　　在伟大的诗歌方面，只有但丁和歌德是成功的，还有莎士比
亚。这就是作为当代中国诗歌目标的成功的伟大诗歌。

　　当然，还有更高一级的创造性诗歌——这是一种诗歌总集性
质的东西——与其称之为伟大的诗歌，不如称之为伟大的人类精
神——这是人类形象中迄今为止的最高成就。他们作为一些精神
的内容(而不是材料)甚至高出于他们的艺术成就之上。他们作

为一批宗教和精神的高峰而超于审美的艺术之上，这是人类的集体回忆或造型。我们可以大概列举一下：（1）前 2800—前 2300 金字塔（埃及）；（2）纪元 4 世纪—14 世纪，敦煌佛教艺术（中国）；（3）前 17—前 1 世纪（《圣经·旧约》）；（4）更古老的无法考索不断恢宏的两大印度史诗和奥义书；（5）前 11 世纪—前 6 世纪的荷马两大史诗（希腊）还有《古兰经》和一些波斯的长诗汇集。

这是人类之心和人类之手的最高成就，是人类的集体回忆或造型。他们超于母本和父本之上，甚至超出审美与创造之上。是伟大诗歌的宇宙性背景。

与此同时，我还想在我的诗学中表达一种隐约的欣喜和预感：当代诗学中的元素倾向与艺术家集团行动集体创造的倾向和人类早期的集体回忆或造型相吻合——人类经历了个人巨匠的创造之手以后，是否又会在 20 世纪以后重回集体创造？！

1987 年 6 月—8 月

五、朝霞

（今夜，我仿佛感到天堂也是黑暗而空虚。）

所有的人和所有书都指引我以幻象，没有人没有书给我以真理和真实。模仿的诗歌、象征的诗歌。《处罚东方、处罚诗歌问题言论集》——这是我一本诗集的名字。

印度幻象和犹太幻想，以此为始原、根底和材料，为富有，长出有关"彻底"的直观：宗教、艺术——以及他们的建筑和经典。

幻象——他，并不提高生活中的真理和真实（甚至也不启示），而只是提高生存的深度与生存的深刻，生存深渊的可能。

从深渊里浮起一根黄昏的柱子，虚无之柱。根底之主子"虚无"闪烁生存之岸，包括涌流浇灌的欲望果园，填充以果实以马和花。这就是可能与幻象的诗。

《在我的黄昏之国里果实与马基本平静下来了虽然仍有风暴滚动但这些都不会奉献真理和真实的光辉》，要不然干脆就从光辉退回一种经验，但在这里仍无真实可言。

我要说，伟大而彻底的直观，关于"彻底"（或从无生有）的直观（宗教和艺术）也并不启示真理与真实。这种"彻底"的诗歌是叙说他自己行进在道上的唯一之神——却不是我们的真理和真实。

提高人类生存的真理性和真实性——在人类生活中从来就没有提出过，也从来就不是可能的。人类生存和人类生活中的几项基本目标相距遥远，不能相互言说和交谈，更谈不上互相战斗和包含。甚至，应该说，恐怖也没有直接而真实地到达人生。仍然只是幻想之一种：诗歌之一种。

人生的真理和真实性何在无人言说无人敢问。一切归于无言和缄默。

当然，幻象的根基或底气是将人类生存与自然循环的元素轮回联结起来加以创造幻想。如基督复活与四季景色。可能爱琴海西风诸岛——希腊世界——或者说，盲人荷马，他仅仅停留在经验世界仅仅停留在经验的生存上，没有到达幻象的生存（这应归功于地中海水的清澈和岛屿岩石的坚硬），更没有到达真理与真实。那么，歌德，他的古典理想，也就是追求这种经验的生存（此时此刻）——此时此刻最为美好的经验生存。诗歌生存之"极"为自然或母亲，或黑夜。所以《浮士德》第一卷写了三场"夜"。浮士德哥哥之死、恶魔携带你的飞翔。在《浮士德》第二卷写了空虚中的母亲之国：

> 我真不愿泄漏崇高的秘密——
> 女神庄严地君临寂境之间，
> 周围没有空间，也没有时间，
> 谈论她们，也会惹起麻烦，
> 她们叫母亲！
> …………
>
> 　　　　无路！无人去过
> 无法可去；这条路无人求过，
> 无法可求。你准备去走一遭？
> 无锁可开，也无门闩可移开，

你将被一片寂寥四面包围。

你可了解什么是荒芜和空虚？

…………

而永远空虚的远处却渺渺茫茫

你听不到自己的足音，

你要坐下，却并无实物可寻。

…………

凭你们的名义，母亲们，你们君临

无涯之境，永远寂寥凄清，

而又合群。活动的生命的形象，

但并无生命，在你们四周彷徨。

在光与假象中存在过的一切，

在那里蠢动，他们想永远不灭。

万能的女神，你们将他们派遣，

派往白昼和黑夜的苍穹下面。

　　而这仍旧是"真正的空虚"的边缘。因为还有母亲们。实际上，这"母亲"也是幻象，也是应诗人的召唤而来，就像但丁在流放中召唤一些曾经活过而今日死去的伟大幽灵。把这些"母亲和幽灵"扫去，把这些诗歌幻象扫去，我们便来到了真正的空虚。

　　再如，陀思妥耶夫斯基就贯穿着基督教的幻象，他是幻象诗人——幻象，正是歌德早就言中，"不是罪犯，就是善人，不是凶手就是白痴"，而尼采可能是沙漠和先知的幻象家——其实他们在伟大幻象沙漠的边缘，基督世界的边缘。他赞同旧约中上帝的复仇。他仅仅更改了上帝名姓。并没有杀死上帝。而只杀死了一些懦弱的人类。他以攻为守、以刀为床，夺取幻象诗歌的地方。

幻象是人生为我们的死亡惨灭的秋天保留的最后一个果实，除了失败，谁也不能触动它。人类经验与人类幻象的斗争，就是土地与沙漠与死亡逼近的斗争。幻象则真实地意味着虚无、自由与失败（——就像诗人的事业和王者的事业：诗歌）：但决不是死亡。死亡仍然是一种人类经验。死亡仍然是一种经验。我一直想写这么一首大型叙事诗：两大民族的代表诗人（也是王）代表各自民族以生命为代价进行诗歌竞赛，得胜的民族在歌上失败了，他的王（诗人）在竞赛中头颅落地。失败的民族的王（诗人）胜利了——整个民族惨灭了、灭绝了，只剩他一人，或者说仅仅剩下他的诗。这就是幻象，这仍然只是幻象。

这就是像一根火柱立于黄昏之国，立于死亡灭绝的秋天，那火柱除了滚滚火光和火光的景象之外空无所有——这就是落日的景色，这就是众神的黄昏。这就是幻象。

但是我……我为什么看见了朝霞

为什么看见了真实的朝霞？！

幻象它燃烧，落日它燃烧，燃烧吞噬的是它自身，就像沙漠只是包围沙漠自身——沙漠从未涉及到欲望的田园，欲望之国：土地。

如果幻象等于死亡，每一次落日等于死亡（换句话说，沙漠等于死亡）。——那么一切人类生存的历史和生活的地平线将会自然中止、永远中止。这就是诗人们保存到最后的权利最后的盾牌、阵地和举手投降的姿势（犹如耶稣），这就是为诗一辩的理由和道理。幻象的沙漠上诗人犹如短暂的雨季的景色语言，急促，绝望而其实空虚。拼命反击却不堪一击，不断胜利却在最后失败，倒在地上五窍流着血污而被收入黄昏之国，收入死亡的灭绝的秋天。沙漠缄默的王担着他的棺木行于道上。

沙漠缄默的王担着他的棺木行于道上，看见了美丽无比的朝霞。

应该说，生存犹如黄昏犹如沙漠的雨季一样短促、冲动而感性，滋养了幻象的诗歌，如果从伟大的幻象或伟大的集体回忆回到个体——就会退回到经验的诗歌：文艺复兴造型艺术和歌德一生。希腊在这颗星球上永远如岛屿一样在茫茫海水中代表个体与经验的诗歌。他与幻象世界（印度、犹太）的区别——犹如火焰与黄昏落日之火（光）的区别，如营寨之火与落日辉煌的区别。希腊代表了个体与经验的最高范例与最初结合。总有人从黄昏趋向于火焰，或曰：落日脚下到火焰顶端是他们的道路和旅程，是文艺复兴和歌德一生，他们这些巨匠和人类孤单的个体意识之手，经典之手，在茫茫黑夜来临之前，已经预兆般提前感受到夜晚的黑暗和空虚，于是逃遁于火焰，逃向火焰，飞向火焰的中心（经验与个体成就的外壳燃烧）以期自保。这也是人类抵抗死亡的本能之一。歌德是永远值得人们尊敬的，他目标明确，不屈不挠，坚持从黄昏逃向火焰。

今夜，我仿佛感到天堂也是黑暗而空虚的。那些坐在天堂的人必然感到并向大地承认，我是一个沙漠里的指路人，我在沙漠里指引着大家，我在天堂里指引着大家，天堂是众人的事业，是众人没有意识到的事业。而大地是王者的事业。走过全部天堂和沙漠的人必是一个黑暗而空虚的王。存在与时间是我的头骨（我的头骨为仇敌持有的兵器）。而沙漠是那锻炼的万年之火。王者说：一万年太久。是这样黑暗而空虚的一万年。天堂的寒流滚滚而来。

我，只能上升到幻象的天堂的寒冷，冬夜天空犹如优美凛冽而无上的王冠一顶，照亮了我们黑暗而污浊的血液，因此，在这种时刻尼采赞成歌德。"做地上的王者——这也是我和一切诗人的事业"。

但我瞻望幻象和天堂那些坐在寒冷的天空华堂和大殿中漠然的人们。天堂是华美无上和寒冷的。而我们万物与众生存在的地方是不是藏有欢乐？

"欢乐——即，我的血中也有天堂之血
魂魄之血也有大地绿色的相互屠杀之血"

血。他的意义超出了存在。天空上只有高寒的一万年却无火无蜜、无个体，只有集体抱在一起——那是已经死去但在幻象中化为永恒的集体。

大地却是为了缺乏和遗憾而发现的一只神圣的杯子，血，事业和腥味之血，罪行之血，喜悦之血，烈火焚烧又猝然熄灭之血。

国度，滚动在天空，掉下枪支和蜜——
却围着美丽夫人和少女燃烧
仿佛是营火中心　漂泊的路

1987.10.17

六、沙漠

1.

她假借一切的名义报复我——和我自己相遇在我自己的心中。犹若尘埃。女性那紫色恍惚若火焰的混乱——本世纪世纪病。对自然、文化和语言三"极"的报复、施虐，她同时充当了刽子手和受害人和刑具和惨绿的渗出的血。唯一的怪胎是艺术家（这是"人造人"式的艺术家计算机语言式的艺术家）背离了旷原和无边的黑暗。我们时代产生了艺术崇拜的幻象：自恋型人格。

我们缺少成斗的盐、盛放盐的金斗或头颅、角、鹰。而肉一经自恋之路便软化。甚至"伟大"也无法通过"自然"或"文化"、"语言"化身为人，缺乏"伟大"化身为人的苍茫时刻——无边黑暗的时刻——盲目的时刻——因为大家都忙于"自恋和自虐"中。

而现在，到处挥舞的不是火焰，大家远离了痛苦的石和痛苦的山，大家互相模仿、攻击，但并非真正地深入肺腑的诉说与对话，而是在闹市上，在节日里，大家随身携带着语言的狩猎人、狙击手和游牧民的面具。

唯有阴森森的植物和性爱发自内心。

她们是"原始的母亲"之桶中逃出的部分。

我则成长孕育于荒野的粗糙与黑暗。

大野的寂静与黑暗。

神话是时间的形式。生活是时间的肉体和内容。我坐在谷仓门前，我要探讨的是，在时间和生活中对神的掠夺是不是可能的？！

大自然是不是像黄昏、殷红的晚霞一样突然冲进人类的生活——这就是诗歌（抒情诗）。那么，在什么时候，什么地方，人的浑浊和悲痛的生活冲进大自然，那就产生了悲剧和史诗（宏伟壮丽的火与雪）（景色和村落）；什么时刻，一个浑浊而悲痛创伤的生活携带着他的英雄冲入自然和景色，并应和着全部壮观而悲剧起伏的自然生活在一起——时间就会在"此世"出现并照亮周围和他世。

时间有两种。有迷宫式的形式的时间：玄学的时间。也有生活着的悲剧时间。我们摇摆着生活在这两者之间并不能摆脱。也并不存在对话和携手的可能。前者时间是虚幻的、笼罩一切的形式。是自身、是上帝。后者时间是肉身的浑浊的悲剧创痛的、人们沉溺其中的、在世的、首先的是人，是上帝之子的悲剧时间，是化身和丑闻的时刻。是我们涉及存在之间的唯一世间时间——"在世"的时间。我们沉溺其中，并不指望自拔。

2. 猛犸的庆典（大纲）

a. 粘土

黑色的　猛烈的　狂乱的　挑衅的　肉体

——他与十万人马同归于尽

b. 猛禽、野骆驼

我从一本简易的自然教科书一字不改地抄录于下：

鸟类的迁徙，通常一年两次，一次在春季一次在秋季。春季的迁徙大都是从南向北，由越冬地区飞向繁殖地区；秋季的迁徙，大都是从北向南，由繁殖地区飞向越冬地区。各种鸟类每年的迁徙时间都是很少变动的。

鸟类迁徙的方向，多半是南北纵行的。但是几乎没有一种鸟是从它的繁殖地区笔直飞往越冬地区的。候鸟迁飞的途径都是常年固定不变的，而且往往沿着一定的地势，如河流、海岸线或山脉等飞行。许多种鸟类，南迁和北徙，是经过同一条途径。

鸟类迁飞的时候，常常集结成群。

个体大的鸟类，如鹤和雁，经常排成"一"或"人"；

个体小的鸟类，如家燕，组成稀疏的鸟群；

猛禽类常常是一个一个地单独飞行，彼此保持一定的距离。

绝大多数鸟类在夜间迁飞，猛禽大多在白天迁飞

我加几句注解：哲学家和艺术家的区别。哲学家是抽象的个体、人本的逻辑自恋。而艺术家的"自恋"和人本泛及世界，泛及一切周围的景色和生灵。她们隐退为"奥秘"。——人性的可疑之处则隐退为"秘密"——"秘密"隐退为众神——真正的艺术家在"人类生活"之外展示了另一种"宇宙的生活"（生存）。人类生活不是"生存"的全部。"生存"还包括与人类生活相平行、相契合、相暗合、相暗示的别的生灵别的灵性的生活——甚至没有灵性但有物理有实体有法律的生活。所以说，生存是全部的生活：现实的生活和秘密的生活（如死者、灵魂、景色、大自然实体、风、元素、植物、动物、皿器）。这种"秘密的生活"是诗歌和诗学的主要暗道和隐晦的烛光。

c. 种族的阴影

时间——化身为我——称之为人，语言，丑闻，有人说这个时辰，已经离开海平线几个时辰了。

d. 秘密
黑暗王国的秘密谈话

e. "内在的空虚"
　　　　　　　——你是我的猎人
　　　　形　　　散开
在猎人之家　物理　散开　在天空飞舞
　　　　黄金散开

f. 陌生人
——斧子或刀条形村落停尸房（我无魂而驻此为肉）死亡弓箭手手握生活的箭杆。而死亡被体验到时才成为毁灭，大地荒芜。命运为生活命名。

g. 北方的缄默者

3.

作为土地的贵族何日交出他们晦暗无光的酒柜？

酒柜又被哪些暴徒劈开点成火把？

从贵族移交给平民的时刻何日到来？是否已经到来？

贵族是血、躁动、杰作、宗教、预感、罪恶感、沉闷、忏悔、诉说不休、乞求被钉上刑柱；

平民是革命、现在、行动、号角、金光闪闪的分粮的斗、暴徒、火把、旗帜。

贵族会被这个革命〔革命是平民的现代式——意大利——伦敦（经济）——巴黎（政治）——德意志（思想）——彼得堡（社会）——汉（文化）〕席卷和碾压

贵族只有求助于过去，求助于阴暗沉重的一"极"：土地。

而平民将使一切简单：用革命。

（毛泽东哪一半是哪一半？！）

4. 老女奴被囚禁在语言的监牢中

活下去——老女奴——即使在语言残酷的监牢中你也要活下去。因为包括牢房在内的你的大地必将因你而得救。

诸界之王皆归顺于囚禁于语言的老母——老女奴。老女奴虽已被诸界之王的隐匿的暴力折磨得遍体鳞伤

羊角长在一张纯洁的羊皮子上

老女奴同时又像一个女婴　无形　而喑哑

老女奴，囚禁在日常语言中

囚禁在一首被遗忘的诗中

1987.12.10

七、曙光之一

下面是 87.11.15 夜录的太阳地狱篇草稿的标题。上帝的枪。血色月亮的银色号角。诗歌始皇帝。蓝种子——生命。在沙漠上只能养活语言。热带、沙漠和西藏像三只悲伤的人类之胃在飞翔。赤道。作用。固体在高温下是缓慢流动的。高原。我坐在该岛上，向你们谈论诗歌。穹隆。地幔的头。从南方来到我怀中。性命。我独自一人穿越四大元素。终于被剥夺了。回忆之女的缠绳。伟大的魂和他的儿子之间的战斗与屠杀。诉说。受尽凌辱之后能够存在再生。秋天的火之车。烈。自恋型患者。上帝的家园。枪案。极。完全的责任或血中生长的石头。真理带在路上弃在路上。自由本身。沙漠刀口处。

与仇恨相遇在上帝的山上。光明的在场。大和爱：伟大抱在一起，爱就是原始的线索抱在一起。给万物一个名字。刀和斧。

遭遇。当火对我说，当家对我说。镣铐的颂歌。道路。太阳的末日。低纬度的天空。近代革命。奔波。灰烬在起舞。"通过语言是绝对不可能的"。神自身。波斯。光明和黑暗各自的君王。美。火兽之外……之外……之外。河畔的妇女。家兮。黄昏变形为夜。

你并非黑夜之子。断送。革命札记。火把节皇后。毛泽东。飞行。沙漠，失败者的天堂。奴隶。燎。王国内血腥的土质。大火。蒙古！蒙古！极端的诗歌。我要问一问，谁在没落的土中作王。主。明。诗歌与毒药。早早结束生活。现在无一幸免于难。夜色。红卫兵组诗。皈依存在。阴郁的战斗史。唯一鸣响的钟啊！一切都在诉说中相互混同。孤寂的红色僧侣。黑暗的门槛。真理之神与黄昏之神殊死的战争。沙漠和革命卫队。作为身在其中的证人。王者以黑夜为本。真理和真实。兵。

处罚东方诗歌言论集。欲望果园。今夜，我仿佛感到天堂也是黑暗和空虚的。全部照片（蜜）蜜的脸。食、七月、鸣（自然界基本常数的变化问题）。自在。歌唱和羊毛——对法官和刑场的逃遁。全归他。七大贤。古老的黑夜。光。五世纪。为地狱之王奏响琴声。炎炎。诸神裸舞。内在音乐的陪伴：劳动。地狱的女儿不断自我产生。四种地狱的草稿与片断。只是因为我还没有陷入更大的混乱。毒药与地下人。内心。骇人听闻的果园。从断头台到地狱之门，漫长的回忆的黏土层：表象与幻觉的回声。太

阳国——大东方的联邦。人类界线之外（自然和地狱）。圣火与
命令。统治者啊。附魂状态。乌鸦与大雁。挽救和遭遇。电影上
的驼子。世界和地狱的狩猎人。猎冰人——宇宙猎冰人。

（以上草稿大部被毁。标题亦重删）

八、曙光之二：电影上的驼子

　　这是我刚做完的一个梦。把它变成语言就已经有些失真。这
是真正的梦幻和内在黑暗。一个老人背着驼子其实是瘫子——
可做梦的心里老是念叨驼子、驼子——到一个镇上去看妹妹——
但妹妹已在水里死去——驼子参加一场足球赛——可双腿不能动
弹——只能在地上，尘土里、泥泞里坐着——用屁股往左右移动、
痛苦或快乐叫着——老人流下屈辱的泪水——老人重又背起他
（在梦中似乎是我背起这个瘫子他的肉紧缠在我身上）——回到镇
上——一个打着黑伞的人遮住我——驼子似乎站立了瞬间，并被
人牵着向前跑去——这是不可能的，我心里想——但驼子在前方
已被那些仇恨或娱乐的人们高高抬起——摔成八瓣——脑浆进流。

1987.11.4 凌晨三点

我热爱的诗人——荷尔德林

1. 在《黑格尔通信百封》这本书里，提到了荷尔德林不幸的命运。他两岁失去了生父，九岁失去了继父，1788 年进入图宾根神学院，与黑格尔、谢林是同学和好友。1798 年秋天因不幸的爱情离开法兰克福。1801 年离开德国去法国的波尔多城做家庭教师。次年夏天，他得到了在他作品中被理想化为狄奥蒂玛的情人的死讯，突然离开波尔多。波尔多在法国西部，靠近大西洋海岸。他徒步横穿法国回到家乡，神经有些错乱，后又经亲人照料，大为好转，写出不少著名的诗篇，还翻译了索福克勒斯的《安提戈涅》和《俄狄浦斯王》。精神病后又经刺激复发，1806 年进图宾根精神病院医治。后来住在一个叫齐默尔的木匠家里。有几位诗人于 1826 年出版了他的诗集。他于 1843 年谢世，在神志混乱的"黑夜"中活了 36 个年头，是尼采"黑夜时间"的好几倍。荷尔德林一生不幸，死后仍默默无闻，直到 20 世纪人们才发现他诗歌中的灿烂和光辉。和歌德一样，他是德国贡献出的世界诗人。哲学家海德格尔曾专门解说荷尔德林的诗歌。

2. 荷尔德林的诗，歌唱生命的痛苦，令人灵魂颤抖。他写道：

待至英雄们在铁铸的摇篮中长成，

勇敢的心灵像从前一样，

去造访万能的神祇。

而在这之前，我却常感到

与其孤身独涉，不如安然沉睡。

何苦如此等待，沉默无言，茫然失措。

在这贫困的时代，诗人何为？

可是，你却说，诗人是酒神的神圣祭司，

在神圣的黑夜中，他走遍大地。

　　正是这种在神圣的黑夜中走遍大地的孤独，使他自觉为神的儿子："命运并不理解 / 莱茵河的愿望。/ 但最为盲目的 / 还算是神的儿子。/ 人类知道自己的住所，/ 鸟兽也懂得在哪里建窝，/ 而他们却不知去何方。"他写莱茵河，从源头，从阿尔卑斯冰雪山巅，众神宫殿，如一架沉重的大弓，歌声和河流，这长长的箭，一去不回头。一支长长的歌，河水中半神，撕开了两岸。看着荷尔德林的诗，我内心的一片茫茫无际的大沙漠，开始有清泉涌出，在沙漠上在孤独中在神圣的黑夜里涌出了一条养育万物的大河，一个半神在河上漫游，唱歌，漂泊，一个神子在唱歌，像人间的儿童，赤子，唱歌，这个活着的，抖动的，心脏的，人形的，流血的，琴。

3. 痛苦和漫游加重了弓箭和琴，使草原开花。这种漫游是双重的，既是大自然的，也是心灵的。在神圣的黑夜走遍大地"……保留到记忆的最后 / 只是各有各的限制 / 因为灾难不好担当 / 幸福更难承受。/ 而有个哲人却能够 / 从正午到夜半 / 又从夜半到天明 / 在宴席上酒兴依旧"(《莱茵河》)，也就是说，要感谢生命，即使这生命是痛苦的，是盲目的。要热爱生命，要感谢生命。这生命既是无常的，也是神圣的。要虔诚。

有两类抒情诗人，第一种诗人，他热爱生命，但他热爱的是生命中的自我，他认为生命可能只是自我的官能的抽搐和内分泌。而另一类诗人，虽然只热爱风景，热爱景色，热爱冬天的朝霞和晚霞，但他所热爱的是景色中的灵魂，是风景中大生命的呼吸。凡·高和荷尔德林就是后一类诗人。他们流着泪迎接朝霞。他们光着脑袋画天空和石头，让太阳做洗礼。这是一些把宇宙当庙堂的诗人。从"热爱自我"进入"热爱景色"，把景色当成"大宇宙神秘"的一部分来热爱，就超出了第一类狭窄的抒情诗人的队伍。

景色也是不够的。好像一条河，你热爱河流两岸的丰收或荒芜，你热爱河流两岸的居民，你也可能喜欢像半神一样在河流上漂泊、流浪航行，做一个大自然的儿子，甚至你或者是一个喜欢渡河的人，你热爱两岸的酒楼、马车店、河流上空的飞鸟、渡口、麦地、乡村等等。但这些都是景色。这些都是不够的。你应该体会到河流是元素，像火一样，他在流逝，他有生死，有他的诞生和死亡。必须从景色进入元素，在景色中热爱元素的呼吸和言语，要尊重元素和他的秘密。你不仅要热爱河流两岸，还要热爱正在流逝的河流自身，热爱河水的生和死。有时热爱他的养育，有时还要带着爱意忍受洪水的破坏。忍受他的秘密。忍受你的痛苦。把宇宙当作一个神殿和一种秩序来爱。忍受你的痛苦直到产生欢乐。这就是荷尔德林的诗歌。这诗歌的全部意思是什么？要热爱生命不要热爱自我，要热爱风景而不要仅仅热爱自己的眼睛。这诗歌的全部意思是什么？做一个热爱"人类秘密"的诗人。这秘密既包括人兽之间的秘密，也包括人神、天地之间的秘密。你必须答应热爱时间的秘密。做一个诗人，你必须热爱人类的秘密，在神圣的黑夜中走遍大地，热爱人类的痛苦和幸福，忍受那些必须忍受的，歌唱那些应该歌唱的。

4. 从荷尔德林我懂得，必须克服诗歌的世纪病——对于表象和修辞的热爱。必须克服诗歌中对于修辞的追求，对于视觉和官能感觉的刺激，对于细节的琐碎的描绘——这样一些疾病的爱好。

从荷尔德林我懂得，诗歌是一场烈火，而不是修辞练习。

诗歌不是视觉。甚至不是语言。她是精神的安静而神秘的中心。她不在修辞中做窝。她只是一个安静的本质，不需要那些俗人来扰乱她。她是单纯的，有自己的领土和王座。她是安静的。有她自己的呼吸。

5. 荷尔德林，忠告青年诗人："假如大师使你们恐惧，向伟大的自然请求忠告"，痛苦和漫游加重了弓箭和琴，使草原开花，荷尔德林这样写他的归乡和痛苦：

> 航海者愉快地归来，到那静静河畔
>
> 他来自远方岛屿，要是满载而归
>
> 我也要这样回到生长我的土地
>
> 倘使怀中的财货多得和痛苦一样

荷尔德林的诗，是真实的、自然的，正在生长的，像一棵树在四月的山上开满了杜鹃，诗，和，开花，风吹过来，火向上升起，一样。诗，和，远方一样，诗和远方一样。我写过一句诗：

> 远方除了遥远一无所有

荷尔德林，早期的诗，是沉醉的，没有尽头的，因为后来生命经历的痛苦——痛苦一刀砍下来——，诗就短了，甚至有些枯燥，像大沙漠中废墟和断头台的火砖，整齐，坚硬，结实，干脆，排着，码着。

"安静地""神圣地""本质地"走来。热爱风景的抒情诗人走进了宇宙的神殿。风景进入了大自然。自我进入了生命。没有谁能像荷尔德林那样把风景和元素完美地结合成大自然，并将自然和生命融入诗歌——转瞬即逝的歌声和一场大火，从此永生。

在 1800 年后，荷尔德林创作的自由节奏颂歌体诗，有着无人企及的令人神往的光辉和美，虽然我读到的只是其中几首，我就永远地爱上了荷尔德林的诗和荷尔德林。

1988.11.16